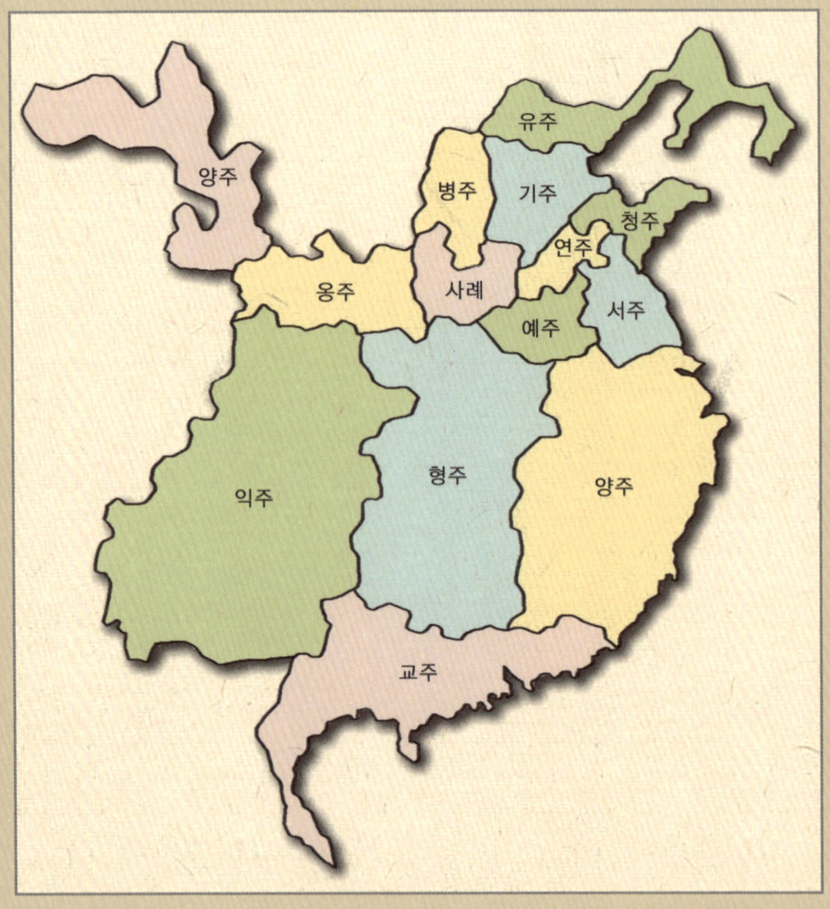

❖ 후한 말 삼국지 배경 시기의 13개 주 지도

동탁의 죽음 이후 각지에 난립하던 군웅들의 세력도이다. 손책은 아버지 손견이 죽은 후에 원술 밑으로 들어갔다가 독립하여 자신의 세력을 얻고, 파죽지세로 주변의 성을 정복해나간다. 동탁이 죽은 후에 조조는 청주의 황건적 토벌을 위해 출진하여 보다 많은 병력을 얻게 되고, 조조는 아버지를 맞아들이려 한다. 그러나 도중에 도겸의 부하인 장개에게 살해당하고 이에 화가 난 조조는 서주의 도겸을 토벌하기 위해 군사를 일으킨다. 그때 조조는 백성들까지 모두 살해하며, 도겸은 유비에게 서주를 양도하게 된다. 그 틈을 타 여포가 조조의 세력권 안에서 반란을 일으키나 진압당하고 유비에게 가서 소패를 얻는다. 또한 황제는 이각, 곽사 들에게서 달아나 조조가 천자를 받들게 된다.

三國志

삼국지 2
군성·지는 해, 떠오르는 뭇별

초판 1쇄 발행	2013년 1월 10일
15쇄 발행	2018년 8월 25일

지은이	나관중
평 역	요시카와 에이지吉川英治
옮긴이	강성욱
펴낸이	한승수
펴낸곳	문예춘추사

편 집	정내현
마케팅	신기탁
디자인	이은주

등록번호	제300-1994-16
등록일자	1994년 1월 24일

주 소	서울특별시 마포구 동교로27길 53 지남빌딩 309호
전 화	02 338 0084
팩 스	02 338 0087
E-mail	moonchusa@naver.com

ISBN	978-89-7604-108-1 04820
	978-89-7604-107-4 (전10권)

*책값은 뒤표지에 있습니다.
*잘못된 책은 구입처에서 교환해 드립니다.

군성 · 지는 해, 떠오르는 뭇별

2

三國志

나관중 지음
요시카와 에이지 吉川英治 평역

문예춘추사

| 일러두기 |

1. 이 책은 일본 고단샤講談社에서 발간한 요시카와 에이지 평역의 『삼국지』(요시카와 에이지 역사
   시대 문고 33~40, 1989년 초판)를 저본底本으로 삼았다.

2. 원서는 총 8권으로 구성되어 있으나 커다란 제목에 따라 각 권으로 분리하여 총 10권으로 재편
   집했다.

3. 가능한 한 원본에 가깝게 번역했으나 지나치게 일본적인 표현은 중국 고전소설임을 고려하여
   우리 실정에 맞게 고쳤고, 원서 내용을 해치지 않는 범위 안에서 대화와 본문이 연결되는 부분을
   일부 수정하여 우리 독자들이 읽기 편하게 했다.

4. 각 권 및 각 장의 제목은 가능한 한 원서의 제목을 살려 풀어 썼으며, 원서의 각 장을 재편집하
   여 내용의 흐름을 쉽게 이해할 수 있도록 했다.

5. 한자 표기는 정오正誤에 상관없이 원서를 따랐으나 동일 인물이나 지명의 상반된 표기가 있는
   경우에는 올바른 한자를 찾아 표기했다.

6. 이 책의 삽화 및 지도는 내용에 맞게 새로 제작한 것이다.

13
앞다투어 이는 남풍

조조를 잡으라는 체포령이 전국 각지로 전해졌다.

한편 조조는 낙양에서 빠져나와 누른 말에 채찍을 가해 밤낮을 가리지 않고 달렸다. 남으로, 남으로 바람처럼 내달리던 조조는 어느 틈엔가 중모현中牟縣(하남성 중모·개봉과 정주의 중간) 부근에 이르렀다.

"멈춰라!"

"말에서 내려라."

관문에 도착하자 수비병들이 조조를 말에서 끌어 내렸다.

"얼마 전 중앙에서 조조라는 자를 발견하는 즉시 포박하라는 지령이 내려왔다. 네 풍채와 용모가 그 조조라는 자와 매우 비슷하다.”

관문의 병사는 조조가 무슨 말을 해도 들으려 하지 않았다.

“어쨌든 관아까지 가자.”

병사들이 철통같이 조조를 감싸 관아로 끌고 가려 했다.

그때 관문을 지키는 병사들의 대장인 도위都尉 진궁陳宮이 그 광경을 보고 단호하게 소리쳤다.

“앗, 조조다! 관아로 데려갈 필요도 없다.”

그는 조조를 살펴보고는 부하 병사들을 칭찬했다.

“내가 이곳에 오기 전에 낙양에서 관리로 있었기에 조조의 얼굴을 잘 알고 있다. 조조를 낙양으로 데리고 가면 나는 만호후萬戶侯의 몸으로 출세할 것이다. 너희에게도 은상을 내리리라. 오늘 밤은 미리 축하하는 의미로 마음껏 마셔라.”

조조는 철로 된 함거에 갇혀 내일이라도 당장 낙양으로 호송될 위기에 처했으며, 병사와 관리들은 마음껏 술을 마셔댔다.

해가 저물 때쯤 술자리가 끝났고, 관리와 병사들은 관문을 닫고 어딘가로 흩어졌다. 조조는 이제 모든 것을 포기한 듯 함거에 기대어 앉았다. 그리고 어둠 속 계곡에서 들려오는 물소리와 밤공기를 가르는 바람 소리를 묵묵히 듣고 있었다.

“조조, 조조.”

한밤중이 가까워질 무렵, 함거 주변에서 낮은 목소리로 부르는 사람이 있었다.

낮에 조조를 한눈에 알아봤던 병사들의 대장 진궁이었다.

“무슨 일인가?”

조조가 딴전을 부리듯 대답했다.

“자네는 낙양에서 상국의 총애를 받고 있지 않나? 그런데 어쩌다 이런 처지가 되고 말았나?”

“쓸데없는 것 묻지 말게. 참새가 봉황의 뜻을 어찌 알겠는가? 자네는 이미 내 몸을 산 채로 잡지 않았는가? 잔말 말고 낙양으로 호송하여 은상이나 받게.”

“조조, 자네는 사람 보는 눈이 없군. 호한일수록 사람 보는 눈이 없는 법인가?”

“뭐라고?”

“화내지 말게. 자네가 사람을 함부로 얕잡아보기에 한마디 충고한 걸세. 나도 하늘을 찌를 듯한 큰 뜻을 품고 있으나 우국충정을 진심으로 이야기할 동지가 없어 덧없이 세월만 보내며 한탄하고 있었는데, 마침 자네를 만났기에 그 뜻을 이야기하러 온 것일세.”

진궁의 의미심장한 말에 조조도 비로소 자세를 고쳐 앉았다.

“그렇다면 이야기를 한번 해보지.”

조조가 먼저 말을 꺼냈다.

“자네 말처럼 동탁은 나를 아꼈다네. 그러나 나는 옛날 상국이었던 조참의 후손으로 4백 년 동안 한황실의 녹을 받았다네. 어찌 졸지에 출세를 한 도적과도 같은 동탁에게 몸을 숙일 수 있겠는가?”

조조의 말에 분위기는 점점 더 뜨거워졌다.

“이에 나라를 위해 도적을 베어 조상들의 은혜에 보답하고자 했으나 천운이 아직 내게 닿지 않아 이렇게 쫓기는 몸이 되었다네. 그래도 후회는 하지 않는다네."

조조의 하얀 얼굴, 가느다란 눈, 침착한 태도는 과연 명문가의 피를 이어받은 사람임을 말해주었다.

"……."

두 사람 사이에 침묵이 흘렀다. 함거 밖에서 조조의 태도를 한동안 지켜보던 진궁이 드디어 입을 열었다.

"잠시 기다리십시오."

그는 함거의 자물쇠를 풀어 문을 열었고, 조조를 밖으로 나오게 했다.

"조조 나리, 당신은 어디로 가시려다 이 관문에서 잡힌 것입니까?"

조조가 놀란 표정으로 진궁의 행동을 이상히 여기며 대답했다.

"고향에서 천하의 영웅들을 불러 모아 의병을 일으키려 했소. 그리고 다시 낙양으로 공격해 들어가 당당하게 천하의 도적을 벨 생각이었소."

"아, 그렇군요."

진궁은 조조를 이끌고 가만히 자신의 방으로 갔다. 곧 술과 음식을 내오고 조조에게 거듭 절을 했다.

"나리는 제가 찾고 있던 충의의 선비입니다. 나리를 만나게 되어 참으로 기쁩니다."

"혹시 당신도 동탁에게 원한이 있는 것인가?"

"아닙니다. 사사로운 원한은 없습니다. 커다란 공분公憤입니다. 만민의 저주와 함께 우국충정으로 그를 한없이 미워하는 자 중 한 사람입니다."

"그것참 뜻밖이로군."

"오늘 밤을 마지막으로 저도 관직을 버리고 이곳을 떠나겠습니다. 나리가 가시는 곳까지 함께 가서, 힘을 합쳐 천하의 의병을 불러 모으겠습니다."

"그게 정말인가?"

"제가 어찌 거짓을……. 이렇게 말하기 전부터 이미 나리의 포박을 풀어드리지 않았습니까?"

"아아! 그런데 귀공은 대체 어떤 분이시오?"

조조는 그제야 되살아난 기쁨을 만면에 드러내며 물었다.

"인사가 늦었습니다. 저는 진궁, 자는 공대公臺라고 하는 자이옵니다."

"가족은?"

"이 근처 동군東郡에서 살고 있습니다. 당장 가서 떠날 채비를 하겠습니다. 서둘러 떠나기로 하지요."

진궁이 말을 꺼내온 후 앞장섰다.

밤이 채 밝기도 전에 두 사람은 동군을 뒤로하고 길을 떠났다.

그로부터 3일째 되던 날이었다. 밤낮을 가리지 않고 달리던 두 사람은 성고成皐(하남성 형양 부근) 부근을 지나고 있었다.

"오늘도 해가 저물었습니다."

"이만큼 왔으니 이제는 안심해도 되겠지. 그런데 오늘의 석양은 이상할 정도로 노랗구나."

"또 그 몽고풍蒙古風입니다."

"호북胡北의 모래바람 말이군."

"네. 그런데 어디에서 묵을까요?"

"저기 마을이 보이는데, 이 부근은 어떤 지방일까?"

"조금 전 산길에서 성고로成皐路라는 이정표를 봤습니다."

"아, 그렇다면 오늘 밤에는 찾아갈 만한 적당한 집이 있소."

조조가 눈을 반짝이며 앞쪽 숲을 바라보았다.

"이런 외진 시골에 어떻게 아는 사람이 있단 말입니까?"

"아버지의 친구일세. 여백사呂伯奢라는 분으로 아버지와는 형제처럼 친하게 지내던 분이지."

"그거 마침 잘됐습니다."

"오늘 밤은 그곳으로 가서 하룻밤을 청하기로 하지."

조조와 진궁은 이야기를 나누며 숲 속으로 말을 달렸다. 그리고 잠시 뒤, 두 사람은 말을 나무에 묶고 여백사의 집으로 갔다.

"이게 누군가? 조숭의 아들이 아닌가?"

주인 여백사가 뜻밖의 손님을 맞아들이며 말했다.

"조조입니다. 오랜만에 인사드립니다."

"자, 어서 들어오게. 이게 대체 어찌 된 일인가?"

"무엇이 말입니까?"

"조정에서 각지로 자네를 잡으라는 명령을 내렸네."

"아, 그 일 말씀입니까? 사실은 승상 동탁을 죽이려다 실패하여 도망쳐온 길입니다. 저를 도적으로 몰아 각지에 영을 내린 듯합니다만,

동탁이야말로 천하의 대역 죄인입니다. 머지않아 천하는 대혼란에 빠질 것입니다. 저도 더는 가만히 있을 수가 없습니다."

"그런 일이 있었군. 그런데 함께 온 분은 어떤 분이신가?"

"아, 소개를 잊고 있었습니다. 도위 진궁이라는 사람으로 중모현의 관문을 지키던 분이었는데 저를 알아보고 포박을 할 정도로 영걸입니다. 서로 가슴속 큰 뜻을 털어놓고 이야기해보니 시절을 걱정하는 마음이 같은 동지라는 사실을 알게 되었고, 이에 진궁이 관직을 버리고 이곳까지 함께 오게 되었습니다."

"아아, 그랬군."

여백사가 무릎을 꿇고 다시 한 번 진궁에게 절을 했다.

"의인, 부디 조조를 도와주시오. 만일 당신이 버리신다면 조조의 집안은 풍비박산이 날 것이오."

여백사는 조조 아버지의 친구답게, 연장자로서 진궁에게 조조의 장래를 간곡하게 부탁했다.

"잠깐 편히 쉬고 있게나. 나는 옆 마을로 가서 술을 받아올 테니."

여백사는 서둘러 말에 올라 집 밖으로 나갔다.

조조와 진궁은 여장을 풀고 방에서 쉬고 있었으나 여백사는 좀처럼 돌아오지 않았다. 그러는 동안 밤이 깊어 초경 무렵이 되었다. 어디선가 이상한 소리가 들려왔다. 칼을 가는 듯한 둔탁한 울림이었다.

"무슨 소리지?"

조조가 슬쩍 문을 열고 가만히 귀를 기울였다.

"맞아……. 역시 칼을 가는 소리야. 어쩌면 여백사가 술을 사러 간게 아니라 현의 관리에게 밀고하러 갔는지도 몰라. 우리를 잡았다고 하면 조정으로부터 은상을 받을 테니…….”

조조가 중얼거리고 있을 때, 어두운 부엌에서 네다섯 명의 남녀가 묶으라는 둥 죽이라는 둥 하며 이야기를 주고받는 소리가 들려왔다.

“이건 틀림없이 우리를 이 방에 가두어두고 해하려는 것이다. 그렇다면 우리가 먼저 벨 수밖에 없지.”

조조는 진궁에게 일의 다급함을 알린 뒤, 갑자기 그곳에서 뛰쳐나가 가족과 하인들을 순식간에 모두 베어버리고 말았다.

두 사람이 급히 도망치려 하는데 어딘가에서 또 신음 소리가 들려왔다. 부엌 밖으로 나가 보니 살아 있는 돼지가 나무에 거꾸로 매달린 채 울고 있었다.

“아뿔싸!”

진궁은 크게 후회를 했다. 그 집 사람들이 돼지를 잡아 대접할 생각이었다는 것을 그제야 알았기 때문이다.

조조는 어둠을 향해 도망치기 시작했다.

“진궁, 어서 오게.”

“네.”

“뭘 우물쭈물하는 겐가?”

“아무래도 마음이 영 좋지 않습니다. 부끄럽기 짝이 없습니다.”

“어째서?”

“의미도 없이 살생을 저지르지 않았습니까? 저 가엾은 사람들은 우리의 여정을 달래주기 위해 일부러 돼지를 구해와 대접하려 했습니다.”

"그것이 후회스러워서 집에 대고 합장을 하고 있었던 겐가?"

"하다못해 염불이라도 해주어 죄 없는 사람들을 죽인 죄를 용서받고 싶었습니다."

"하하하하. 무인에게는 어울리지 않는 일일세. 이미 저지른 일은 어쩔 수가 없다네. 전장에 나서면 수천, 수만의 목숨을 하루 만에 빼앗는 일도 있지 않은가? 또 이 몸도 언제 그렇게 될지 알 수 없는 일이라네."

조조에게는 조조 나름대로의 인생관이 있었고, 진궁에게는 또 진궁 나름대로의 도덕관이 있었다. 그것은 서로 다른 것이었다. 그래도 지금은 한배를 탄 몸이었다. 논쟁을 벌일 틈이 없었다.

두 사람은 어둠 속을 달려가 숲 속에 묶어두었던 말을 풀었다.

그때 맞은편에서 두 개의 술 단지를 말에 묶고 달려오는 사람이 있었다. 거리가 가까워질수록 잘 익은 과일 향이 코를 찔렀다. 그의 팔에 과일 바구니가 걸려 있었던 것이다.

"아아, 이거 조조가 아닌가?"

지금 막 옆 마을에서 돌아온 여백사였다.

조조는 몹시 난처했으나 급히 둘러댔다.

"아, 어르신. 실은 오늘 낮, 이곳에 오는 도중에 들렀던 찻집에 중요한 물건을 놓고 왔지 뭡니까. 갑자기 생각나서 가지러 가는 길입니다."

"그런 일이라면 집의 하인을 보내면 될 텐데."

"아닙니다. 말에 채찍을 한번 가하면 금방 다녀올 수 있습니다."

"그럼 얼른 다녀오게. 집안사람들에게 돼지를 잡아 요리하라고 해두었고, 술도 아주 좋은 미주를 찾아왔으니."

“네, 바로 돌아오겠습니다.”

조조는 짧게 대답하고 말에 채찍을 가했다.

여백사와 헤어지고 약 4, 5정町쯤 달렸을 때 조조가 말을 멈추고 진궁을 불러 세웠다.

“이보게! 자넨 여기서 잠깐 기다리고 있게나.”

조조는 그렇게 말한 후 다시 말 머리를 되돌렸다.

“어딜 가려는 거지?”

진궁은 이상히 여기며 기다리고 있었다.

그러자 잠시 뒤 조조가 돌아왔다. 그는 마음의 짐을 덜었다는 듯한 표정으로 말했다.

“이젠 됐네. 여백사도 죽이고 왔다네. 단칼에 찔러 죽였어. 그만 가기로 하세.”

“네? 어째서 무익한 살생을 하고 또 그 선량한 사람마저 죽인 겁니까?”

“생각해보게. 그가 집에 가서 자신의 처자와 하인을 전부 죽인 것을 보면 아무리 선량한 사람이라 할지라도 우리에게 앙심을 품을 것이 아닌가?”

“그것은 어쩔 수 없는 일입니다.”

“현의 관리에게 고발하면 끝장일세. 대의를 위해서는 어쩔 수 없어.”

“하지만 죄 없는 사람을 죽이는 것은 인도에 어긋나는 일 아닙니까?”

“아닐세.”

조조는 시라도 읊듯 커다란 목소리로 말했다.

"내가 천하의 사람들을 배반할지언정 천하의 사람들로 하여금 나를 배반하지는 못하게 하리라. 그만 가세. 어서 길을 서두르자고!"

'무시무시한 사람이다.'

조조의 말을 듣고 진궁은 그의 사람됨에 대해 진지하게 생각해보았다. 그리고 큰 두려움을 갖게 되었다.

'이 사람도 천하의 괴로움을 구하려 하는 자가 아니다. 진심으로 세상을 걱정하는 것이 아니다. 천하를 손에 넣겠다는 야망을 가진 사람이다. ……나의 실수로다.'

그런 생각이 들자 진궁은 남몰래 입술을 깨물며 후회했다. 사내의 생애를 걸고 그와 함께 길을 나선 것은 경솔한 행동이었음을 깨달았다. 하지만 이미 그 길로 들어서고 말았다. 관직과 처자를 버리고 함께 가시밭길을 갈 각오로 따라나선 것이었다.

'후회해도 소용없는 일……'

그는 마음을 고쳐먹었다.

밤이 깊어지자 달이 떴다.

조조와 진궁은 달빛에 의지하여 10리를 달렸다. 그리고 어딘지는 알 수 없었으나 낡은 사당의 황폐한 문 앞에서 말을 내려 잠깐 쉬어가기로 했다.

"진궁."

"네."

"자네도 잠깐 눈을 붙이게. 날이 밝기까지는 아직 시간이 있으니. 자두지 않으면 내일 길이 피곤할 거야."

"알겠습니다. 하지만 소중한 말을 도둑맞으면 안 되니 사람들의 눈에 띄지 않는 나무 뒤에 묶어두고 오겠습니다."

"으음, 그렇군. ……아, 참으로 아깝게 됐어."

"무슨 말씀입니까?"

"여백사를 죽이고 돌아올 때 그가 가지고 있던 미주와 과일을 가져왔어야 했는데……."

"……."

진궁에게는 대답할 만한 용기가 없었다.

진궁이 말을 감추어두고 다시 돌아와보니, 조조는 처마 밑에서 달빛을 받으며 깊은 잠에 빠져 있었다.

'참으로 대담하기 짝이 없는 사람이로구나.'

진궁은 그의 잠든 얼굴을 물끄러미 바라보며 증오와 함께 감탄을 금치 못했다.

'나는 이 사람을 지나치게 과대평가했다. 이 사람이야말로 참된 우국의 대충신이라고 생각했는데. 하나 어찌 알았겠는가, 승냥이나 호랑이와 다를 바 없는 야심가에 지나지 않을 줄이야. 그러나 야심가든 간웅이든, 그 대담함과 정열과 말재주만은 놀라울 정도로 비범하다. 역시 대단한 영걸임에는 틀림없다.'

그렇게 두 가지 관점으로 조조를 바라봤던 진궁은 마침내 마음을 다잡았다.

'지금이라면 이 사람을 찔러 죽일 수도 있다. 이러한 간웅을 살려둔다면 훗날 반드시 천하의 화근이 될 것이다. 그래, 하늘을 대신해서 지

금 없애는 것이 좋으리라.'

진궁은 검을 뽑아들었다. 하지만 조조는 잠든 자신을 해하려 한다는 사실도 모른 채 코를 골고 있었다. 그 얼굴은 참으로 단정하고 아름다웠다. 진궁은 망설였다.

'아니, 잠깐.'

잠든 사람을 찌르는 것은 무인의 도리가 아니었다. 불의였다. 지금과 같은 난세에 조조와 같은 간웅을 이 땅에 태어나게 한 것 역시 하늘의 뜻일지도 몰랐다. 그의 천수를 잠든 사이에 빼앗는 것은 오히려 하늘의 뜻을 거역하는 일일지도 몰랐다.

'아아…… 이제 와서 무엇을 망설이는가? 나는 언제나 지나치게 번뇌하는 경향이 있어. 달은 밝고 차갑게 빛나고 있다. 그래, 나도 달을 보며 어서 자야겠다.'

진궁은 생각을 고쳐먹고 검을 가만히 칼집에 넣었다. 그리고 조조와 같은 자리에 누워 잠이 들었다.

＊＊＊

여러 날이 지나서 조조는 아버지가 있는 고향에 도착했다. 그곳은 하남의 진류(개봉의 동남쪽)라고 불리는 지방이었는데, 옥토가 넓어 풍요로웠다. 남방의 문화는 북부의 중후함과는 달리 진취적이었고, 사람들은 민활했으며 기지가 넘치는 눈빛으로 가득했다.

"어떻게든 해주십시오."

집에 돌아온 조조는 아버지에게 그동안의 과정을 설명한 뒤 어린아이가 어머니에게 과자를 달라고 조르듯 일을 독촉했다.

"의병을 모아 일으킬 생각입니다. 누가 뭐래도 결심을 바꿀 수는 없습니다. 그러니 아버지도 저를 힘껏 밀어주십시오."

"흠, 참으로 장한 일을 하고 왔구나."

아버지 조숭은 어처구니없다는 얼굴로 앓는 소리만 내뱉었다.

"어떻게든 해달라니, 그래 어떻게 하면 되겠느냐?"

"군비가 필요합니다."

"군비라니, 우리가 가진 재산으로는 병사를 얼마 기르지도 못할 텐데."

"그러니 아버지의 이름으로 부호들을 소개시켜주십시오. 우리 집에 재산은 없지만 멀리 거슬러 올라가면 하후夏侯 씨의 피를 물려받았으며, 한나라의 승상인 조참의 후손 아닙니까. 이 명문가의 이름을 이용하여 부호들이 돈을 낼 수 있게 해주십시오."

"그럼 위홍衛弘에게 얘기를 해보마."

"위홍이라니, 누구입니까?"

"하남에서도 둘째가라면 서러워할 재력가다."

"그럼 아버지께서 그분을 불러 술자리를 열어주십시오."

"네 말을 듣고 있자면 모든 일이 참으로 간단하구나."

"큰일을 간단하게 해치우는 것이 대업을 이루는 비결입니다."

아버지와 아들은 날을 정해서 위홍을 집으로 초대했다.

며칠 뒤, 위홍이 찾아왔다.

"조조, 낙양에 갔다고 들었는데 어느새 훌륭한 청년이 되었구나."

조조는 극진한 정성으로 그를 대접했다. 그리고 분위기가 한창 무르익자 가슴속의 큰 뜻을 밝힌 뒤 도움을 달라고 조용히 청했다. 조조는 만약 위홍이 싫다고 하면 그냥 돌려보내지 않을 생각이었다. 그렇다 보니 조조의 눈은 칼날처럼 날카롭게 빛났다.

"알겠네. 자네의 충의를 봐서 원조하겠네. 최근 천하의 어지러움을 나도 한탄하고 있었네만, 내 기량으로는 어찌해볼 수 없는 일이기에 세상의 추이만을 지켜보고 있었다네. 군비는 얼마든지 대주겠네."

위홍은 조조의 이야기를 듣자마자 바로 허락했다.

조조는 무척이나 기뻤다.

"네, 그럼 승낙하시는 겁니까? 그렇다면 저는 바로 병사들을 모으겠습니다."

"그렇게 하게. 하지만 지는 싸움을 해서는 안 되네. 충분히 승산이 있다고 생각될 때 비로소 움직여야 하네."

"군비에만 문제가 없다면 무슨 일이든 할 수 있습니다. 하남을 제 의병으로 가득 채울 테니 꼭 지켜봐주십시오."

아버지 조숭에게는 나이 먹은 아들도 어린아이로밖에는 보이지 않았다. 조조의 호언장담을 위홍이 너무 진지하게 받아들이는 것 같아 오히려 걱정이 될 정도였다.

그 일 이후 조조는 더욱더 겁 없이 행동했다. 우선 근교의 장정들을 그러모아 두 폭의 하얀 깃발을 만들었다. 한 폭에는 '충忠'이라고 크게 쓰고 다른 한 폭에는 '의義'라고 크게 쓴 뒤, '나는 조정의 은밀한 명령을 받들어 이곳으로 내려온 자다'라고 외쳐댔다.

지금이야 지방의 한 시골에서 살아가지만 조조의 집안은 누가 뭐래도 명문가이며, 그 아들 조조도 출중한 재인才人이라고 곳곳에 소문이 나 있었다.

"나는 밀칙密勅을 받들고 내려온 자다."

조조의 이 한마디에 근처 마을의 장정들과 불우한 선비들이 움직였다.

"진궁, 이런 잡병들로는 일을 도모하기 어렵겠구나. 과연 각 주의 자사나 태수 등도 모을 수 있을까?"

그는 때때로 진궁과 상의했고, 진궁은 의견을 냈다.

"깃발에 충의를 적어놓고 기다리는 것만으로는 부족합니다. 우국충정을 좀 더 분명히 토로하십시오. 사람의 마음을 움직이는 무기를 쓰셔야 합니다."

"어떻게 하면 되겠는가?"

"격문을 띄우는 것입니다."

"자네가 좀 써주게."

"네."

진궁이 격문을 썼다. 그는 진심으로 나라를 걱정하는 참된 지사였다. 그 글은 읽는 사람으로 하여금 우국의 정을 품게 하기에 충분했다.

"참으로 명문장이로다. 이 글을 읽으면 나라도 병사를 이끌고 달려올 게야."

조조는 감탄하고 격문을 바로 각지에 돌렸다.

영웅도 그저 영웅이기만 해서는 아무것도 할 수 없었다. 패업을 이룬 사람은 언제나 세 가지를 갖추고 있었다고 한다. 하늘의 때와 땅의

이로움과 사람이다. 조조의 격문은 그야말로 시기적절한 것이었다. 며칠 지나지 않아 그의 '충', '의'의 깃발 밑으로 지혜롭고 용맹한 사람들이 모여들기 시작했다.

"저는 위국衛國 사람으로 이름은 악진樂進, 자는 문겸文謙이라고 합니다. 역적 동탁을 함께 치기 위해 휘하로 달려왔습니다."

"저희는 패국 초군 사람으로 하후돈何侯惇, 하후연何侯淵이라는 형제입니다. 수하 3천 명을 이끌고 왔습니다."

하후돈, 하후연 형제는 조조의 집이 초군에 있을 때 양자로 받아들여 키운 사람들이었기에 그들이 가장 먼저 달려오는 것은 당연한 일이었으나, 그 외에도 매일 군부軍簿에 도착을 기록하는 사람이 이루 헤아릴 수 없을 정도였다.

산양山陽의 거록鉅鹿 사람으로 이름은 이전李典 자는 만성曼成이라 하는 자라든지, 서주자사 도겸陶謙이라든지, 서량태수 마등馬騰이라든지, 북평태수北平太守 공손찬이라든지, 북해태수北海太守 공융孔融 등과 같은 거물들이 제각각 수천, 수만의 병사를 이끌고 찾아왔다. 또한 조조의 형제인 조인曹仁, 조홍曹洪도 가담했다.

조조는 위홍으로부터 충분한 군비를 받아 이들 병사에게 무기와 군량을 충실히 대주었다.

"군자금이 저처럼 풍부한 것을 보니 그의 격문은 허언이 아닌 듯하오. 정말 조정의 밀칙을 받든 것일지도 모르오."

형세를 지켜보고 있던 사람까지 군비의 신속한 조달과 커다란 규모를 보고, '하루 늦으면 하루 손해를 보는 것이다'라고 말하기라도 하듯 동서에서 앞다퉈 달려왔다.

언젠가 조조가 위홍에게 '하남 지방을 병사로 가득 채우겠다'고 한 말은 더는 허언이 아니었다. 따라서 부호 위홍도 자신의 재산을 아끼지 않았다. 아니, 그 외의 부호들까지 청하지도 않았는데 돈과 곡식을 내주었다. 조조는 이제 많은 장성들을 좌우에 거느리고 3군의 막중幕中에 태연하게 자리 잡고 앉아 부호들이 찾아와도 만나주지 않았다.

예전에 동탁에게 맞서 중앙으로부터 요주의 인물로 지목되었던 발해태수 원소에게도 조조의 격문이 전달되었다.

"조조가 깃발을 올렸다. 그의 격문에 대해 어찌 답하면 좋겠느냐?"

원소가 심복들을 모아 바로 논의에 들어갔다. 그의 막하에는 씩씩한 기개로 가득한 장수와 청년 장교들이 많았다. 전풍田豊, 저수沮授, 허수許收, 안량顔良, 심배審配, 곽도郭圖, 문추文醜 등과 같이 쟁쟁한 인재들도 있었다.

"우선은 누가 한번 그 격문을 읽어보는 게 어떻겠는가?"

원소가 말하자 안량이 앞으로 나서 큰 소리로 읽기 시작했다.

삼가 대의로서 천하에 알린다.

동탁은 하늘을 속이고 땅을 기만하여 천자를 죽이고 나라를 망치고 있다. 그로 인해 궁금宮禁은 매우 문란하고 사나우며 죄악을 거듭 쌓고 있다.

이제 천자의 밀칙을 받들고 의병을 널리 모집하여 흉악한 무리를 뿌리 뽑으려 한다.

바라건대 인의 있는 자들과 함께 와서 충렬忠烈의 동맹에 참가

하라. 위로는 황실을 받들고 아래로는 여민黎民을 구하라.

격문을 받은 날 즉시 봉행하기 바란다.

"이야말로 저희가 기다리던 하늘의 소리입니다. 이 땅의 여론입니다.
태수, 망설일 까닭이 어디에 있습니까? 흔쾌히 조조와 협력할 때입니다."

휘하의 장군들이 입을 모아 말했다.

"하나……."

원소는 여전히 망설였다.

"조조가 밀칙을 받았을 리가 없는데……."

"그것은 상관없지 않습니까? 밀칙을 받았든 받지 않았든, 그가 하려
는 일만 올바르다면 말입니다."

"그도 그렇군."

원소도 마침내 마음을 굳혔다.

원소는 마음을 정하자 병사 3만여 명을 순식간에 모았으며, 밤을 낮
삼아 하남의 진류로 달려갔다.

그 규모에는 원소도 놀라지 않을 수 없었다. 군부에 도착을 알리는
글을 쓰며 주요한 아군들만을 살펴보니, 그 진용이 참으로 대단한 것이
었다.

제1진鎭으로는 후장군後將軍 남양태수南陽太守 원술袁術, 자는 공

로公路

제2진 기주자사 한복

제3진 예주자사 공주孔伷

제4진 연주자사 유대劉岱

제5진 하내군태수河內郡太守 왕광

제6진 진류태수 장막張邈

제7진 동군태수東郡太守 교모喬瑁

그 외에도 자를 윤성允誠이라 하는 제북상濟北相 포신, 서량의 마등, 북평의 공손찬, 자내字內의 명장과 맹사猛士들의 이름이 구름 같았으며, 원소의 병사는 도착한 순서에 따라 제17진에 배치되었다.

"나도 참가하기를 잘했군."

원소는 직접 실상을 보고 난 뒤 시절의 급격한 변화에 새삼스럽게 놀랐다.

제1진부터 제17진까지의 장군은 모두 만 명 이상의 병력을 거느리고 각자의 근거지에서 모여든 지방의 영웅들이었다. 그 가운데 또 어떤 호걸이나 영걸이 숨어 있을지 알 수 없는 일이었다. 그중 제16진의 부대에는 때를 기다리던 심연의 교룡이 있었다.

북평태수이자 분무장군奮武將軍인 공손찬이 16진의 대장이었는데, 격문에 응해 북평에서 만 5천여 기를 이끌고 남하해오는 도중, 기주 평원현 부근에 다다랐을 때의 일이었다.

"멈추시오! 잠시 멈추시오!"

커다란 목소리로 공손찬의 말을 세우는 사람이 있었다.

"무슨 일이냐?"

휘하의 장군들이 돌아보니, 두어 폭의 누런 깃발을 펄럭이며 요란스럽게 다가오는 무리가 보였다.

"응? 어디 병사들이지?"

의심스럽다는 듯 지켜보고 있자니, 이윽고 세 명의 무인이 집에서 부리는 사람인 듯한 잡병 열 명과 함께 공손찬의 말 앞에 무릎을 꿇었다.

"장군, 부디 저희 세 사람도 대의를 위해 일어난 군에 넣어 데려가주시기 바랍니다. 부족하나마 견마의 노고를 아끼지 않고 역적 토벌의 선봉에 서겠습니다. 저희는 충심을 다하여 전장에 임하기 위해 이곳에서 장군이 지나기를 기다리던 자들입니다."

처음에 공손찬은 그들이 부근의 향사인 줄 알았다. 하지만 그중 어디선가 본 듯한 사람이 있어 혹시나 하는 마음으로 물어보았다.

"귀공은 혹시 유비 현덕이 아니십니까?"

"그렇습니다. 기억하고 계셨습니까? 저는 유현덕입니다."

"오오, 역시! 황건적의 난 이후 낙양의 외문 밖에서 뵌 적이 있었지요. 그래 요즘에는 어떤 관직에 계십니까?"

"부끄럽습니다만, 변변한 공도 세우지 못했고 출세도 하지 못해 이 시골에서 현령으로 지내고 있었습니다."

"그거 참 지독한 처사로군요. 귀공과 같은 인물을 이런 시골구석에 묻어두다니, 안타까운 일입니다. 그런데 함께 있는 두 분은 또 어떤 분들이십니까?"

"이들은 저와 의형제를 맺은 자들입니다."

"오호, 아우 되시는군요."

"이쪽은 관우, 저쪽은 장비라고 합니다."

"관직은요?"

"관우는 마궁수馬弓手, 장비는 보궁수步弓手입니다. 관직으로 따지자
면 두 사람 다 아직 일개 병사에 지나지 않습니다."

"두 분 모두 믿음직한 대장부인데 안타깝게도 시골의 병사로 썩고
있었군요. 알겠습니다. 여러분도 같은 뜻이라면 우리 군중에 들어와 함
께 힘을 써주시기 바랍니다."

"그럼 받아주시는 겁니까?"

"오히려 제가 바라던 일입니다."

"반드시 역적 동탁을 죽여 조묘를 깨끗이 하겠습니다."

유비와 관우는 은혜에 감사하며 맹세했다. 그리고 다시 절을 한 뒤
자리에서 일어서려는데 장비가 투덜댔다.

"그래서 내가 말했잖수. 영천의 진영에서 내가 동탁을 죽이려 했는
데, 형님들이 말려서 일이 오늘처럼 되어버린 것 아니요? 그때 내가 그
놈을 죽이게 그냥 두었다면 오늘의 난은 일어나지 않았을 거요."

"장비야, 무슨 쓸데없는 잠꼬대를 하는 게냐? 어서 군의 후방에 서도
록 해라."

유비가 가볍게 타박한 뒤, 자신도 일부러 중군보다 뒤쪽의 대열에
서서 조조의 커다란 계획에 참가했다.

조조의 계획에 맞춰 포진과 작전 모두가 완성되었다. 그곳에 모인
제후는 18개국이었고 병력은 수십만이었다. 제1진부터 제17진까지 늘

어선 진지는 2백 여 리에 이르렀다.

조조는 길일을 점친 뒤 단을 쌓고 소와 말을 잡아 제사를 지냈다. 그는 '우리가 여기에 있다!'며 거병식을 집행했다. 그 식장에 모인 각 장군들이 한결같은 목소리로 말했다.

"지금 의병을 일으켜 역적을 치려고 합니다. 마땅히 삼군의 맹주를 세워 총군의 수장으로 받들고 우리의 목숨을 다해야 할 것입니다."

"옳습니다."

"그리해야 합니다."

모두가 이구동성으로 말하자 조조가 물었다.

"그렇다면 누구를 수장으로 삼아야겠습니까?"

조조의 물음에 사람들은 서로에게 자리만 양보할 뿐, 앞장서는 사람은 아무도 없었다. 결국 조조가 한 사람을 지명하고 나섰다.

"원소 장군이 어떻겠습니까? 원소 장군은 원래 한나라 명장의 후예일 뿐만 아니라 조상 4대에 걸쳐 삼공의 중직에 오르셨고 문하에는 사방에서 모여든 뛰어난 분들이 많습니다. 그 명망이나 지위로 봐서 원소 장군이야말로 맹주로서 부족함이 없는 분이라 생각합니다."

조조의 말에 원소는 거듭 사양했다.

"아니, 나는 결코 그만한 그릇이 되지 못하오."

그것은 다른 장군들에 대한 일종의 예의였다.

마침내 원소는 추천을 받아들이고 판에 박은 듯한 말로 승낙을 했다.

"그럼, 부족하나마 최선을 다하겠습니다."

이튿날, 식장에 삼중으로 단을 쌓고 오방에 깃발을 세우고 백모白旄,

황월黃鉞, 병부兵符, 인수印綬 등을 받들고 있는 각 장군들이 정렬한 가운데 의관을 바로잡고 검을 두른 원소가 단에 올랐다.

"충심으로 뭉친 대동맹이 이제야 이루어졌다. 맹세컨대 한황실의 불행을 내몰고 천하 억민을 도탄에서 구하리라. 나 원소, 여러분의 추천을 받아 지휘의 대임을 받았노라. 황천후토皇天后土, 조종祖宗의 밝은 영이시여, 이 뜻을 굽어살피소서."

향을 피우고 제단에서 하늘을 받드는 예를 행하자 장병들은 모두 눈물을 흘렸다.

"천하에 여명이 왔다."

"머지않아 낙양의 역군逆軍을 지상에서 반드시 몰아낼 것이다."

식이 다 끝나자 한동안 만세 소리가 그칠 줄 몰랐고, 그 소리에 하늘의 구름도 물러가는 듯했다.

원소가 각 장군들의 예를 받고 나서 다시 말했다.

"내 비록 재주는 없으나 여러분의 추천으로 수장의 자리에 앉게 되었소. 그러니 공이 있는 자에게는 상을 내리고 죄가 있는 자에게는 반드시 벌을 내리겠소. 여러분도 부하를 대할 때는 엄하게 대하시오. 부디 태만한 자가 없기를 바라겠소."

원소의 첫 번째 명령에 삼군이 천둥과 같은 소리로 답했다.

"만세! 만세!"

원소가 두 번째 명령을 내렸다.

"내 동생 원술에게는 약간이나마 경리의 재능이 있소. 지금부터 원술에게 병량兵糧을 맡겨 각 장군의 진영에 물자를 공급토록 할 것이오."

사람들 모두 찬성했다.

"다음으로, 우리는 바로 북상을 시작할 것이오. 누가 선봉에 서서 사수관泛水關(하북성 사수)의 관문을 깨뜨리겠소?"

그러자 한 사람이 작은 깃발을 들고 나섰다.

"제가 하겠습니다."

장사태수 손견이었다.

* * *

그날 새벽, 낙양의 승상부는 어딘지 모르게 어수선했다. 차례차례 달려온 파발마들은 무위문武衛門 버드나무에 묶여 근심스러운 일이라도 있는 양 울부짖었다.

"승상, 눈을 뜨시기 바랍니다."

이유가 동탁이 묵고 있는 침전의 문을 급히 두드렸다. 숙직을 맡았던 병사가 문을 열어 그가 들어오는 것을 허락했다.

"들어오십시오. 눈을 뜨셨습니다."

요염한 미희와 사랑스러운 여동女童이 동탁의 시중을 들며 옥대야에 더운 세숫물을 받아 바치고 있던 차였다. 이유가 들어오자 미희와 여동은 간단히 인사를 하고 멀리 떨어진 별실로 갔다.

"무슨 일인가? 이른 아침부터."

동탁은 기름기 가득한 무거운 몸을 흔들며 평상에 기대앉았다.

"큰일이 일어났습니다."

"이번에도 궁중에 무슨 일이 있는 겐가?"

"아닙니다. 이번에는 먼 지방입니다."

"좀도둑들이 난이라도 일으켰는가?"

"아닙니다. 전에 볼 수 없을 만큼 대대적으로 반군이 일어났습니다."

"어디서?"

"진류를 중심으로 일어났습니다."

"그렇다면 주모자는 조조나 원소 놈이겠구먼?"

"그렇습니다. 삽시간에 18개국의 제후들을 꾀고, 자신이 밀칙을 받았다고 거짓을 퍼뜨려 진영의 길이가 2백여 리나 되는 대군을 편성했다고 합니다."

"그거 좌시할 수 없는 일이군."

"그러하옵니다."

"그런데 아직 상세한 보고는 오지 않았는가?"

"어젯밤부터 오늘 새벽에 걸쳐 파발마들이 뻔질나게 드나들고 있습니다. 적은 이미 원소를 총대장으로 받들고, 조조를 참모로 삼았으며, 오吳의 손견이 최선봉에 서서 사수관 부근까지 공격해 들어왔다고 합니다."

"손견. 아아, 장사태수 말이로군. 그는 전쟁에 능한가?"

"능할 것입니다. 누가 뭐래도 병법으로 유명한 손자의 후손이니 말입니다."

"손자의 후손이라?"

"네. 오군의 부춘(절강성 부양시) 사람으로 성은 손孫, 이름은 견堅,

자는 문대文臺라 하며 남방에서는 꽤 이름이 알려진 자입니다.”

이유는 전부터 들어온 손견의 사람됨에 대해 이야기했다.

손견은 열일곱 살쯤 아버지를 따라 전당錢塘 지방으로 여행을 간 적이 있었다. 당시 전당의 항구는 해적으로 인한 피해가 컸는데, 해를 입은 객선이나 나그네의 숫자를 헤아릴 수 없을 정도였다. 하루는 손견이 아버지와 함께 항구를 걷고 있는데 수십 명의 해적들이 배에서 내린 재화를 나누느라 소란을 피우고 있었다. 그것을 본 손견은 겨우 17세의 어린 나이였음에도 불구하고 갑자기 검을 뽑아들더니 해적들의 무리로 뛰어들었다. 그러고는 두목의 몸을 두 동강이 내고 ‘나는 연해의 수비병이다’라고 외치면서 아수라처럼 날뛰었다. 놀란 해적들은 대부분 도망치고 말았다. 덕분에 산더미처럼 쌓여 있던 도난품은 피해자들의 손으로 돌아갔다. 그 가운데는 전당의 부호가 가보로 여기던 보석상자도 있었다. 하지만 손견은 그 어떤 답례품도 받지 않았다. 이후 그의 이름은 스물 무렵부터 남방 전체에 알려졌고 그 인망을 따를 사람이 없었다.

손견에 대한 이야기에 천하의 동탁도 신중해지지 않을 수 없었다.

“흠, 만만치 않은 사내군. 그렇다면 우리도 그에 필적할 만한 인물을 대장으로 삼아 토벌에 나서야겠는데…….”

그때 장막 뒤에서 불만이 가득한 목소리로 동탁을 부르는 사람이 있었다.

“승상! 제가 있음을 잊으셨단 말입니까?”

“거기 누구냐?”

동탁이 소리치자 여포가 모습을 드러내며 따지듯 말했다.

"여포입니다. 무엇을 망설이십니까? 겨우 조조나 원소와 같은 놈들의 계획을 짓밟는 일이 뭐 그리 어렵겠습니까? 이러한 때에 저를 쓰지 않으실 생각이라면 무엇 때문에 적토마를 제게 주셨습니까? 이 여포가 가게 해주십시오. 먼지 같은 대군을 쓸어버리고, 손견인지 뭔지 하는 놈을 시작으로 조조, 원소와 역적의 무리에 가담한 제후들의 머리를 전부 베어 땅에 늘어놓겠습니다."

동탁은 크게 기뻐하며 여포를 위로했다.

"참으로 믿음직스럽구나. 네가 있기에 나도 베개를 높다랗게 베고 편히 잠을 잘 수 있는 것이다. 내 결코 침소의 장막이나 집을 지키는 개처럼 너를 잊고 있었던 것이 아니다."

이미 승상실의 장막 밖에 이변을 듣고 달려온 장군들이 여럿 모여 있었는데, 그중 한 사람이 안으로 들어서며 말했다.

"여포 장군, 잠깐 기다리시오. 닭을 잡는 데 어찌 소 잡는 칼을 쓸 필요가 있겠소? 내가 우리 군의 선봉이 되어 적의 선봉과 맞서보겠소."

모든 사람들이 눈을 돌려 그를 바라보았다. 범의 몸에 승냥이의 허리, 표범의 머리에 원숭이의 팔, 참으로 보기 드문 골격을 가진 용장이 서 있었다. 그는 관서關西 사람인 화웅華雄 장군이었다.

"오, 화웅이로군. 말 한번 잘했다. 우선은 네가 사수관으로 내려가 험준한 지세를 잘 이용하여 낙양의 근심을 덜도록 하라."

동탁은 그 자리에서 화웅에게 인수를 건네주고 5만 명의 병력을 내주었다.

화웅은 재배하고 물러났으며, 이숙, 호진胡軫, 조잠趙岑 세 명을 부장으로 선발하여 곧바로 위풍당당하게 사수관을 향해 출발했다.

북군이 출발했다!

북군이 남하를 시작했다!

첩보는 일찌감치 원소와 조조 등의 혁신군에게도 전해졌다. 선봉에 선 손견의 부대는 "오기만 해봐라, 이놈들!" 하며 각오로 가득 찬 긴장감을 보였다. 후진에는 제북의 포신이 가세해 있었는데, 포신은 북군이 남하를 시작했다는 소식을 듣고 동생인 포충鮑忠을 불러 의논했다.

"어떠냐? 네가 병사들을 데리고 샛길로 돌아가서 사수관의 적에게 기습을 가해보지 않겠느냐?"

"해보겠습니다."

"장사의 손견이 한발 앞서 선봉에 나섰으니 이대로 내버려두면 우리는 그가 공을 세우는 것을 그저 바라볼 수밖에 없구나. 안타까운 일 아니냐?"

"저도 그리 생각하고 있었습니다."

"그럼 바로 가도록 해라. 관 안으로 들어가는 데 성공하면 곧바로 불을 붙여라. 연기를 신호로 내가 밖에서 대대적인 공격을 가할 테니."

"알겠습니다."

그날 밤 포충은 병사 5백 명을 이끌고 길이 없는 산을 넘어갔다. 그런데 얼마 가지 못해 적인 화웅에게 들키고 말았다. 몇몇 척후병을 쫓아 너무 깊숙이 들어간 탓에 포충은 간단히 포위되었고, 5백 명의 병사와 함께 적지에서 전멸당하게 되었다.

“좋은 징조다!”

화웅은 포충의 목을 단칼에 쳐서 떨어뜨리고 그 목을 낙양으로 보냈다.

동탁은 바로 격려의 글과 함께 검 한 자루를 보냈다.

아군인 포충이 앞질러 나갔다가 적의 칼에 떨어졌다는 사실도 모른 채 선봉장인 손견은 전술 중에서도 정공법을 택했다.

“단번에 밀어붙여라!”

손견은 충분한 준비를 갖춘 뒤 사수관의 정면을 공격해 들어갔다.

손견이 관성 밑에서 외쳤다.

“역신을 돕는 필부야! 어찌 빨리 나와 항복을 청하지 않느냐? 나는 혁신군의 선봉이다. 때는 이미 시시각각으로 변하고 있는데 네놈의 어두운 눈에는 그것이 보이지 않느냐?”

그 말을 들은 화웅이 자신의 주위를 둘러보며 말했다.

“별 우스운 잠꼬대도 다 듣겠구나. 손견의 목을 가져와 이 관성에서 가장 큰 공을 세울 자가 없는가?”

부장인 호진이 앞으로 나섰다.

“제게 명을 내리십시오.”

“호진이로구나, 알았다.”

화웅으로부터 5천 명의 군사를 나누어 받은 호진은 바로 관을 내려갔다. 그리고 화웅은 어쩐지 불안한 생각이 들어, 직접 만 명의 병력을 이끌고 다시 관의 측면으로 나아갔다.

관 밑에서의 격전은 이미 시작되어 있었다.

손견이 창을 움켜쥐고 다가서며 외쳤다.

"거기 나온 자는 호진이 아니냐? 어디 덤벼봐라."

"건방진 놈."

호진이 창을 휘두르며 덤벼들었다. 그러자 손견의 부하인 정보程普가 호진을 향해 창을 던졌다.

"이 승냥이 같은 놈. 장군의 손을 번거롭게 할 필요도 없다. 받아라!"

바람을 가르며 날아간 창이 푹 하고 호진의 목을 뚫었다. 창은 그대로 호진을 꿴 채 땅에 박혀버리고 말았다.

"낭패로구나."

북군의 화웅이 발을 굴렀으나 호진의 5천 명의 병사는 이미 무너진 뒤였기에 수습할 수가 없었다.

"퇴각하라, 퇴각하라."

우선은 사수관으로 병사를 되돌려 관의 모든 문을 닫아걸고, 근처까지 밀고 들어온 적에게 돌과 통나무와 철궁과 불화살 등을 소나기처럼 퍼부었다.

비록 적의 부장을 없애기는 했으나 이로 인해 손견의 부하들이 많이 희생되었다.

"이래서는 아무런 이득도 없다."

손견은 재빨리 형세를 읽고 신속하게 뒤로 물러나 양동梁東이라는 마을 근처까지 후퇴했다. 그리고 원소의 본진으로 그날의 성과인 호진의 목을 보내고 동시에 군량을 더 보내달라고 말했다.

그런데 본진에는 손견에게 앙심을 품고 있는 사람들도 있었다. 그중 누군가가 군의 총사인 원소에게 참언讒言을 속삭였다.

"그건 생각해볼 일입니다. 그 손견이라는 인물은 강동의 호랑이입니다. 그를 선봉으로 세워 낙양을 함락시키고 동탁을 죽인다면 그것은 이리 대신 호랑이를 들이는 꼴입니다. 저처럼 서둘러 공을 세우려 하는 모습을 보면 그의 사심을 알 수 있습니다. 군량이 떨어져간다는 것은 다행스러운 일입니다. 이번에 군량을 보내지 않으면 병사들 스스로가 싸울 마음을 잃고 뿔뿔이 흩어지게 될 것입니다. 그때를 기다리는 것이 현명한 처사입니다."

"그 말에도 일리가 있군."

원소는 그의 말을 받아들여 결국 군량을 보내지 않았다. 각 주 18개국에서 모인 장군들이 아군이라 해도 그들에게 호시탐탐 기회를 노리는 마음과 이심異心이 있는 것은 어쩔 수 없는 일이었다.

14
관우, 한 잔의 술

한 잔 술이 채 식기도 전에 화웅의 목은 떨어지고,
삼 형제 앞에서는 천하의 여포도 등을 돌릴 수밖에

사수관에서는 끊임없이 세작을 내보내 적군의 동정을 살피고 있었는데, 하루는 그 세작 중 한 명이 부장인 이숙에게 보고를 올렸다.

"어찌 된 일인지 요즘 손견의 진영에서 전의를 찾아볼 수가 없습니다. 또 이상한 점은 병참부에서 밥 짓는 연기가 나지 않는다는 점입니다. 설마 먹지도 않고 싸우고 있지는 않을 텐데."

그 말을 들은 이숙은 다음 날 다른 쪽으로 나갔다 온 세작을 불러 물었다.

"적의 군량은 어떠냐?"

“약 1개월 전부터 군량이 들어오지 않았습니다.”

이숙은 고개를 끄덕인 뒤 또 다른 세작을 불러 물었다.

“적의 말은 살이 쪘느냐?”

“요즘 이상하게 마르기 시작한 것 같습니다.”

“적의 병사들은 어떤 노래를 부르느냐?”

“고향을 그리워하는 노래를 자주 부릅니다.”

“알았다.”

세작들을 돌려보내고 이숙은 바로 대장군 화웅을 찾아가 한 가지 계책을 말했다.

“적장 손견을 생포할 때가 왔습니다. 오늘 밤 제가 일군을 이끌고 샛길로 가서 불의에 야습을 가하겠습니다. 장군은 불빛을 신호로 관문을 열고 정면에서 일거에 공격하십시오.”

“성공할 수 있겠느냐?”

“물론입니다. 제가 조사한 바에 따르면 손견은 어떤 의심을 사서 후방의 아군으로부터 군량을 공급받지 못하고 있는 듯합니다. 그 때문에 병사들은 사기가 떨어졌고, 싸울 마음을 잃었으며, 내분이 일어나고 있는 듯합니다. 지금이야말로 대대적으로 공격해서 손견의 목을 벨 때입니다.”

“그런가? 오늘은 달이 밝은 날이렷다.”

“절호의 기회가 아니겠습니까.”

“그럼, 감행하도록 하자.”

곧바로 비책이 결정되었다.

그날 밤, 이숙은 한 무리의 병사를 이끌고 밝은 달빛에 의지하여 샛길로 나갔다. 그리고 양동 마을을 본거지로 포진해 있는 적의 후방으로 돌아가 갑자기 함성을 올렸다.

"와아, 와아."

그리고 손견의 진중으로 뛰어들어 곳곳에 불을 붙이고 활시위를 당기며 적의 뒤를 쫓았다.

미리 준비하고 있던 화웅은 양동 하늘의 붉은빛을 보고 사수관의 문을 활짝 열었다. 그리고 군사들 사이로 말을 몰고 나갔다.

"돌격! 손견을 생포하여 이 문으로 끌고 오라!"

마치 협곡에서 솟아오르는 구름 떼처럼 병사들이 관 밑으로 몰려 내려갔다.

양동의 손견 부대는 단번에 무너지고 말았다.

"물러나지 말라!"

"당황하지 말라!"

손견의 부장들이 선전하며 부하들을 독려했으나 병사들은 제대로 싸우지 못했다. 1개월 동안 후방에서 식량이 오지 않다 보니 병사들은 불만이 많았고, 몸도 마를 대로 말라 군기까지 빠져버렸다.

참으로 원통한 일이었으나 손견에게도 달리 방법이 없었다. 손견은 부하인 정보, 황개黃蓋 등과도 떨어져 이 처참한 패전의 땅에서 조무祖茂라는 부하 한 사람만을 데리고 말에 채찍을 가해 달아났다.

적장 화웅이 그 모습을 보고 날듯이 말을 몰아 뒤쫓았다.

"손견, 비겁한 놈아! 돌아와라!"

“이놈이!”

손견은 말 머리를 돌리고는 말 위에서 활로 화답했다. 두 발을 쏘았지만 화살은 모두 빗나갔다. 초조한 마음으로 세 번째 화살을 메겼으나 너무 세게 잡아당겨 활이 두 동강 나고 말았다.

“아뿔싸!”

부러진 활을 집어 던지고 손견은 다시 말을 돌려 숲 속으로 도망쳤다.

“장군! 투구를 벗으십시오. 주금朱金으로 만든 장군의 투구가 너무 찬란하고 붉어서 쉽게 눈에 띕니다. 적의 표적이 됩니다.”

조무가 뒤따라오며 손견에게 말했다.

“아, 그런가?”

어쩐지 이상할 정도로 화살이 자신에게만 많이 날아온다 생각한 손견은 ‘책幘’이라 불리는, 머리에 쓰고 있던 투구를 벗어 불에 타고 남은 민가의 기둥에 걸었다. 그리고 서둘러 부근의 밀림으로 숨어들었다. 역시나 그 투구를 향해 적의 화살이 빗발처럼 날아들었다. 하지만 아무리 쏘고 또 쏘아도 투구는 찬란하게 빛나기만 할 뿐 계속 그 자리에 있었다. 활을 쏘던 병사 하나가 이를 이상히 여겨 투구 쪽으로 다가갔다.

“아! 손견이 아니구나. 투구뿐이었어.”

수풀 사이로 달은 밝게 빛나고 있었다. 마치 물고기 떼가 헤엄치는 것처럼 허연 그림자와 검은 그림자들이 손견의 행방을 찾아 돌아다녔다. 그 가운데 화웅의 모습도 보였다. 그 순간 나무 뒤에 숨어 있던 손견의 부하 조무가 창으로 화웅을 찌르려 했다.

“이 동탁의 사냥개 같은 놈!”

그러자 화웅이 재빨리 알아채고 몸을 돌렸다.

"패잔병의 필부 놈아! 거기에 있었느냐?"

천둥처럼 내지른 소리가 마치 나무를 찢어놓는 듯했다. 칼 휘두르는 소리 한 번에 조무의 목이 하늘로 날아갔다.

"누가 저놈의 목을 주워 와라."

화웅은 병사에게 그렇게 말하고 솟아오르는 피를 뒤로한 채 유유히 사라졌다.

"아, 큰일 날 뻔했구나."

숨어 지켜보던 손견이 가슴을 쓸어내렸다. 목 없는 조무의 몸이 내팽개쳐져 있는 곳 바로 근처, 관목의 수풀 속에 손견도 숨어 있었던 것이다.

"조무…… 아아, 참담하구나."

손견은 눈물을 흘렸다. 평소 충성스러웠던 조무의 모습이 떠올라 가슴이 아팠다. 하지만 지금 자신은 적의 엄중한 포위 속에 있었다. 손견은 마음을 다잡고 혈로를 뚫기로 했다.

손견은 활에 맞은 상처의 고통도 잊은 채 2리쯤 걸었다. 마침내 포위망을 뚫고 나온 아군을 만났지만 그 수가 전군의 10분의 1에도 미치지 못했다. 거의 전멸과도 다를 바 없는 패배였다.

비통한 밤이 지났다. 기울어가는 달만이 패한 사람의 상처받은 영혼처럼 하얗게 빛나고 있었다.

＊＊＊

"선봉에 섰던 아군이 전멸당했다."

"적의 대군이 승기를 몰아 이곳으로 오고 있다."

후방의 본진은 커다란 동요에 휩싸였다. 총사 원소, 참모 조조 모두 얼굴빛이 변했다.

지난번에는 포충이 몰래 앞질러나갔다가 아군에게 상당한 손실을 입혔고, 이번에는 선봉장인 손견이 전멸에 가까운 대패를 당했다는 보고가 들어왔다. 마침내 진영의 장군들과 전군의 병사들은 완전히 전의를 상실하고 말았다.

원소와 조조를 비롯한 17진의 제후들은 그날 본영의 한 막사에 모여 기울어가는 기세를 만회하기 위해 작전 회의를 열었다. 하지만 한껏 오른 적군의 사기와 화웅의 용맹함에 압도된 탓에 회의 분위기는 위축되어 있었다.

총사 원소는 언짢다는 듯 얼굴을 찌푸리고 있었다. 그러다 문득 공손찬 뒤에서 혼자 미소를 짓고 있는 사람을 보게 되었다.

"공손찬 태수, 귀공의 뒤에 서 있는 사람은 대체 누굽니까?"

원소가 불쾌하다는 듯 물었다.

원소의 질문에 공손찬이 자기 뒤를 잠깐 돌아본 뒤, 그것을 기회로 자리에 모인 각 장군에게 그를 소개했다.

"이분은 탁현 누상촌 사람으로 저와는 어렸을 때부터 친구였습니다. 이름은 유비, 자는 현덕이라고 하는데 얼마 전까지는 평원의 현령으로 있었습니다. 잘 부탁드리겠습니다."

"오, 그렇다면 황건적의 난 때 광종과 영천에서 크게 활약했던 무명의 의군을 지휘하던 분이 아니십니까?"

조조가 깜짝 놀라 말했다.

"그렇습니다."

"어쩐지 어디선가 뵌 적이 있다 싶었는데……. 그래, 맞아. 영천의 전투에서 포위한 광야의 적에게 화공을 가했을 때 진두에서 잠깐 인사를 드린 적이 있었지. 꽤 오래전의 일이라 잊고 있었습니다."

그제야 원소도 의심을 풀고 무례하게 질문한 것을 사과했다.

"누상촌에 명문가의 자손이 있다는 소리는 오래전부터 들었습니다. 유비 나리는 한황실의 종친이십니다. 누가 자리를 좀 내주시오."

한 장군이 자리를 양보하며 앉으라고 권하자 유비가 비로소 입을 열어 사양했다.

"아닙니다. 저는 여러 장군들과는 비교도 되지 않는 조그만 현의 현령입니다. 신분이 다릅니다. 어찌 장군들과 나란히 자리에 앉을 수 있겠습니까? 그냥 서 있겠습니다."

유비는 그대로 공손찬의 뒤에 서 있었다.

원소가 고개를 저으며 말했다.

"거절하지 마십시오. 공은 한황실의 피를 물려받았고, 또 국가에 공적도 있으니 그에 대한 경의를 표하는 것입니다. 사양 말고 자리에 앉으십시오."

"생각해서 베푸는 호의이니 거절하지 마십시오."

공손찬도 자리를 권했다.

각 장군들 역시 자리를 권했고, 유비는 마지못해 그곳에 모인 사람들에게 감사의 인사를 하고 자리에 앉았다. 그러자 관우와 장비가 자리를 옮겨 유비 뒤에 버티고 섰다.

새벽에 시작되어 한나절이 넘도록 계속된 대전이 절정에 이르렀다.

"18개국 17진의 대병이라 허풍을 떨더니 반역군은 오합지졸이로구나. 겁먹을 것 없다."

지금까지의 승리에 도취해 적을 얕잡아본 화웅은 자신이 거느린 낙양의 정예병으로 손견의 일군을 짓밟고 그 기세를 몰아 사수관에서 나왔다. 그리고 바람이 나뭇잎을 휩쓸듯 수십 리를 쇄도해서, 북소리로 구름을 울리고 함성으로 산천을 흔들며 혁신군의 수뇌부라 할 수 있는 이곳 본진의 근처까지 달려왔다.

"아군의 2진이 마침내 돌파당한 듯합니다."

"3진도!"

"큰일입니다. 중군도 진영이 흐트러져 위험합니다."

연이은 패보敗報였다. 그리고 적 화웅의 군이 손견의 붉은 투구를 기다란 장대에 걸고 강물처럼 몰려온다는 보고가 올라왔다.

속속 들어오는 보고마다 아군의 위기를 알리는 것이었다. 그렇다 보니 총대장인 원소를 비롯해 그 자리에 있던 장군들 모두 안절부절못할 수밖에 없었다.

"어찌하면 좋단 말이냐!"

그러나 조조만은 냉정을 잃지 않았다.

"당황해도 소용없습니다. 이럴 때일수록 침착해야 합니다."

조조는 부하를 돌아보며 명령했다.

"술을 가져오게."

"네."

술잔이 각 장군들 앞에 하나씩 놓였다. 조조는 잔을 들더니 벌컥벌컥 술을 마셨다.

와아…….

천둥과도 같은 함성이었다. 땅 울리는 소리도 들려왔다. 다시 피투성이가 된 척후병 하나가 들어와 절규했다.

"트, 틀렸습니다."

척후병은 그 자리에 그대로 쓰러져 숨이 끊기고 말았다. 뒤이어 바로 두어 명이 달려와서는 번갈아가며 보고를 올렸다.

"우리의 중군이 적의 철병에게 유린당해 사방으로 흩어졌고, 이곳의 방비도 이미 허술해졌습니다."

"본진을 다른 곳으로 신속히 옮기지 않으면 위험합니다. 포위를 당하게 됩니다."

"큰일입니다. 코앞까지 적의 선봉이 도달했습니다."

마치 폭풍의 중심에 선 한 그루 나무처럼 가지와 잎 모두가 흔들리고 있었다.

"부어라!"

조조는 부하에게 술을 따르게 하며 여전히 자리에 앉아 있었다. 그런데 취할수록 그의 얼굴이 더욱 창백해졌다.

이대로 앉아 포위를 당할 수는 없다며 벌써부터 본진의 퇴각을 소곤소곤 논의하는 사람도 있었다. 그리고 절반 이상의 장군들 얼굴이 흙빛으로 변해 있었다. 누렇게 피어오른 먼지가 하늘을 덮었고 산천의 초목이 피로 물들었다.

"더 말할 필요도 없습니다. 제가 나가서 적을 무찌르고 떨어진 아군의 사기를 단번에 끌어올리겠습니다."

그때 갑자기 한 장군이 자리에서 일어나 포효하듯 말했다. 원소 장군이 아끼는 장수로 유섭兪涉이라는 사람이었는데 무용으로 이름이 높았다.

"가거라!"

원소는 장하다며 그에게 술을 주었다.

유섭은 단숨에 술을 들이켠 뒤 병사들을 끌고 적군 속으로 뛰어들었다. 하지만 순식간에 패하고 그의 부하 병사가 돌아와 보고를 올렸다.

"유섭 장군은 어지러운 전장에서 적장 화웅과 만나 6, 7합을 싸웠으나 곧 그의 칼에 목숨을 잃고 말았습니다."

그 말에 자리에 있던 장군들이 모두 놀라며 당황했다. 그러자 태수 한복이 말했다.

"당황하실 것 없습니다. 제게 용장 한 사람이 있습니다. 지금껏 백 번을 싸워 한 번도 진 적이 없는 반봉潘鳳입니다. 그가 나서면 화웅의 목을 쉽게 베어올 수 있을 것입니다."

"그 장군은 어디에 계시오?"

원소는 기뻐하며 물었다.

"아마 후진의 우군에 있을 것입니다."

"얼른 이리로 부르도록 하시오."

“네.”

얼마 뒤, 반봉은 손에 커다란 화염부火焰斧를 들고 검은 말을 몰아 본진의 막사로 달려왔다.

“참으로 믿음직한 호걸이로다. 얼른 달려가서 적 화웅의 목을 가져오너라.”

원소의 명령에 반봉은 무릎을 꿇어 대답하고 곧 어지러운 전장 안으로 달려들었다. 하지만 잠시 뒤 반봉 역시 화웅의 손에 목숨을 잃었고, 그 목은 적에게 노리갯감이 되었다. 또다시 돌아온 패배에 각 장군들 모두 안색이 변했으며 전의마저 상실하고 말았다.

원소는 무릎을 치며 탄식했다.

“아아, 안타깝구나. 일이 이렇게 될 줄 알았다면 내 부하인 안량과 문추 두 장군을 데려왔을 텐데. 안량과 문추는 적의 후방을 칠 준비를 위해 일부러 데려오지 않았다. 하지만 그중 한 사람만 여기에 있었어도 적 화웅의 목을 베는 것은 일도 아닐 것이다.”

모두가 침묵했고, 질타를 하는 원소의 목소리만 높아졌다.

“지금 이 자리에는 각지의 제후들이 모두 모였소. 그런데 그 부하 중에 화웅을 벨 장수 하나 없다니 천하가 웃을 일 아닌가? 후대까지의 치욕이 아니냐 말이오.”

총사인 원소마저 초조해하자 제후들은 아무 말 없이 고개만 숙이고 있을 뿐이었다. 그런데 그 침통한 분위기를 깨고 큰 소리로 외치는 사람이 있었다.

“여기에 사람이 없다니 무슨 말씀이십니까? 원컨대 제게 명을 내리

십시오. 바로 나가서 화웅의 목을 가져와 여러분의 발밑에 바치겠습
니다."

모두가 놀라 바라보았다. 그 사람의 키는 커다란 나무의 줄기 같았
고, 수염은 검을 찬 띠에 닿았으며, 눈썹은 누에 같고, 눈은 봉황의 눈
을 닮은 게 마치 하늘의 전귀戰鬼가 땅 위로 내려온 것 같았다.

"저 사람은 누구인가? 대체 누구 수하에 속한 장군인가?"

원소가 묻자 공손찬이 대답했다.

"저 사람은 여기에 계신 유비의 동생으로 관우라 하는 자입니다."

"오호, 유비의 동생이라. 그렇다면 어떠한 관직에 있는가?"

"유비의 부하로 마궁수를 맡고 있었다고 합니다."

그 말을 듣자마자 원소가 화를 내며 관우를 꾸짖었다.

"물러나라. 네놈이 병사의 신분으로 제후들 앞에 나서서 방약무인한
태도로 큰소리를 치다니. 이 분주한 전쟁터에서 헛소리로 방해를 하는
미친놈이구나! 여봐라, 저 꼴도 보기 싫은 놈을 눈앞에서 내쫓아라!"

조조가 나서서 원소를 말렸다.

"잠깐! 같은 편끼리 싸우고 있을 때가 아닙니다. 이 사람이 여러 제
후들 앞에서 큰소리친 것을 보면 그저 장난에 지나지 않은 헛소리라고
는 생각되지 않습니다. 시험 삼아 한번 내보내는 것이 어떻겠습니까?
만약 져서 도망쳐온다면 그때 벌을 내려도 늦지 않을 것입니다."

"아니오. 조조 장군의 말에도 일리는 있으나 일개 병사에 지나지 않
는 마궁수를 내보내 맞서게 한다면 적장 화웅이 비웃으며 낙양에까지
그 말을 전할 것이오."

"웃으려면 웃으라고 하십시오. 제가 보기에 저 사람이 일개 마궁수라고는 하지만 범상치 않은 얼굴을 하고 있습니다. 적이 이미 코앞에 와 있으니 때를 놓치면 이 본진도 유린당하고 말 것입니다. 시비를 가리는 군법은 뒤에 집행하면 됩니다. 관우, 이 술을 마시고 바로 나가도록 하시오. 나가서 싸우시오."

조조가 술을 따라주자 관우가 술잔을 바라보며 말했다.

"감사한 말씀이십니다만, 거기에 잠시 놓아두시기 바랍니다. 잠깐 나가서 화웅의 목을 가져온 뒤에 마시겠습니다."

관우는 82근짜리 청룡도를 옆구리에 끼고 말 한 필을 끌어다 훌쩍 뛰어올랐다. 그러고는 새카만 수염을 두 갈래로 흩날리고 바람을 일으키며 곧장 전장의 먼지 속으로 모습을 감춰버렸다.

관우가 휘두르는 청룡도 끝에서 핏빛 무지개가 번졌다.

"적장 화웅은 어디에 있느냐? 내 비범한 모습에 벌써 겁을 먹고 숨어버린 것이냐? 나와라!"

관우는 적군 속으로 달려들어 화웅을 찾았다.

사나운 호랑이가 양 떼를 쫓듯 수만의 적들이 우르르 내몰려 흩어졌다. 함성 소리가 천지를 뒤덮고 북소리가 산천을 뒤흔들어댔다.

한편 패색이 짙었던 아군의 본진에서는 관우의 출전에 한 줄기 희망을 걸며 싸움의 승패를 궁금해했다. 이에 원소와 조조를 비롯한 각지의 제후들은 모두 장막 안에서 전쟁터의 하늘을 지켜보고 있었다.

잠시 뒤 마치 피의 연못을 건너온 듯 검은 말을 탄 관우가 돌아왔다. 그는 수만의 적병은 돌아보지도 않고 본진을 향해 달려왔다. 그리고 말에서 휙 뛰어내리더니 중앙의 탁자 위에 아직 살아 있는 듯한 머리 하나를 올려놓았다.

"자, 여러분이 직접 보시오."

적의 대장인 화웅의 목이었다. 그 자리에 있던 제후들은 물론 모든 병사들이 놀라 입을 다물지 못했다.

"오오, 화웅이다!"

"화웅의 목을 벴다!"

아군의 모든 장병이 일제히 만세를 부르며 승리의 함성을 내질렀다.

관우가 몇 걸음 앞으로 나가 조조에게 다가섰다. 그리고 피투성이가 된 손으로 조금 전에 맡겨두었던 술잔을 집어 들었다.

"이제 이 술을 마시도록 하겠습니다."

관우는 당당하게 술을 들이켰다. 술은 아직도 따뜻했다. 조조가 그의 노고를 치하한 후 직접 술병을 들고 말했다.

"훌륭합니다. 한 잔 더 따르겠습니다."

"아닙니다. 저 혼자서만 칭찬을 듣자니 미안합니다. 이 한 잔은 전군 을 위해서 들어주시기 바랍니다."

"참으로 옳으신 말씀입니다. 그렇다면 만세 삼창을 외칩시다."

술잔을 들고 조조가 자리에서 일어서자 사람들이 다시 천지를 뒤흔 드는 승리의 함성을 내질렀다.

그때 누군가가 외쳤다.

"승리에 취하기에는 아직 이르오. 우리 관우 형이 화웅의 목을 베었 으니 이번에는 내가 한번 공을 세워 보이겠소. 이 기회를 놓치지 말고 전군을 내세우시오. 내가 선봉에 서서 단번에 낙양으로 공격해 들어가 동탁을 사로잡아다 여러분의 발밑에 꿇어앉게 하겠소.”

사람들이 돌아보니 그는 바로 장팔사모를 들고 유비 옆에 서 있던 장비였다.

원소의 동생 원술이 불쾌하다는 듯 소리를 질렀다.

“쓸데없는 잡소리 말아라. 제후와 고관, 각 국의 명장들도 전부 겸양하여 말을 삼가고 있거늘 일개 현령의 부하가 분수도 모르고 떠드느냐! 참람한 놈이로구나. 닥쳐라!”

조조가 말렸지만 원술이 더욱 화를 내며 말했다.

“저처럼 경박한 자를 우리와 똑같이 대접한다면 나는 우리 병사들을 데리고 그만 돌아가겠소.”

일이 잘못될 것을 걱정한 조조가 공손찬에게 말해 유비, 관우, 장비 세 사람을 자리에서 물러나게 했다. 그런 다음 유비에게 술과 안주를 보내 세 사람의 마음을 달래주었다.

* * *

화웅이 전사했다. 그리고 화웅의 군대가 무너졌다.

파발마에게 패전 소식을 들은 이숙은 깜짝 놀라 동탁에게 일의 다급함을 알렸다. 동탁도 얼굴빛이 변했다.

“아군은 어떻게 되었느냐?”

“달아나 사수관으로 들어갔습니다.”

"관을 나가지 말라고 전하라."

"우선은 후원군이 도착할 때까지 그렇게 하라고 전해두었습니다."

"화웅과 같은 용장이 어찌 그리 쉽게 당했단 말인가?"

"누가 뭐래도 원소에게는 지방에서의 세력과 덕망이 있습니다."

"원소의 숙부인 원외가 아직 낙양에 있었지?"

"태부太傅의 궁에 있습니다."

"너무 위험하구나. 이럴 때 혹시 내응이라도 한다면 낙양은 곧 혼란
에 빠지게 될 것이다."

"저도 그것을 걱정하고 있었습니다."

"중요한 놈을 잊고 있었구나. 바로 제거하도록 해라."

곧 태부 원외의 집으로 승상부의 병사 천여 명이 달려갔다. 안팎에
서 불을 질러 도망쳐 나오는 남녀 하인과 무사 모두를 죽였다. 물론 원
외도 놓치지 않았다.

그날로 20만 명의 대군이 낙양을 출발했다. 그 가운데 이각李催과
곽사郭氾에게 5만 명의 병력을 주어 사수관을 구원하게 했다. 그리고
또 다른 15만 명의 병력은 호로관을 지키기 위해 동탁 자신이 직접 지
휘해서 나아갔다.

동탁을 따르는 부하 장수들 중에는 이유, 여포를 비롯하여 장제張濟,
번조樊稠 등과 같은 쟁쟁한 인물들이 있었다. 호로관은 낙양에서 남쪽
으로 50리쯤 떨어진 곳에 있는데 그곳의 험한 지형에 10만 명의 병사
를 배치하면 천하의 제후도 통로를 잃게 된다고 일컬어지는 요충지였
다. 동탁은 그곳에 본진을 설치한 뒤, 심복인 여포에게 정병 3만 명을

주며 명령했다.

"너는 관 밖에 진을 치도록 해라."

이 요해지를 지키기 위해 동탁이 12만 명의 병력을 주둔시키고 다시 3만 명의 정병을 전방에 배치하고 여포를 그 선봉에 세웠으니, 그야말로 금성철벽金城鐵壁이라 하지 않을 수 없었다. 이렇게 해서 10주와의 통로가 끊기고 제후들은 본국과의 연락을 위협받게 되었다. 그러자 공격진에서 동요의 조짐이 나타나기 시작했다.

"예삿일이 아니오. 바로 회의를 열어 방침을 정해야겠소."

원소의 말을 듣고 조조가 곧바로 회의를 통해 군의 방침을 분명히 했다. 적이 두 갈래로 남하해오니 이쪽도 당연히 병력을 둘로 나누기로 했다. 그렇게 해서 일부는 사수관에 남고 나머지 병력은 호로관으로 향하게 되었다. 총 병력은 8개국이었고 그 여덟 제후는 왕광, 포신, 교모, 원유袁遺, 공융, 장양張楊, 도겸, 공손찬 등이었다.

조조는 아군이 무너지는 곳이나 약한 곳이 있으면 바로 가세할 수 있도록 유격대를 이끌며 대기하고 있었다.

북군의 여포는 명마인 적토마에 걸터앉아 호로관 전방의 부대 속에서 유유히 상대의 진용을 살펴보고 있었다. 여포는 백 가지 꽃이 수놓인 붉은 비단옷 위에 연환개連環鎧라는 갑옷을 입고, 머리를 세 개로 틀어 올렸으며, 자금관紫金冠을 쓰고, 사자 가죽으로 만든 띠에 활과 화살을 꽂고, 손에 커다란 방천극을 쥐고 있었다. 적토마마저 조그맣게 보일 정도로 그의 모습은 제후의 대군을 압도했다.

"저 사람이 바로 여포로구나."

모두가 그저 놀랄 뿐이었다.

그러는 사이 제후군의 진두에서 하내태수 왕광이 그의 부하인 맹장 방열方悅과 함께 하내의 강병들을 몰아 여포군에게 다가갔다.

"여포를 쳐라!"

적의 북소리가 울리는데도 여포는 아군을 제지하며 침착한 모습을 보였다.

"움직이지 말라. 가까이 올 때까지 기다려라."

마침내 적과 아군의 거리가 백 보 안쪽으로 가까워지자 여포의 호령이 떨어졌다.

"나가서 모두 죽여라!"

여포도 앉아 있던 적토마에 철 채찍을 휘두르며 하내의 병사들 속으로 뛰어들었다.

"이얏!"

여포의 고함 소리가 울려 퍼졌다. 그가 방천극을 좌우로 휘두를 때마다 적병의 목, 손발, 몸뚱이 등이 치솟는 핏줄기와 함께 날아갔다.

"그리 대단할 것도 없구나. 여포가 여기에 있다. 이 여포에 맞설 자가 아무도 없단 말이냐?"

여포는 오만한 말을 내뱉으며 종횡무진으로 날뛰었다. 무인지경이라는 말은 그야말로 지금의 상황을 가리키는 말이었다. 수백이나 되는 잡병들이 밀고 들어가 그의 앞을 가로막았으나 추풍낙엽과 다를 바 없었다. 말은 천하의 명마인 적토였다. 강인한 적토마의 발굽에 밟혀 죽은 병사만 해도 몇십, 몇백 명인지 헤아릴 수가 없었다.

낙양의 아이들이 그러한 그의 모습을 노래로 불렀다.

　　목장에 말은 많지만

　　말 중 으뜸은

　　적토마라네

　　낙양에 사람은 많지만

　　용사 중 으뜸은

　　여포 봉선이라네

그러하니 제후군 모두 이번 대전에서 여포를 베는 사람이 최고 공로자가 될 것이라는 사실을 잘 알고 있었다.

하내의 맹장 방열이 창을 들고 여포에게 나아갔지만 2, 3합도 싸우지 못하고 여포의 방천극에 맞아 말과 함께 목숨을 잃고 말았다. 그러자 가장 아끼던 부하를 잃은 태수 왕광이 반월창을 휘두르며 여포를 향해 말을 달렸다.

"네 이놈!"

하지만 좌우로 아군 병사들이 피를 뿜으며 픽픽 쓰러지자 그는 창백해진 얼굴로 서둘러 말 머리를 돌렸다.

"왕광, 부끄러운 줄도 모르는구나."

뒤에서 여포가 비웃었지만 왕광의 귀에는 들리지 않았다. 그런데 바로 그때 교모와 원유의 부대가 아군의 위험을 보고 여포의 병사를 양쪽 날개에서부터 감싸더니, 함성을 지르고, 북을 울리고, 화살을 쏘고,

흙먼지를 일으키며 견제하기 시작했다.

적토마는 물러서지 않았다. 눈 깜빡할 사이에 모습이 사라졌는가 싶더니 이내 나타나 그곳을 무너뜨리고, 다시 눈 깜빡할 사이에 다른 쪽의 적을 흩어놓았다.

상당태수上黨太守 장양의 휘하에 창 잘 쓰기로 유명한 목순穆順이라는 장수가 있었다. 목순의 창 역시 여포와 맞서자 쉽게 두 동강이 나고 말았다. 북해태수 공융의 부장 중에 무안국武安國이라는 괴력을 지닌 사람도 여포 앞에 서자 어린아이와 다를 바 없었으며 무게 50근이나 되는 철퇴도 헛되이 허공만 가를 뿐, 한쪽 팔을 잘려 헐레벌떡 아군 속으로 도망쳐 들어갔다.

여포에게는 더 이상 적이 없었다. 그의 모습은 마치 빽빽한 구름을 흩어놓는 태양과도 같았다. 그가 가기만 하면 8주의 용사들도 얼굴빛이 바뀌었으며, 8주의 태수들도 말 머리를 돌려 도망칠 뿐이었다.

"어찌하면 좋겠는가?"

원소는 방책을 잃고 조조와 의논했다.

"여포는 몇백 년에 하나 나올까 말까 하는 용맹한 자입니다. 평범하게 싸워서는 천하에 당할 자가 없을 것입니다. 이렇게 된 이상 18개국 제후들이 모두 합세하여 싸워야 합니다. 그들이 멀리서부터 공격해 들어가 그가 지치기를 기다렸다 일제히 덤벼 생포하는 하는 것 외에는 방법이 없습니다."

조조가 팔짱을 긴 채 말했다.

"나도 그렇게 생각하오."

원소는 바로 군령을 내리고, 사수관을 지키기 위해 남겨두었던 10개 국의 제후들에게 급히 전령을 보냈다. 그런데 그 전령이 출발하기도 전에 귀를 찢는 듯한 소리가 들려왔다.

"여포다!"

"여포가 온다!"

성난 파도에 밀려오는 쓰레기처럼 아군의 병사들이 본진으로 우르르 도망쳐 들어오고 있었다.

"아뿔싸!"

부장들은 원소 주위로 모여 그를 철통같이 지키는 한편, 물러나지 말라며 독전을 하기도 하고 어서 싸우라는 둥, 여포를 막으라는 둥, 한꺼번에 덤비라는 둥 입으로만 얘기하고 앞으로 나서는 사람이 아무도 없었다. 진중의 혼란이 극에 달해 아비규환이 되었고, 날뛰는 말과 병사들로 어수선했으며, 그저 처참한 기운만 감돌고 있을 뿐이었다.

잠시 뒤 여포의 커다란 목소리가 울려 퍼졌다.

"여포가 여기에 있다. 조조는 어디에 있느냐? 적장 원소를 좀 봐야겠구나."

원소는 이미 잡병들 속에 섞여 들어가 여포의 눈에 띄지 않았다. 여포의 적토마는 질풍처럼 진의 일각을 돌파하여 다음 적진을 짓밟으려 하고 있었다. 그곳은 유비가 종군하고 있던 공손찬의 진지였다. 여포가 빽빽하게 늘어선 깃발을 보고 다시 외치며 저돌적으로 달려들었다.

"공손찬, 나와라."

수십 폭의 깃발이 바람에 쓰러지는 풀잎처럼 순식간에 적토마에게 짓밟혔으며 칼과 창이 부러지고 철궁과 철퇴도 완전히 무용지물이 되었다.

"네놈이 감히!"

공손찬이 이를 갈며 비장의 무기인 극戟을 휘두르며 다가갔다가 적토마를 달려 돌진해오는 여포의 눈빛을 보고는 제대로 붙어보지도 못하고 도망쳤다.

"하찮은 놈! 그 목을 내놓고 가라."

하루에 천 리를 달린다는 말의 발굽이 흙먼지를 일으키며 쫓아가려는데, 갑자기 장팔사모를 휘두르며 바람처럼 달려드는 사람이 있었다.

"기다려라, 여포! 연인燕人 장비가 여기에 있다. 내가 먼저 네 목을 베겠다."

"누구냣?"

여포는 적토마를 멈추고 몸을 휙 돌렸다.

장부 한 사람이 위풍당당하게 버티고 서 있었다. 호랑이 수염을 빳빳이 세우고 모란과 같은 입을 벌리고, 장팔사모를 들고 다가가자마자 내리치려 하는 모습은 참으로 늠름했으나 갑옷과 마구가 빈약하기 짝이 없는 게 적의 일개 보궁수에 지나지 않아 보였다.

"미천한 것! 물럿거라!"

여포는 큰 소리만 한번 지르더니 상대할 것도 없다는 듯 그대로 다시 적토마를 달렸다. 그러자 장비가 그 앞으로 다가가 말을 멈추고 외쳤다.

"여포, 말을 멈춰라. 유비 현덕의 휘하에 이 장비가 있음을 모르느냐?”

장비의 장팔사모가 옆으로 춤을 추더니 적토마의 갈기를 슉 스치고 지나갔다.

“이 잡병 놈이!”

여포가 눈을 치켜뜨고 방천극을 휘두르며 장비를 덮쳤다. 하지만 장비는 재빠르게 옆으로 돌았고, 소리를 지르며 창끝으로 여포를 찌르려 했다. 뜻밖에도 장비는 강적이었다.

‘이놈은 함부로 대할 수 없겠구나.’

여포가 속으로 생각했다.

장비는 처음부터 필사적이었다. 그는 가난한 시골에서 민병으로 일어나 수년 동안 무위무관無位武官이라 업신여김을 받으며 전쟁터를 떠돌았다. 그러다 다시 벽지에 묻혀 군살만 늘어가는 허벅지를 오래도록 한탄해왔다.

지금 장비는 천하의 제후들과 대군이 모두 모인 전장에서 천하의 영웅이라 일컬어지는 여포를 상대하게 된 것을 천재일우의 기회이며, 뜻을 세운 이후 처음으로 맞이한 기회라고 생각했다. 하지만 여포는 이름 높은 호웅豪雄이었다. 쉽게 벨 수 있는 상대가 아니었다.

두 호걸은 그야말로 불꽃이 튀게 싸웠다. 장팔사모와 방천극이 위에서 한 번, 아래서 한 번, 다른 사람이 끼어들 틈도 없이 혼신의 힘을 다해 부딪쳤다.

‘이런 호걸도 다 있구나!’

천하의 장비도 내심 혀를 내둘렀다.

‘이렇게 훌륭한 사람이 어찌 보궁수 따위로 있는 것인지?’

여포도 마음속으로 놀랐다.

장비의 사모가 몇 번이나 여포의 자금관과 연환 갑옷을 스쳐 지나가고, 여포의 방천극도 때때로 장비의 눈썹 앞과 갑옷의 팔을 스쳐 지나가 당장이라도 어느 한쪽이 위험에 처할 것처럼 보였다. 두 호걸은 계속해서 함성을 내질렀고, 오히려 그들이 타고 있는 말이 땀범벅이 되어 재갈을 악물었다. 그렇게 말은 지쳐 보였으나 말 위에서 싸우는 두 사람은 지칠 줄을 몰랐다.

“앗, 장비가!”

“앗, 여포가!”

여포의 기세는 싸우면 싸울수록 더욱 사나워졌다. 그에 비해 장비는 약간 힘겨운 듯 보였다. 그 모습을 멀리서 조조와 원소를 비롯한 18개 국의 제후들이 내심 걱정스러운 낯빛으로 바라보고 있었다. 그때 돌풍처럼 아군의 말 두 마리가 달려들었다.

“장비야, 물러나서는 안 된다.”

관우가 소리치며 덤벼들었다. 그러자 곁에 있던 유비도 소리쳤다.

“나는 유비 현덕이다. 적장 여포, 꼼짝 마라.”

유비의 양손에는 크고 작은 검 두 개가 번뜩이고 있었으며 관우의 손에는 82근 청룡도가 들려 있었다. 마침내 의형제 셋이 세 방향에서 여포를 감싸고 필사의 바람을 일으켰다. 제아무리 여포라 할지라도 더는 당해낼 수 없을 것처럼 보였다.

순간 여포가 맹수처럼 울부짖었다.

"이놈들, 한꺼번에 덤벼라."

여포는 그들을 비웃으며 여유를 보였다. 그리고 관우, 장비, 유비 세 사람에게 겁먹지 않고, 오른쪽 왼쪽을 오가며 섬광을 번뜩였다. 이제는 전쟁터의 모든 이목이 그들에게 집중되었다. 각 국의 제후들도 모두 술에 취한 듯 진영에서 그 모습을 지켜보았다.

여포가 유비의 얼굴을 찌르려던 찰나, 두 마리 용이 물을 박차고 나와 하나의 여의주를 놓고 다투는 것처럼 장비와 관우가 고함을 지르며 여포의 말을 감쌌다. 두두두두, 적토마가 뒤로 물러섰다. 그제야 여포는 자신에게 형세가 불리하다는 것을 깨달았다.

"내일 다시 싸우자."

여포는 훌쩍 말 머리를 돌려 자신의 진영 쪽으로 돌아갔다. 그러자 유비, 관우, 장비 세 사람이 그를 놓쳐서는 안 된다는 듯 말을 몰아 뒤쫓았다. 유비가 커다란 소리로 외쳤다.

"우리는 내일을 모르는 무사가 아니냐? 전장에서 만나 내일이 어디 있느냐? 돌아와라, 여포!"

그때 여포 쪽에서 화살이 하나 날아들었다. 말을 달리던 여포가 몸을 비틀어 사자 가죽으로 된 띠에서 다시 화살 한 발을 쏘았다.

"불만이라면 우리 진까지 따라오도록 해라."

그는 세 발을 쏜 후 순식간에 호로관 안으로 도망쳐 들어갔다.

"안타깝구나!"

관우와 장비 모두 이를 갈았으나 더는 어쩔 수가 없었다. 그도 그럴 수밖에 없었다. 하루에 천 리를 달리는 적토마가 힘껏 내달리기 시작하자 관우, 장비가 타고 있는 평범한 말과는 비교조차 되지 않았다.

여포가 도망을 치자, 땅에 떨어졌던 아군의 사기가 단번에 하늘을 찔렀다. 제후들이 총공격을 명령했고 함성이 천지를 뒤흔들었다. 적군도 여포를 따라 호로관 안으로 물러났으나 그 절반은 관문 안으로 들어가지 못하고 목숨을 잃었다. 제후의 군들은 밀물처럼 관으로 몰려갔다. 적은 관의 철문을 굳게 닫아걸고 안에 갇혀 패전의 신음 소리를 나지막이 올리고 있었다.

관우, 장비는 관문 바로 밑에까지 가서 문을 깨부수려 했지만 천하의 요새라 일컬어지는 철벽을 도저히 넘어설 수가 없었다. 바로 그 순간 문득 관 위의 아득한 하늘을 올려다보니 금수를 놓은 깃발과 무수한 기치가 펄럭이는 곳에 푸른 비단으로 만든 일산이 눈에 띄었다.

장비가 입을 쩍 벌려 커다란 소리로 고함을 질렀다.

"오오, 저기 보이는 놈이 바로 적의 총사 동탁이다. 녀석을 눈앞에 두고 그냥 있을 것이냐. 계속 공격하라."

장비가 성벽을 향해 똑바로 달려나가 기어오르려 했으나 곧 위에서 통나무와 바위가 소나기처럼 쏟아졌다. 장비는 발을 동동 구르며 분개했고, 그런 장비를 관우가 간신히 달래 그 밑에서 백 보쯤 떨어지게 했다.

그렇게 해서 그날의 격전은 끝이 났다. 사람들은 이를 호로관의 삼전三戰이라고 불렀다.

15

생사일천生死一川

낙양에 불을 지른 동탁은 천자를 장안으로 옮기려 하고,
홀로 그들의 뒤를 쫓던 조조는 생사의 기로에 서게 되는데……

아군의 대첩에 조조를 비롯한 18개국 제후들이 운집한 본진은 기쁨으로 술렁였다. 단칼에 벤 적의 목이 수만이었고, 그것들을 커다란 구덩이를 파서 묻었다. 그 모습을 보며 조조가 한탄했다.

"이 수많은 목 가운데 여포의 목 하나가 없는 것이 안타까울 뿐이로구나."

그러자 원소가 웃었다.

"아니오. 장비나 관우와 같은 잡병들에게 져서 도망을 치다니, 여포의 목도 이제는 예전과 같은 가치가 없소."

　모든 군은 이기면 자기 한 사람 때문에 이긴 것이라 생각하고, 지면 그 원인을 모두 다른 사람에게서 찾으려 했다.

　개선가와 함께 술잔을 들고 난 뒤 모두가 각자 자신의 진지로 돌아갔다. 원술 역시 자신의 진지로 막 돌아왔는데 그를 불러 세우는 한 장군이 있었다.

　"기다리시오, 원술."

　원술은 원소의 동생으로 군량의 공급을 총괄하고 있었다. 누군가 싶어 돌아보니, 사수관의 첫 전투에서 참패를 당한 뒤 진중에서도 무시를 당해 언제나 주눅이 들어 있던 장사태수 손견이었다.

　"아, 손견 태수님. 태수님도 진지로 돌아가시려던 참입니까?"

　"아니오, 귀공을 만나기 위해 일부러 여기로 온 것이오."

　"대체 무슨 일이십니까?"

　"다름이 아니라, 얼마 전 내가 선봉이 되어 사수관을 공격했을 때, 귀공은 어째서 고의로 군량의 공급을 중단한 것이오. 대답을 좀 들어봅시다."

　손견이 검의 자루를 쥐고 따져 물었다. 원술이 창백하게 질린 얼굴로 대답했다.

　"아아, 그 일 말씀이십니까? 그 일에 관해서는 태수님을 뵙고 직접 사정을 말씀드리려 했으나 진중이라 워낙 정신이 없어서⋯⋯."

　"그런 말은 듣고 싶지도 않소. 어째서 군량을 보내지 않았는지 그것만 얘기하면 내게도 다 생각이 있소. 무릇 이 손견은 동탁과 아무런 원한도 없소. 단지 이번 격문에 응해 참전한 것은, 위로는 나라를 위함이고 밑으로는 백성의 괴로움을 구하기 위해서였소. 그런데 잡인들의 참언을 믿고 고의로 이 손견에게 패전의 쓴맛을 보게 했으니 아군이라 할지라도 그냥 넘어갈 수가 없소. 대답을 들어보고 경우에 따라서는 이 자리에서 귀공의 목을 칠 각오로 온 것이오. 자, 할 말이 있으면 해보시오.”

손견은 과격한 남방 출신으로 성격이 급했다. 그는 붉으락푸르락한 얼굴로 눈꼬리를 추켜세우며 물었다. 원술은 다리가 덜덜 떨리기 시작했다.

“자자, 그렇게 화내지 마십시오. 저도 나중에는 참으로 죄송스럽게 생각하고 있었습니다. 어쨌든 죄가 있는 놈은 태수님을 참소한 자입니다. 그놈의 목을 치고 진중에 높이 내걸어 태수님의 누명을 씻어드릴 테니 진정하십시오.”

곧장 원술은 자신에게 군량의 공급을 끊자고 진언한 진중의 부장을 불러 이유도 말하지 않고 몸을 묶어버렸다.

“이자입니다. 이자가 태수님에 대해 자꾸만 참언을 하기에 저도 모르게 귀를 기울이게 되었던 것입니다. 부디 이것으로 울분을 푸시기 바랍니다.”

그러고는 좌우의 부하들에게 명령해 바로 부장의 목을 베어버렸다.

이와 같은 소인배를 상대로 화를 내봐야 소용없는 일이라고 생각한 것인지 손견은 쓴웃음을 지으며 자신의 진지로 돌아갔다. 그리고 오랜만에 장막을 내리고 잠을 자려 하는데 보초를 서던 병사의 목소리가 들려왔다.

“……무슨 일이지?”

손견이 몸을 일으키자 늘 그의 곁에서 호위하는 정보, 황개 두 장군이 장막 사이로 조그맣게 말했다.

“태수님, 잠자리에 드셨습니까?”

“밤늦게 무슨 일인가?”

손견이 침소의 장막을 걷고 심복 정보에게 물었다. 그러자 정보가 손견에게 가까이 다가가 귀에 대고 속삭였다.

“이 깊은 밤에 진문을 두드리는 자가 있었습니다. 누군가 했더니 적의 밀사 두 명으로 은밀하게 태수님을 뵙고 싶다고 합니다.”

“뭐? 어쨌든 만나보기로 하지.”

손견은 뜻밖이라 생각했는지 사자를 안으로 들이게 했다.

목숨을 걸고 온 적은 손견의 모습을 보자마자 온갖 솜씨를 다해 말했다.

“저는 동 상국의 부하 중 하나인 이각이라고 합니다. 승상께서는 평소부터 장군을 깊이 흠모하고 있었기에 장군과 오래도록 호의를 맺고자 저를 사자로 보내신 것입니다. 그것도 언약이나 형식만의 호의가 아니라 마침 동 상국에게는 묘령의 따님이 계시니 장군의 아들 중 한 분과 혼인을 시키고 자제분 모두를 군수나 자사에 봉하겠다고 하셨습니다. 이렇게 좋은 혼담과 영달의 기회는 다시없으리라 여겨집니다만…….”

말이 채 끝나기도 전에 손견이 버럭 고함을 질렀다.

“닥쳐라! 올바른 도리조차 헤아리지 못해 황제를 살해하고 백성을 도탄에 빠지게 하고도 오로지 자신의 사욕만을 채우려 하는 짐승 같은 놈에게 어찌 내 아들을 사위로 맞게 할 수 있겠느냐? 내 소망은 역적 동탁을 죽이고 그 구족을 멸하여 낙양의 문에 걸어두는 것밖에 없다. 그 소망을 이루지 못하면 죽어도 눈을 감지 않으리라 맹세했다. 목숨이 붙어 있을 때 얼른 돌아가서 동탁에게 그대로 전해라."

손견이 통렬하게 거절했으나 뻔뻔한 사자는 조금도 주눅 들지 않고 다시 혀를 놀리려 했다.

"바로 그 점입니다. 장군……."

"당장 네놈의 목을 베고 싶다만 잠시 붙여두겠다. 얼른 돌아가서 동탁에게 내가 한 말을 전해라."

손견은 사자의 말을 더 들으려고도 하지 않았다.

이각과 또 한 명의 사자는 황망히 낙양으로 달아났다. 그리고 이 사실을 있는 그대로 동탁에게 상세히 보고했다. 동탁은 호로관의 대패 이후 기세가 꺾여 있었다.

"이유, 어떻게 하면 좋겠는가?"

동탁은 심복인 이유와 상의했다.

"안타까운 일입니다만, 지금은 장래의 커다란 계획을 세워 아군의 전환기를 꾀해야 할 때입니다."

"전환기라 함은?"

"과감하게 낙양을 버리고 장안으로 천도하는 것입니다."

"천도라……."

"그렇습니다. 조금 전 호로관에서 여포마저 패하고 나자 병사들 모두 전의를 완전히 잃은 상태입니다. 하오니 일단은 병사들을 거두고 천자를 장안으로 옮겨 때를 기다렸다 싸우는 것이 이로울 듯합니다. 게다가 요즘 낙양의 아이들이 부르는 노래를 들어보니, '동쪽에 한나라 하나, 서쪽에 한나라 하나, 사슴이 달려 장안으로 들어야, 비로소 난이 가라앉으리'라는 내용입니다. 그 내용을 생각해보니 서쪽의 한나라란 고조를 뜻하는데 장안에 도읍하여 12대의 태평을 누렸으며, 동시에 장안의 풍요로움 속에 머문 적이 있었던 승상의 길한 방향을 암시하는 것입니다. 동쪽의 한나라란 광무제가 낙양에 도읍한 이후 지금까지 12대를 말하는 것인 듯합니다. 하늘이 정한 운이 이와 같습니다. 만약 장안으로 옮기신다면 승상의 운세가 더욱 상승할 것입니다."

이유의 말을 듣자 동탁은 단번에 앞길이 탁 트인 것 같다는 생각이 들었다. 그 천문설天文說은 곧 정책의 커다란 방침이 되었으며 조정에서 논하게 되었다. 아니, 독재적으로 백관에게 통보했다.

조정의 회의라고는 하나 동탁이 입을 열면 그것은 절대적인 것이었다. 하지만 이번만은 아무리 무능한 백관이라 할지라도 얼굴에 동요의 빛을 감추지 못했다. 무엇보다 황제도 깜짝 놀랐다.

"……천도?"

중대한 일이라 선뜻 찬성하는 목소리조차 일지 않았다. 반대하는 사람 역시 없었다.

정적의 시간이 이어졌다.

그러다 사도 양표가 처음으로 입을 열었다.

"승상, 지금은 그럴 때가 아닌 듯합니다. 관중關中의 백성은 새로운 황제가 자리에 오르신 뒤 아직 며칠도 편히 쉬지 못했습니다. 그런데 다시 유서 깊은 낙양을 버리고 장안으로 천도한다고 하면 백성들이 그야말로 끓는 물처럼 일어나 천하가 소란스러워질 것입니다."

그 뒤를 이어 태위 황완이 말했다.

"그렇습니다. 양표의 말대로 천도는 불가한 일이라 여겨집니다. 그 이유는 분명합니다. 여기에 모여 있는 백관 모두가 그 이유를 알고 있으나 단지 승상의 뜻을 거스르는 것이 두려워 입을 다물고 있는 것일 뿐입니다."

뒤이어 순상도 반대했다.

"만약 지금 왕부王府를 들어 이 땅을 떠난다면 상인은 그 판로를 잃고, 공장工匠은 그 직을 잃을 것이며, 백성은 떠돌며 하늘을 원망할 것입니다. 승상, 부디 민초들을 가엾이 여기소서."

계속해서 이론이 일자, 동탁은 험악한 표정을 지으며 소리쳤다.

"하찮은 백성이 어쨌다는 게냐? 천하의 계책을 논하는데 어찌 백성을 일일이 생각하겠느냐?"

순상이 다시 말했다.

"백성은 나라의 근본입니다. 백성이 없으면 나라도 없습니다."

"이놈! 아직도 입을 놀릴 생각이냐? 저놈들의 관직을 빼앗고 위계를 박탈하라."

동탁은 그렇게 말하고는 묘廟에서 내려왔다. 그리고 우선 궁문에서 나와 마차를 집으로 향하게 했다.

얼마 뒤, 가로수 밑에 있던 젊은 무사 둘이 달려와 동탁의 마차 앞에 꿇어앉았다.

"승상, 잠시만 멈춰주십시오."

"잠시만 기다려주십시오."

성문의 교위 오경과 상서 주비였다.

"뭐냐, 네놈들은? 감히 내 길을 가로막다니!"

"무례함을 무릅쓰고 말씀을 올리러 왔습니다."

"무례함을 무릅쓰고 왔다? 내게 무슨 말을 하려는 게냐?"

"오늘 궁중에서 천도를 내정했다는 소리를 들었습니다."

"내정이 아니라 결의다."

"그 말을 듣고 미천한 저희까지 놀랐습니다. 전통 깊은 도읍은 하루 아침에 이루어지는 것이 아닙니다. 어찌 한나라 황실 12대의 광휘가 있는 이 땅을 버리고……."

"하루살이 같은 놈들, 지금 무슨 소리를 하는 게냐? 서생 주제에 조정의 결의에 이의를 제기하다니, 발칙한 놈들이로구나. 그것도 길바닥에서."

"아무리 화를 내셔도 천하를 위해서 좌시할 수가 없습니다."

"좌시할 수 없다? 이놈들 적의 첩자가 아니냐? 살려두면 훗날의 근심이 될 것이다. 이놈들의 목을 쳐라!"

동탁이 마차를 움직이게 하자 두 사람이 충간을 외치며 마차의 바퀴에 매달렸다. 곧 동탁의 부하들이 두 사람의 등을 찌르고 목을 베어 마차 덮개까지 선혈이 튀었다. 그리고 바퀴에는 살덩이가 걸려 붉은 실이 엉겨 붙어 빙글빙글 돌아가는 것처럼 보였다. 그것을 본 낙양 사람들은 모두 눈물을 흘렸다.

천도를 한다는 소문은 한나절 사이에 퍼졌고, 그 말을 들은 사람들은 모두 망연자실했다. 밤이 되자 그날따라 땅은 더 어두웠고, 하늘에서는 더 이상한 요성妖星의 빛이 반짝이는 것처럼 보였다.

"천도를 하라는 명령이 떨어졌대."

"여기를 버리고 장안으로 간대."

"그럼 어떻게 되는 거지?"

낙양 사람들은 청천벽력 같은 소리에 어찌해야 좋을지를 몰랐다. 거기다 어제 한낮에 동 상국의 마차를 향해 직언을 한 두 충신이 토막 난 처참한 광경을 직접 목격한 판이었다.

"아무 소리도 말라고."

"쓸데없는 말 하지 마."

"목이 달아날 거야."

그저 부들부들 떨기만 할 뿐 불평 한마디 하지 못했다.

참으로 한탄스럽게도 동탁은 하늘을 두려워하지 않았으며, 또 땅에 가득한 민심의 원성조차 마음에 두지 않았다. 그는 하룻밤 푹 자고 나서 눈을 뜨자마자 바로 이유를 불렀다.

"이유, 이유!"

"네, 여기 있습니다."

"천도를 위한 명령은 끝났는가?"

"전부 끝났습니다."

"조정의 공경, 백관들도 모두 알고 있겠지?"

"옮길 준비에 정신없이 부산을 떨고 있습니다. 그리고 성문에 방을 높다랗게 붙였고 각 관리들에게도 사실을 전파하라 했으니 낙양 안의 백성들도 대부분 어가를 따라 장안으로 옮길 것입니다."

"아니, 그것은 가난한 자들뿐일 것이다. 부유한 놈들은 바로 가재를 은닉하고 한적한 땅으로 숨어버릴 거야. 승상부와 조정에도 금은이 부족하지 않은가?"

"그렇습니다. 천도 명령과 동시에 군비 징발령을 발하겠습니다."

"알아서 하게. 일일이 법문을 발할 필요도 없어."

"그럼 제게 맡기십시오."

이유는 5천 명의 병사를 고른 뒤, 낙양 안에 풀어 천도와 군자금을 명한다는 명목으로 낙양 안의 그럴듯한 부호의 집을 습격하게 했다. 그리고 금은재보를 산더미처럼 모아 말과 수레에 쌓아 장안으로 수송하게 했다.

낙양은 무정부 상태가 되어버렸다. 관아의 기강, 경찰제도, 모든 질서가 하룻밤 사이에 무너져 시가는 혼란에 빠졌다.

부자들의 재산을 몰수하는 방법도 악랄했다. 광풍에 휩싸인 난폭한 병사들은 부자의 집이 눈에 띄면 그 집을 사방에서 에워싼 후 안으로 뛰어 들어가 가재금은을 짊어져 나왔으며 맞서는 사람이 있으면 그 자리에서 베었다. 그사이 젊은 여자의 비명이 사람들 눈에 띄지 않는 은밀한 곳에서 들려오기도 하고 또 버젓이 업어가기도 했다. 차마 눈 뜨고 볼 수 없는 광경이었다.

어림군의 장교들은 유민이 다른 지방으로 옮겨가는 것을 막기 위해 병력을 동원하여 강제적으로 그들을 한곳에 모은 뒤, 백성의 가족들을 5천이나 7천 명씩 한 무리로 묶어 장안으로 떠나게 했다. 젖먹이를 안은 아낙, 노인이나 환자를 업은 사람, 남루한 옷과 허름한 가재를 짊어진 채 아이의 손을 잡고 가는 사람 등등 내일을 알 수 없는 운명에 처한 산양과 같은 유민들의 행렬은 참으로 비참한 것이었다.

짐승처럼 날뛰는 병사들이 손에 든 검을 채찍처럼 끊임없이 휘두르며 고함을 질렀다.

"걸어, 어서 걸으라고. 걷지 않으면 베겠다!"

"환자 따위는 버리고 가!"

병사들은 협박은 물론, 백주에 남의 부인을 희롱하기도 하고 그 남편을 찌르기도 하고 제멋대로 난폭하게 굴었다. 그 때문에 유민들의 울음소리가 산야에 메아리쳐 하늘마저 어두워지는 것처럼 느껴졌다.

같은 날, 동탁도 자신의 집을 떠났다. 그는 사사로이 쌓아둔 재물을 80량의 수레에 실어 늘어놓고 마차에 올라 명령했다.

"자, 그만 가볼까?"

그는 낙양에 아무런 미련도 없었다. 애초부터 1년이나 1년 반 사이에 빼앗은 도성이었다. 그렇지만 공경, 백관 중에는 오랜 역사와 함께 조상들이 살아온 땅이기에 안타까운 눈물을 흘리는 사람도 있었다.

"아아, 마침내 떠나는구나."

심지어는 통곡하는 사람까지 있었다.

그로 인해 출발이 늦어지자 동탁은 이숙을 책임자로 삼아 강권을 행사하게 했다.

"오늘 아침 인시寅時를 기하여 궁문, 이궁, 성루, 성문, 각 관아, 시가지 전부에 불을 질러 낙양 전체를 화장하겠다."

그것은 틀림없이 곧 몰려들 원소와 조조 등의 북상군에 대한 초토화 전술이기도 했다.

모든 일이 다급하게 이루어졌다. 그 혼란은 말로 표현하기 어려울 정도였다. 머지않아 인시가 되었다. 우선 궁문에서부터 불길이 치솟았다.

자금전紫金殿의 난간, 유리루琉璃樓의 기와, 88문의 금벽, 원앙지鴛鴦池의 다리, 그 외에도 후궁의 건물, 친왕료親王寮, 의정묘議政廟의 웅대한 건축물 등 모든 전통 있는 건축물이 활활 타오르는 열풍 속으로 사라지고 말았다.

'며칠이나 타겠구나.'

동탁은 그렇게 생각하며 커다란 화염을 뒤로하고 출발했다. 뒤이어 화염 속에서 제왕, 황비, 황족의 어가가 곡을 하듯 어지러이 달려나왔다. 그리고 앞다퉈 공경, 백관의 마차와 후궁 여자들의 가마와 내관들의 말과 재산을 쌓은 수레와 온갖 사람들이 낙양 밖으로 분주하게 쏟아졌다.

한편 여포는 동탁에게 따로 명령을 받고 전날부터 제실의 종묘로 가 있었다. 그는 만여 명의 백성과 인부를 동원하고 수천 명의 병사를 감독하여 역대 제왕의 분묘, 후비와 각 대신들의 무덤까지 남김없이 파헤쳤다.

제왕의 분묘에는 각 시대의 진귀한 보물과 주옥이 함께 묻혀 있었다. 황비, 황족에서부터 각 대신들의 묘까지 합치면 어마어마한 양이었

다. 그중에는 쉽게 얻을 수 없는 보검이나 명경名鏡, 그리고 대량의 금
은보화도 있었다. 애초부터 토용土俑이나 토기 따위에는 눈길조차 주
지 않았다.

그것을 수레에 실으니 수천 량이나 되었다. 가치로 따지자면 몇백억
이 될지 알 수 없을 정도였다.

"밤낮 가리지 말고 장안으로 옮겨라."

여포는 병사를 붙여서 그것들을 장안으로 보내고, 한편으로는 아직
호로관을 지키기 위해 남은 후방군에게 사자를 보내 관문을 버리라고
전한 뒤, 질풍처럼 달려 장안으로 후퇴하라는 명령을 내렸다.

'장안까지 후퇴하라니, 어찌 된 일이지?'

후방군의 대장 조잠이 관을 버리고 전군을 후퇴시키고 보니 낙양은
이미 활활 타오르는 불길과 연기뿐, 사람의 그림자조차 찾아볼 수 없
었다.

미리 통보를 해두면 수비병들이 동요하여 천도가 채 끝나기도 전에
적군이 봇물처럼 밀려들 우려가 있었기에 일부러 직전까지 통보하지
않은 것이었다. 그만큼 천도는 갑작스럽게 행해졌다.

여포 역시 파헤친 능의 구멍을 무수히 남겨둔 채 벌처럼 신속하게
장안으로 날아갔다.

***

당시 공격을 하던 북상군 쪽에서도 지난 며칠 적군의 동정을 이상히

여기고 있었다. 그러던 차에 마침 첩보가 들어왔고 각 군에 명령이 전달되었다.

"아뿔싸! 단번에 점령하라."

각 제후들이 군을 움직였다. 사수관에는 손견의 부대가 가장 먼저 들어갔으며 호로관에는 공손찬의 부대와 함께 유비, 관우, 장비 의형제가 들어가 관문 위에 서서 외쳤다.

"오, 불에 타고 있구나!"

"낙양은 불바다다."

그곳에 서면 관 안은 이미 지호지간指呼之間이라 할 수 있었다. 아득한 3백여 리의 땅을 덮고 있는 것은 오로지 검은 연기뿐이었다. 하늘을 태우는 것은 불기둥이었다.

'저것이 이 세상의 천지란 말인가?'

그 처참한 광경에 잠시 넋을 놓고 있다가 모두가 한발 앞서 입성하기 위해 서둘렀다. 18개국의 병사들은 급한 물살처럼 달려 조금씩 차이를 두고 낙양 안으로 밀려 들어갔다.

손견은 말을 달려 낙양 안의 순회를 시작했다. 참담한 회진灰塵에 눈물이 흘렀으나, 곧 열풍 속에서 장병들에게 소리를 높여 명령하며 부지런히 돌아다녔다.

"불을 꺼라! 불을 끄는 것에 힘써라! 사사로이 재물을 취해서는 안 된다. 남아 있는 노인과 아이들을 보호하라. 불타고 남은 궁문에 보초병을 세워라!"

제후들의 부대도 각자 지역을 골라 진을 쳤다. 그러자 조조가 바로 원소를 찾아가 충고했다.

"아직 아무런 명령도 내리지 않으신 듯한데, 이번 기회를 놓치지 말고 장안으로 도망친 동탁을 추격해야 하는 것 아닙니까? 어찌 아무도 없는 잿더미에서 한가로이 머물 수 있겠습니까?"

"아니오. 달포 가까이 계속된 전투로 병마가 지쳐 있소. 낙양을 점령했으니 여기서 며칠 쉬는 것도 괜찮을 것이오."

"황폐한 곳을 빼앗은 게 무슨 자랑이 되겠습니까? 이러는 동안에도 병사는 자만에 빠지고 사기는 떨어집니다. 해이해지기 전에 얼른 추격해야 합니다."

"귀공은 나를 따르기로 한 자가 아니요? 추격을 시작할 때는 군령을 내려 처분하도록 하겠소. 함부로 사견을 내어서는 안 되오."

원소는 고개를 돌려버리고 말았다.

타고난 조조의 성격이 가슴속에서 모락모락 피어올랐다. 그는 참지 못하고 원소에게 일갈했다.

"쳇, 애송이 같으니라고. 함께 얘기할 가치도 없구나!"

조조는 원소에게 한바탕 욕을 해주고는 곧 자신의 진지로 돌아와 외쳤다.

"진군! 동탁을 뒤쫓아라."

그의 수하에는 하후연, 조인, 조홍 등의 부장을 비롯하여 만여 명의 병사가 있었다. 서쪽 장안으로 도망친 적은 재보를 실은 수레와 말, 부녀자 등 발이 느린 이들과 함께 당황하여 밀려나갔으니 대오도 갖추지 못하고 전의를 상실한 채 가고 있을 게 틀림없었다. 조조는 서둘렀다.

"쫓아라, 뒤를 쫓아라. 적은 아직 멀리 가지 못했을 것이다."

한편 황제의 어가를 필두로 낙양에서 빠져나온 수많은 사람들은 도중의 험한 길에 고생을 하면서도 형양滎陽까지 와서 한숨을 돌리고 있었다. 그런데 갑자기 조조군이 뒤쫓아온다는 첩보에 사색이 되었으며 황제를 모시는 여자들의 수레에서는 슬픈 오열이 흘러나왔다.

"당황하실 것 없습니다, 상국. 이곳은 지세가 험해 복병을 숨겨두기에 좋습니다."

이유가 형양성 뒤쪽의 산악을 가리켰다. 그는 언제나 동탁의 꾀주머니였다. 그가 입을 열기만 해도 동탁은 마음이 편안해졌다.

능을 파헤쳐 발굴한 수많은 재보를 미리 장안으로 운반하고 난 여포의 부대가 한발 늦게 형양 땅을 지나고 있었다. 그때 성안에서 그의 군에게 갑자기 화살과 돌을 퍼붓기 시작했다.

"태수 서영徐榮은 상국을 위해 길을 열고 황제의 어가를 받아들였으며 후미를 맡기기 위해 이곳에 남겨두었다고 들었다. 그래서 안심하고 왔는데 끝내 배신을 한 것인가? 그렇다면 성을 짓밟고 지나도록 해라."

여포는 격노하여 전쟁 준비에 들어갔다.

"아, 여포였군."

성벽 위에서 이유가 말했다.

"적의 추격 부대가 온다고 들어서 조조군과 잠시 혼동을 했소. 화내지 마시오, 지금 성문을 열 테니."

이유는 바로 문을 열어 여포를 들이고 자세한 상황과 함께 사과의 말을 건넸다.

"그렇다면 상국께서는 조금 전에 길을 떠나셨단 말인가?"

"아직 이 성루에서 볼 수 있을 게요. 아, 저기 가고 있소. 보시오."

이유가 성루로 여포를 데리고 올라가 먼 곳의 산을 손가락으로 가리켰다. 구절양장과 같은 산길을 개미처럼 따라가는 어가와 수레와 병사들의 대열이 보였다. 잠시 뒤 그것은 구름 속으로 사라지고 말았다.

여포가 눈을 돌려 주위를 둘러보며 물었다.

"이 성은 좁아 지키기에 좋지 않네. 이유, 여기서 조조의 추격을 막을 생각인가?"

이유는 고개를 내저었다.

"아니, 이 성을 일부러 적에게 넘겨주어 적을 자만에 빠지게 만들 것이오. 후미 부대의 대병은 모두 뒤쪽의 계곡에 숨어 있소. 귀공이 여기에 있으면 적을 유인하기에 오히려 좋지 않소. 그러니 저 산속으로 물러나 숨어 있으시오."

이유의 계략을 듣고 여포도 흔쾌히 승낙한 뒤 산속으로 숨었다.

곧이어 조조가 만여 명의 군을 이끌고 쇄도해 들었다. 순식간에 형양성을 점령하고 도망치는 적을 쫓아 계곡으로 들어갔다. 조조는 적의 계략인 줄도 모르고 신이 나서 다시 명령했다.

"이대로 가면 동탁과 어가를 따라잡는 것도 그리 어려운 일이 아니다. 후미 부대를 철저히 짓밟고 뒤를 쫓아라!"

천하의 조조도 사슴 쫓기에 급급해 발밑을 살피지 않은 꼴이었다.

갑자기 사방의 계곡과 절벽에서 함성이 일었다.

"복병인가?"

상황을 깨달았을 때는 이미 조조뿐만 아니라 그의 만여 명의 병사 모두 독 안에 든 쥐가 되어버렸다. 길을 뚫으려고 한꺼번에 밀고 들어가면 절벽 위에서 바윗덩이가 떨어져 길을 막고, 계류를 건너 도망치려 하면 건너편 늪지와 숲 속에서 화살이 소나기처럼 날아왔다.

조조군은 그렇게 대패를 하고 말았다. 거의 전멸에 가까운 패배였다. 하지만 조조는 자기 눈앞에서 쓰러져가는 부하들을 보며 죽을힘을 다해 싸웠다.

여포가 골짜기의 한쪽에서 유유히 말을 타고 나와 조조를 향해 소리쳤다.

"이 교만한 놈아! 이제는 야망의 꿈에서 깨어났느냐? 가소롭구나. 은혜를 배반한 것에 대한 천벌이라 생각해라."

여포는 잡병들에게 포위당한 조조를 그대로 내버려두고 뒤돌아섰다.

* * *

조조는 잡병들을 쓰러뜨리며 여포가 있는 높은 곳으로 다가갔다. 그러자 동탁의 직속 부하인 이각이 옆의 늪지에서 한 무리의 병사를 몰고 우르르 달려들었다.

"조조를 생포하라!"

"조조를 놓쳐서는 안 된다."

"조조야말로 반란군의 수괴다!"

저마다 한마디씩 외치며 매복해 있던 대군이 일시에 조조 한 사람을 목표로 몰려들었다. 팔방의 습지와 절벽에서 날아드는 화살도 모두 조조에게만 집중되었다. 결국 조조는 적의 계략에 걸려들어 생사의 갈림길에 서게 되었다.

'자네야말로 난세의 간웅일세.'

허자장의 예언을 듣고 오히려 바라던 것이라며 스스로 축복했을 정도로 교만했던 조조도 지금은 절체절명의 위기에 빠지고 말았다.

넘치는 기재奇才와 기백을 지닌 백면랑 조조는 뛰어난 계책으로 18개국의 제후를 움직였고, 그로 인해 동탁이 낙양을 버리지 않을 수 없게 만들기도 했다. 하지만 지금 순간만큼은 그의 꿈 역시 백면 청년의 꿈에 지나지 않아 허무한 현실의 말로를 맞이하게 될 것처럼 보였다. 조조도 그렇게 각오하고 있었다.

그때 그의 부하인 하후연이 한 줄기 혈로를 뚫고 달려왔다.

"장군을 잃어서는 안 된다!"

하후연이 한쪽에서부터 밀고 들어와 사나운 병사들과 함께 이각을 물리치고 간신히 조조를 구했다.

"어쩔 수 없습니다. 이렇게 된 이상 무엇보다 중한 것은 목숨입니다. 우선은 아래로 내려가 형양으로 돌아가십시오."

하후연은 2천 명의 잔병으로 길을 막은 뒤 조조에게 호위군 5백 명을 붙여주며 그곳에서 벗어나기를 재촉했다. 돌아보니 만 명이었던 병사들이 대부분 쓰러져 3천 명도 채 남지 않았다. 조조는 산 아래쪽으로 내달렸다.

길 곳곳에서 복병, 또 복병이 튀어나왔다. 따르던 병사들도 대부분 쓰러져 조조 주위에는 이제 10여 명의 병사밖에 보이지 않았다. 그중에는 말이 다치거나 몸에 깊은 상처를 입어 함께 걸을 수 없는 사람들도 있었다. 조조는 참담한 패장의 처지를 사선死線에서 맛보았다.

그저 조조는 살아 있다는 느낌도 없이 산 밑으로, 산 밑으로 헛되이 길을 찾아 헤매고 있었다. 문득 정신을 차리고 보니 어느덧 해도 기울었다. 겨울 까마귀 떼가 우는 듬성듬성한 숲 부근에서 저녁달의 기운이 희미하게 빛나고 있었다.

"아아, 고향의 산과 비슷하구나."

조조의 가슴에 문득 부모님의 모습이 떠올랐다.

"참으로 불효만 저질렀구나."

커다란 달이 떠오르는 것을 보며 조조는 혼잣말을 내뱉었다. 교만한 자의 눈에서 진실의 눈물이 빛나는 순간이었다. 나약한 일개 인간으로 돌아가고 나니 조조는 갑자기 온몸이 피곤해지고 참을 수 없을 만큼 목이 말랐다.

"샘물이 솟고 있구나……."

그는 말에서 내려 샘물로 얼굴을 가져갔다. 그리고 한 모금 마셨나 싶었는데 바로 근처 숲에서 다시 집요한 적들의 함성이 들려왔다.

"……앗!"

조조가 깜짝 놀라 말에 뛰어오르는 사이, 얼마 남지 않은 병사들도 화살에 맞아 쓰러지거나 도망칠 힘도 없이 풀 위에서 숨이 끊어지고 말았다.

뒤쫓아온 사람은 아직 적과 한 번도 부딪치지 않아 힘이 넘치는 형양태수 서영의 부대였다. 서영은 말을 타고 혼자 달아나는 사람이 조조일 거라 생각하고 활시위를 한껏 잡아당겨 철궁 하나를 휭 날렸다.

"잡았다!"

화살은 조조의 어깨에 박혔다.

"아얏!"

조조는 말갈기 위로 고꾸라졌다. 서영이 다시 쏜 화살이 이번에는 휭 소리와 함께 귀를 스치고 지나갔다. 어깨에 박힌 화살을 뽑을 틈도 없었다. 그 상처에서 흘러나오는 피로 말갈기와 안장이 흠뻑 젖었다. 말은 피에 젖어 더욱 광분했다.

그때 수풀 속에서 사각사각 사람 움직이는 소리가 들렸다. 근처에 숨어 있던 서영의 병사였다. 그는 갑자기 창으로 조조가 탄 말의 옆구리를 찔렀다. 말은 울부짖으며 뒷발로 서서 날뛰었고 조조는 땅에 굴러떨어졌다. 보병 네다섯 명이 우르르 몰려들어 조조를 덮쳤다.

"생포해라!"

조조는 쓰러진 채로 검을 휘둘러 두 사람을 벤 후 기운이 다해버렸다. 말에서 떨어진 순간 말의 발굽에 갈비뼈를 세게 부딪쳤기 때문이다.

마침 조조의 동생 조홍이 그 주위를 헤매고 있었다. 그는 이상한 말 울음소리가 들리는 쪽으로 귀를 기울였다.

'아…… 이건 형님 애마의 소리가 아닌가?'

조홍이 달려와 달빛 아래서 보니 당장이라도 형 조조가 잡병들에게 손발이 묶일 상황이었다.

"이놈들!"

　조홍은 날듯이 달려가 뒤에서 한 사람의 목을 쳐 쓰러뜨리고 다른 한 사람의 몸을 베었다. 그리고 놀라 도망치는 병사들을 쫓지 않고 바로 형의 몸을 안아 일으켰다.

　"형님, 형님! 정신 차리십시오. 조홍입니다."

　"그래, 너로구나."

　"정신이 드십니까? 어서 제 어깨에 기대어 일어서십시오. 지금 달아난 놈들이 서영의 군을 데리고 올 것이 뻔합니다."

　"아, 안 되겠구나."

　"일어나셔야 합니다."

　"안타깝지만 화살에 맞은 데다 말발굽에 밟혀 가슴 통증이 심하구나. 나는 그냥 버리고 가라. 너만이라도 어서 달아나라."

　"마음 약한 소리 하지 마십시오. 화살에 맞은 상처 따위는 아무것도 아닙니다. 지금 이 어지러운 천하에 저 같은 놈은 없어도 되지만, 형님은 반드시 계셔야 합니다. 하루라도 더 살아가는 것은 형님이 하늘로부터 받은 사명입니다."

　조홍은 조조가 입고 있던 갑옷을 벗겨 몸을 가볍게 해주었다. 그리고 조조를 끌어안은 채 적이 버리고 간 말에 올랐다.

　이윽고 '와아아' 하며 서영의 군사들이 뒤에서 따라왔다. 조홍은 마음을 비우고, 한 손으로는 형을 안고 또 한 손으로 말고삐를 쥐었다.

　'나야 어찌 되든 지금은 형의 목숨이 무엇보다 중하다. 부처님의 보살핌이 있기를.'

　조홍은 기도하며 필사적으로 달아났다. 산 위에서 굴러떨어지듯 산을 내려왔다.

'드디어 산에서 벗어났구나.'

그제야 조홍은 조금 안심하며 앞을 보았다. 그러자 커다란 강이 앞 길을 가로막고 있었다. 조조가 동생을 돌아보며 괴롭다는 듯 죽음을 서두르려 했다.

"아, 내 목숨이 이제 다한 듯하구나. 홍아, 나를 내려주어라. 적이 오기 전에 여기서 깨끗하게 자결을 해야겠다."

조홍은 형을 안은 채 말에서 내렸으나 안고 있는 팔에는 결코 힘을 빼지 않았다. 그리고 형을 나무라듯 말했다.

"무슨 말씀입니까, 자결을 하시겠다니! 평소 형님답지 않게 왜 이러십니까? 앞에는 커다란 강, 뒤에는 적의 추격, 이제 우리도 여기서 끝날 것처럼 보이지만 궁하면 통한다는 말도 있지 않습니까? 운을 하늘에 맡기고 이 강을 건너보겠습니다."

강기슭에 서서 보니 하얀 거품이 강의 모래에 출렁였고, 물의 흐름이 빨라 기러기조차 내려앉지 않을 정도였다. 몸에 지니고 있던 무거운 물건을 모두 버린 조홍은 검 하나만 입에 문 채 부상당한 형을 어깨에 단단히 걸친 뒤, 탁류로 텀벙 뛰어들어 헤엄을 치기 시작했다. 강에 낮게 드리워 있던 비구름이 걷히며 하늘 한쪽이 선명하게 빛났다. 어느 사이엔가 날이 개고 있었다. 물이 가득한 강에 무지개가 피어올라 물고기처럼 헤엄쳐 가는 두 사람의 모습을 부드럽게 감싸고 있었다.

물의 흐름이 빨랐고 깊은 상처를 입고 있었기에 조홍의 사지는 마음대로 물을 가르지 못했다. 자신도 모르는 사이에 하류로, 하류로 흘러

가고 있었다. 그래도 마침내는 건너편 기슭이 눈앞에 보였다.

"조금만 더……."

조홍은 필사적으로 헤엄을 쳤다. 기슭의 파란 풀이 바로 눈앞에 보였으나 거기까지 다가가는 것은 그리 쉬운 일이 아니었다. 몸에 부딪친 큰 물결이 소용돌이가 되어 몸을 휘감아댔다. 그런데 강가에서 조금 떨어진 언덕에 서영의 한 부대가 조그맣게 진을 치고 있었다. 강을 감시하기 위해 두 명의 보초가 서 있었는데 새벽의 아름다운 광경에 넋을 놓고 있다가 한 사람이 손가락으로 앞쪽을 가리키며 외쳤다.

"앗! 저건 뭐지?"

"물고기인가?"

"아니, 사람이야."

병사들은 서둘러 부장에게 달려갔다. 곧 부장이 제 눈으로 확인하고는 궁수에게 호령했다.

"조조군의 패장이다. 쏴라!"

그들이 조조 형제일 것이라고는 꿈에도 생각지 못했기에 느슨하게 궁수들을 배치하여 솜씨를 겨루게 했다.

화살이 날아가 비 오는 날처럼 강가에 포말을 만들었다. 조홍은 이미 기슭에 도달해 있었으나 앞뒤로 날아드는 적의 화살에 잠시 죽은 척했다. 그때 멀리 상류 쪽에서 한 무리의 부대가 강을 따라 내려오는 것이 보였다. 구름 걷힌 아침 하늘 아래 펄럭이는 깃발을 보니 그것은 틀림없이 형양태수 서영의 정예부대였다.

'저들에게 발각되면 끝장이다.'

조홍은 놀랍고 당황스러웠다. 빗발치는 화살도 더는 두려워하고만 있을 수 없었다. 검을 휘둘러 날아드는 화살을 막아내며 달리기 시작했다. 조조도 화살을 막았다. 두 사람인지 한 사람인지 멀리서는 구분할 수 없을 정도로 형제는 서로를 끌어안은 채 달렸다.

언덕 위의 부대와 강을 따라오던 부대 모두 조조 형제가 빗발치는 화살 속을 뚫고 달아나는 모습을 보고 바로 흙먼지를 일으키며 동서에서 쫓아 거리를 좁혔다.

"저들은 틀림없이 이름 있는 적일 것이다. 놓쳐서는 안 된다."

그중 소대 하나가 재빨리 달려나가 두 사람 앞을 가로막았다. 언덕에서 쏘는 화살이 몰려들었다.

그 자리에 멈춰서도 앞으로 나아가도 기다리고 있는 것은 죽음뿐이었다. 산 넘어 산. 죽음은 끝까지 조조를 잡지 않고는 그 손길을 거둘 것 같지가 않았다.

"이렇게 된 이상 적의 시체를 산더미처럼 쌓아 조씨 형제의 죽음을 사람들의 웃음거리로 만들지 않을 수밖에 없습니다. 형님도 각오하십시오."

마침내 조홍은 결심했다. 그리고 형 조조와 함께 칼을 휘두르며 적군 속으로 뛰어들었다.

그 소리를 듣고 적의 무리가 한마디씩 떠들어댔다.

"뭐? 조씨 가문이라고? 그렇다면 조조, 조홍 형제가 아닌가?"

"오, 뜻밖에도 적장을 만나게 됐군. 어찌 저들의 목을 치지 않을 수 있겠는가?"

적군이 굶주린 승냥이가 사냥감을 노리듯 두 사람을 감쌌다.

순간 멀리 벌판의 끝에서 한 줄기 누런 바람을 일으키며 달려오는 무사들이 있었다. 어젯밤부터 조조의 행방을 찾고 있던 하후돈, 하후연 두 장군이 거느린 병사들이었다.

"아아, 장군. 여기에 계셨습니까?"

그들은 창을 휘둘러 적을 무너뜨리고 조조 형제에게로 다가갔다.

"여기서 속히 벗어나야 합니다!"

하후돈은 조조 형제에게 말을 권한 뒤 바로 전력을 다해 달아났다. 화살이 소나기처럼 빗발쳤으나 서영의 군은 끝내 그들을 따라잡지 못했다. 얼마 가지 않아 조조 일행은 눈앞에 5백 명 정도의 병마가 숲을 이루고 있는 것을 보고 한숨을 내쉬었다.

"적군이냐, 아군이냐?"

병사 하나가 다가가 알아보니, 요행히도 그것은 조조의 부하인 조인, 이전, 악진 등이었다.

"장군, 무사하셨습니까?"

조조의 모습을 본 악진과 조인은 천지신명에게 감사하며 기뻐했다. 전쟁에서 참담한 패배를 당하고 슬픔에 빠져 있는 중에 커다란 기쁨을 맛보게 된 것이었다. 미친 듯이 기뻐하는 부하들을 보며 조조는 깊이 깨달았다.

'아아, 내가 잘못 생각했구나. 무슨 일이 있어도 장수 된 자는 죽음을 가벼이 여겨서는 안 된다. 만약 어젯밤에 자결을 했다면 이자들이 얼마나 슬퍼했겠는가. 커다란 깨우침을 얻었다.'

조조는 비록 패했으나 배운 바가 컸다. 쉽게 얻을 수 없는 어려운 경험이라고 생각했다.

'전쟁에 패하는 것도 꼭 나쁜 것만은 아니구나. 지고 나서야 비로소 깨닫게 되는 것도 있으니.'

조조는 패배를 합리화시키려는 것이 아니라, 진심으로 그렇게 생각했다.

만 명의 병사 중에서 남은 사람은 겨우 5백 명이었다. 하지만 조조는 재기에 대한 희망을 결코 잃지 않았다.

"우선은 하내군으로 가서 훗날을 도모하도록 하자."

조조가 말했다.

하후돈, 조인 등도 한목소리로 찬성했다.

"그것이 좋겠습니다."

병사들에게 명령하여 그곳을 출발했다. 하나의 조그만 부대가 쓸쓸하게 하내로 도망쳐갔다. 산천이 소슬하게 패장의 가슴에 비가를 보냈다. 어렸을 때부터 하고 싶은 일은 모두 하고 자랐으며, 성인이 되어서도 사람을 사람으로 보지 않던 조조가 이번만은 뼈에 사무치게 깨달은 바가 있었다. 길을 가면서 반짝이는 별을 올려다볼 때마다 그는 혼자 중얼거렸다.

"나를 보며 허자장은 '난세의 간웅'이라고 말했다. 나는 그 말에 만족하며 일어났다. 좋다, 하늘이 내게 어떠한 어려움을 내린다 할지라도 간웅까지는 모르겠으나 반드시 천하의 한 영웅은 되고야 말겠다."

16
깨지는 동맹

초토화된 낙양은 뿌연 연기로 가득 차 있었다. 7일 밤낮을 불타올랐
으나 대지는 여전히 식지 않았다. 제후의 병사들은 제각각 진을 치고
불끄기에 여념이 없었다. 총사 원소의 본영도 옛 조정의 건장전建章殿
부근을 본진으로 삼아 궁 안의 재를 긁어모으기도 하고 파헤쳐진 종묘
에 급히 오두막과 같은 궁을 짓기도 하며 복구 작업에 열을 올렸다.

"임시 궁도 지어졌으니 우선은 태뢰太牢를 바쳐 종묘에 제사를 행하
자."

원소는 제후의 진영에 사자를 보내 모두 참석할 것을 요구했다.

형식적인 제사를 마친 뒤 제후들은 깊은 감회에 잠겼다. 그리고 옛 모습이라고는 찾아볼 수 없는 궁궐 안을 이리저리 돌아다녔다.

그때 새로운 보고가 들어왔다.

"조조군은 형양의 산악에서 적에게 전멸에 가까운 패배를 당하고 겨우 수백 기만 하내로 달아났다고 합니다."

제후들은 얼굴을 마주 보며 "조조가……"라고 했을 뿐 많은 말을 하지 않았으나, 원소는 들으라는 듯 말했다.

"내 뭐라고 했는가?"

그리고 조조의 어리석음을 비웃기까지 했다.

"동탁이 낙양을 버린 것은 이유의 헌책獻策으로, 힘이 남아 있을 때 미리 낙양을 버린 게야. 그런데 겨우 만 명밖에 되지 않는 적은 병력으로 그를 뒤쫓다니, 조조도 아직 애송이야."

반쯤 타다 남은 궁궐의 원앙전鴛鴦殿에서 제후들과 원소는 술잔을 주고받은 뒤 헤어졌다. 마침 황혼이었기에 연못 주변에서는 부용꽃이 희끄무레하게 저녁 바람에 흔들렸다. 다른 제후들은 모두 돌아갔으나 손견은 두어 명의 부하를 데리고 여전히 그곳을 거닐고 있었다.

"아, 곳곳의 꽃그늘과 물가에서 후궁의 여인들이 훌쩍이고 있는 것 같구나. 병마의 사명은 새로운 세기를 일으키는 것이나, 창조 전에는 파괴가 있구나. ……아, 이런 감상에 젖어서는 안 된다."

손견은 홀로 건장전의 계단에 앉아 별이 뜬 밤하늘을 올려다보며 가만히 생각에 잠겨 있었다. 하얀 빛 한 줄기가 별무리에 둘러싸여 희미하게 빛났다. 천문을 읽은 손견이 탄식했다.

"황제의 별이 밝지 못하고 뭇별들만 어지럽구나. 난세는 계속될 것이다. 초토로 변하는 것은 이곳만이 아닐 것이다."

그때 계단 밑에 있던 그의 부하 하나가 이상하다는 표정으로 한곳을 가리키며 말했다.

"장군, 저것이 무엇입니까?"

"뭐가 말이냐?"

손견도 그곳을 응시했다.

"아까부터 여기 남쪽 우물에 오색 기운이 어렸다가 사라지는 것이 어둠 속에서 보석이라도 보고 있는 것만 같았습니다. 아무래도 잘못 본 것 같지는 않습니다."

"흠, 그렇구나. 그러고 보니 그랬던 것 같기도 하구나. 횃불을 밝혀 우물 밑을 살펴보도록 해라."

"네!"

병사들이 달려갔다.

잠시 뒤 우물 주위에 커다란 횃불이 밝혀졌다. 이윽고 병사들이 커다란 목소리로 떠들어대자 손견도 다가가 살펴보았다. 그랬더니 물에 흠뻑 젖은 젊은 여관의 시체가 끌어올려져 있었다. 이미 여러 날이 지난 듯했으나 옷차림이 평범한 여인으로는 여겨지지 않았고, 아직도 살아 있는 사람처럼 백옥같이 아름다웠다.

그뿐만이 아니었다. 죽은 여인은 훨씬 더 아름다운 것을 몸에 지니고 있었다. 바로 목에 걸린 자금란紫錦蘭 주머니였다. 밀랍보다 새하얀 손가락이 그것을 꼭 끌어안고 있었다. 죽어서도 놓을 수 없다는 여인의 의지가 엿보였다.

"이 주머니를 빼보아라."

손견은 부하에게 명령하고 뒤로 물러났다. 그의 부하가 죽은 여인의 목에서 주머니를 풀어 손견에게 건네주었다.

"횃불을 이리로 가져오너라."

부하들이 그의 곁에서 횃불을 비추었다.

"⋯⋯?"

손견의 눈이 놀라움으로 빛났다. 자금란 주머니에는 금실, 은실로 봉황과 구름이 수놓아져 있었다. 끈을 풀어보니 붉은 상자가 나왔다. 말로 표현할 수 없는 붉은 기운이었다. 산호주珊瑚朱나 퇴주堆朱인 듯했다. 앙증맞아 보이는 금 자물쇠가 채워져 있었다. 열쇠는 보이지 않았다. 손견은 이로 물어 끊어버렸다.

안에서 나온 것은 하나의 인장印章이었다. 보기만 해도 황홀할 만큼 좋은 돌로 만들어졌는데 사방의 둘레가 4치쯤 되었고, 돌의 윗부분에 다섯 마리 용이 새겨져 있었고 모서리가 약간 떨어져나간 아래쪽 부분에는 황금으로 손질한 흔적이 있었다.

"여봐라, 서둘러 정보를 불러오너라. 은밀히 움직여야 한다."

손견이 다급하게 말했다. 그리고 이어서 손바닥 위의 인장을 황홀하게 바라보았다.

"이건 보통 인장이 아니로구나."

곧이어 정보가 왔다. 그는 들어서자마자 숨을 헐떡이며 손견에게 물었다.

“무슨 일이십니까?”

“정보, 이게 뭔 줄 알겠나?”

손견은 정보에게 인장을 보이고 감식을 맡겼다.

정보는 학식이 풍부했다. 손견에게서 건네받은 인장을 보자마자 그는 까무러칠 듯 놀랐다.

“태수님, 이것을 대체 어떻게 손에 넣으셨습니까?”

“조금 전 이곳을 지나는데 우물에서 이상한 빛이 나기에 살펴보니 여인이 빠져 있더구나. 여인의 목에 걸려 있던 비단주머니에서 이것이 나왔다.”

“아아, 황공합니다.”

정보가 자신의 손바닥 위로 머리를 숙였다.

“이것은 전국傳國의 옥새이옵니다. 틀림없이 조정의 옥새이옵니다.”

“뭐, 옥새라고?”

“자세히 보십시오.”

정보는 횃불 곁으로 옥새를 가지고 가서 전서체로 새겨진 글자를 읽었다.

| 하늘로부터 명을 받았으니 | 受命于天 |
| 오래도록 크게 번창하리라 | 旣壽永昌 |

“흐음.”

“이것은 옛날 형산荊山에서 봉황이 돌에 깃드는 것을 보고 당시 사람이 돌의 심부를 잘라내어 초楚나라의 문왕文王에게 바쳤다고 합니다. 문왕은 희세의 옥돌이라며 보물로 간직하고 있었는데, 훗날 진秦나라 26년에 시황제가 뛰어난 장인을 골라 갈게 하여 둘레 4치의 옥새로 만들고 이사李斯에게 명하여 이 여덟 자를 새기게 한 것입니다.”

“흠, 그렇게 된 거로군.”

“진나라 28년, 시황제가 동정호洞庭湖를 건널 때 폭풍이 일어 이 옥새도 한때 호수 바닥에 가라앉은 적이 있었으나, 기이하게도 이 옥새를 가진 자는 영화를 누렸다고 합니다. 옥새도 어느 사이엔가 세상에 다시 나타나 대대로 조정의 깊은 곳에 보물로 보관되어 한나라 고조 때부터 오늘날까지 전해져온 물건입니다만……. 어떻게 해서 이것이 지금의 병화兵火에도 무사히 남을 수 있었는지 참으로 기이하고 상서로운 일이 아닐 수 없습니다.”

옥새를 손에 든 채 손견은 망연히 정보의 이야기에 넋을 잃고 말았다. 그리고 혼자 은밀히 생각했다.

‘어째서 이처럼 귀한 물건이 내 손에 들어온 것일까?’

그는 왠지 두렵다는 생각마저 들었다.

정보가 이야기를 계속했다.

“지금 생각해보니 작년 십상시의 난 때 어린 황제가 북망산으로 몸을 피하셨는데 그때 옥새를 분실했다는 소문이 떠돌았습니다. 그런데 우물 바닥에 있던 그 옥새가 뜻밖에도 태수의 손에 들어왔으니 이것은 예삿일이 아닙니다.”

“음, 나도 그렇게 생각하네. 참으로 예삿일이 아닐세.”

손견이 말했다.

정보가 손견의 귀에 입을 바싹 대고 속삭였다.

"하늘이 주신 것입니다. 하늘이 장군으로 하여금 구오九五(천자를 뜻함)의 지위에 올라 자손 대대로 물려주라 지명하신 상서祥瑞라 여겨집니다. 지체하지 말고 강동으로 돌아가 원대한 계획을 세우셔야 할 것입니다."

"그렇구나."

손견이 고개를 크게 끄덕이더니 깊이 결심한 바가 있는 사람처럼 눈을 반짝이며 부하들에게 명령을 내렸다.

"오늘 밤의 일을 결코 입 밖으로 내어서는 안 된다. 만일 거스르는 자가 있으면 반드시 목을 치리라."

드디어 밤이 깊었다. 손견은 자신의 진채로 돌아가 떠날 채비를 했고, 정보는 수하의 장병들에게 명령했다.

"장군께서 갑자기 병이 나시어 내일 진을 거두고 바로 강동으로 돌아갈 것이다."

그 혼란 중에 손견의 부대에 있던 병사 하나가 원소의 진영으로 찾아가 내통을 했다. 그는 모든 사실을 원소에게 소상히 밝히고 약간의 상을 받은 후 모습을 감추었다. 그렇게 원소도 옥새에 관한 일을 알게 되었다.

날이 밝자 손견은 시치미를 떼고 퇴각을 알리기 위해 원소를 찾아갔다. 짐짓 초췌한 모습을 가장하며 손견이 말했다.

"요즘에 영 몸이 좋지 않아 진중의 일도 만족스럽게 할 수가 없습니다. 갑작스럽습니다만 잠시 강동으로 돌아가 쉬어야 할 것 같습니다. 당분간은 풍월을 벗 삼고 싶습니다.”

원소가 웃기 시작했다.

“아하하하하.”

손견이 검에 손을 대며 벌컥 화를 냈다.

“제가 정중하게 인사를 드리는데 총사께서는 어찌 무례하게 웃으시는 것입니까?”

원소가 숨기지 않고 노골적으로 말했다.

“장군의 꾀병도 그럴듯하지만, 화를 내는 시늉도 그럴듯하구려. 참으로 겉과 속이 다른 인물이야. 장군의 휴식이란, 전국의 옥새를 품어 곧 봉황의 새끼라도 부화시켜보겠다는 속셈이 아니오?”

“무, 무슨 말씀이신지!”

“당황할 것 없소. 이보시오 손견, 자신의 분수를 아시오. 건장전의 우물에서 어젯밤 건져 올린 물건을 내게 건네주시오.”

“무엇을 말씀하시는지 모르겠습니다.”

“발칙한 놈! 네놈이 천하를 빼앗을 생각이냐?”

“난 모르는 일이오. 무슨 연유로 나를 반역자로 모는 것이오?”

“닥쳐라! 제후들이 의병을 일으켜 이 역경을 함께하는 것은 한나라의 천하를 받들고 사직을 안정시키기 위해서다. 옥새는 조정에 돌려주어야 할 물건이지, 필부가 사사로이 다룰 물건이 아니다.”

“그 무슨 해괴한 소리를!”

“해괴한 소리라니!”

원소도 손견에 맞서 검을 뽑아들려 했다.

"흥, 네가 이 손견을 벨 생각이냐?"

손견이 말하자 원소 역시 지지 않고 화를 내며 말했다.

"너 같은 풋내기가 어찌 이 원소를 속일 수 있겠느냐? 아무리 거짓말을 해도 역모를 더는 숨길 수 없을 것이다. 네놈의 목을 베어 진문에 걸도록 하겠다."

"감히!"

손견은 말보다 먼저 검을 뽑아들었다. 원소도 대검을 뽑아 버티고 서서 그에 맞섰다.

"이놈!"

주위에 살기가 등등했다.

원소 뒤에는 안량, 문추 등 사나운 장수들이 버티고 있었다. 그리고 손견 뒤에는 장보, 황개, 한당韓當 등의 무리가 저마다 검을 빼낼 준비를 한 채 서 있었다.

낙양에 들어온 뒤부터는 특별히 전투도 없었다. 오랜 동안의 주둔에서 오는 답답함이 폭발하여 한바탕 피바람이 몰아칠 것 같은 분위기였다. 그러자 그곳에 있던 제후들이 모두 놀라 자리에서 일어나 두 사람을 떼어놓았다. 이미 동맹의 피를 나누어 마시고 천하에 의를 선포해놓고 이렇게 서로 추태를 보이면 그들에 대한 신망이 단번에 땅에 떨어질 것은 불을 보듯 뻔한 일이었다. 자신들의 대의를 의심받게 될 것이며, 장안으로 달아난 동탁 군도 손뼉을 치고 기뻐할 일이었다.

"부디, 진정들 하십시오."

“손 장군도 저리 결백을 주장하니 설마 칭병은 아닌 듯합니다.”

“총사께서도 지위를 생각하여 자중하시기 바랍니다.”

제후들의 중재로 분위기가 간신히 가라앉았다.

“그렇다면 여러분의 뜻에 따르겠소만, 손견이 옥새를 훔치지 않았다는 사실을 어찌 증명하시겠소?”

원소가 말하자 손견이 절규하듯 말했다.

“나도 한황실의 신하인데 어찌 전국의 옥새를 훔쳐 모반을 꾀하겠소? 천지신명께 맹세코 그런 일은 절대 없소.”

손견의 낯빛을 보고 모두 원소에게 화해의 술잔을 권했다. 그로부터 일각도 지나지 않아 손견의 진지에서는 병사들의 그림자조차 찾아볼 수 없었다.

“이거 좀 이상한데?”

원소는 초조했다. 제후의 진영에서도 동요가 일기 시작할 무렵, 얼마 전 동탁을 쫓다가 형양에서 참패를 당했던 조조가 몇몇 병사들을 이끌고 낙양으로 돌아왔다. 원소는 조조와 논의할 생각으로 술자리를 마련하고 제후들을 다시 불러 모았다. 그 자리에서 조조는 오히려 원소에게 화를 냈다.

“입으로는 함께 대의를 내세워도 마음이 일치되지 않으면 동지도 동지가 아닙니다. 덧없이 백성을 괴롭히고 쓸데없이 사람의 목숨만을 앗을 뿐입니다. 저는 잠시 산야로 돌아가 한동안 마음을 가다듬겠습니다. 여러분도 깊이 생각해보시기 바랍니다.”

조조는 그날로 낙양을 떠나 양주 쪽으로 향했다.

그 무렵 손견은 이미 길을 재촉해 장사로 돌아가고 있었다. 도중에 원소의 추격 명령을 받은 군대에게 쫓기기도 하고 각 성의 태수가 길을 가로막기도 하는 등 수많은 어려움을 겪었으나 결국 황하 부근까지 도망쳐 배 한 척을 구해 간신히 강동으로 건너갔다.

배 안의 사람들을 둘러보니 수하의 장병 몇 명밖에 남지 않았다. 그래도 그의 품속에는 아직 옥새가 숨겨져 있었다.

＊

파괴는 단번에 행해지지만 문화는 하루아침에 건설할 수 있는 것이 아니었다. 또한 파괴의 목표까지는 하나의 봉화 아래 결속하여 용왕매진하지만, 그다음인 건설의 단계에 이르면 사람의 마음에는 반드시 분열이 일어나는 법이었다. 처음의 동지도 더는 동지가 될 수 없었다. 각자의 개성으로 돌아가고 말았다. 의견의 충돌과 분란이 시작되었다. 열의의 냉각이 분해 작용을 일으켰다. 그리고 어느 틈엔가 사태는 다음 단계로 옮겨가게 되었다.

조조, 원소 등의 거병도 이제는 그러한 단계에 다다르게 된 것이었다. 처음의 이상은 어디론가 사라졌다.

우선 그 봉화를 처음으로 들어 올려 18개국의 제후를 규합했던 조조가 먼저 원소의 우유부단함에 화가 나서 '나 혼자서 하겠다'고 결의한 사람처럼 얼마 남지 않은 병력과 울분과 불만과 참담한 마음만 안은 채 양주로 떠나버렸다.

그리고 폐허가 된 금문의 우물에서 뜻밖에도 옥새를 얻은 손견 역시 마음이 변해 원소와 심하게 다투었다. 그리하여 그날로 군사를 거두어 장사로 향했으나 도중에 형주의 유표劉表에게 길이 막혀 군사력에 커다란 손실을 입었고, 도망치듯 황하를 건널 때까지 살아남았으나 그 배에 함께 오른 사람은 정보와 황개 등 부장 예닐곱 명뿐이었다.

그러한 때 동군의 교모와 자사 유대가 낙양의 진중에서 군량미에 관한 사소한 문제로 다시 다투었고, 유대가 밤중에 상대방의 진영을 급습하여 교모를 베어버리는 사건이 벌어졌다. 제후들조차 사이가 그랬으니 그 아래 장교나 병사들의 혼란은 미루어 짐작하고도 남을 일이었다.

약탈이 끊이지 않았다. 술을 훔쳤으며 여자나 도박 때문에 끊임없이 싸움이 일었다. 군율은 있었으나 위엄이 없었던 것이다. 굶주린 백성들은 밤마다 폐허가 된 낙양의 밤하늘을 슬픈 듯이 올려다보며 서로 속삭였다.

"동 상국의 폭정 밑에 있던 때가 오히려 나았던 듯하구나."

밤이 되면 인적이 끊기고, 어둠 속에서 가끔 들려오는 것은 인육을 먹고 야생으로 돌아간 들개의 울부짖음, 그리고 여자의 비명뿐이었다.

"태수님, 부르셨습니까?"

어느 날 밤, 유비 현덕이 공손찬 앞에 섰다.

"다름이 아니라 요즘 제후들의 마음이나 총사인 원소의 가슴을 헤아려보면, 참으로 한심할 뿐이오. 원소에게는 이후의 일을 처리해나갈 능력이 없소. 다시 말해서 그는 무능하오. 머지않아 틀림없이 수습할 수 없는 혼란이 일어날 것이라 여겨지오."

공손찬이 말했다.

"네……."

"귀공도 그렇게 생각하지 않소? 귀공을 비롯하여 관우, 장비가 뛰어난 공적을 쌓았는데 아무 보답도 하지 못해 면목이 없으나, 귀공도 우선은 낙양을 떠나 평원으로 돌아가는 것이 어떻겠소? 나도 병사를 돌려 돌아갈 생각이오."

"그렇습니까? 언젠가 다시 때가 오겠지요. 그럼 인사를 드리겠습니다."

유비는 작별 인사를 했다. 그리고 관우, 장비에게도 사정을 말하고 함께 평원으로 향했다.

낙양으로 들어갔으나 끝내 아무것도 얻지 못했다. 병사와 말 모두 여전히 초라한 모습 그대로였다. 하지만 관우와 장비는 변함없이 밝은 모습이었다. 말안장에 앉아 담소를 나누었으며 마을에 도착하면 술을 구해 마셨다.

"형, 한잔하자고. 우리가 앞으로 언제 축배를 들 수 있을지는 알 수 없으나 목숨만은 틀림없이 붙어서 돌아가고 있으니 조금은 축하를 해도 되지 않겠어? 말 위에서 술을 마시며 여행을 하는 것도 운치가 있어 좋잖아?"

장비가 우스갯소리를 했다. 세 사람은 하루하루가 더할 나위 없이 좋은 날이라는 듯 웃어댔다.

＊＊＊

　초토가 된 낙양에 머물러봐야 별수 없다며 제후들의 부대도 하나둘 낙양을 떠났다. 원소도 병마를 거두고 일시적으로 하내군(하남성 회경)에 머물렀으나 대군을 끌어안고 있었기에 순식간에 군량이 떨어져버리고 말았다.

　"병사들에 대한 급식을 줄일 대로 줄이기는 했으나 이대로 가다가는 머지않아 폭동이 일어나 민가를 약탈할지도 모르겠습니다. 그렇게 되면 장군의 병마는 곧 도적으로 변하게 됩니다. 그러면 백성들은 어제까지 의군의 총사였던 장군을 도적의 우두머리라고 생각하게 될 것입니다."

　군량을 담당하고 있던 부장이 몇 번이고 원소에게 대책을 촉구했다. 원소 역시 더는 허세를 부리고 있을 수 없었다.

　"그렇다면 기주태수 한복에게 사정을 말해 군량미를 좀 꿔달라고 해야겠군."

　원소가 막 편지를 쓰려는데 장수 봉기逢紀가 진언했다.

　"대붕大鵬은 천지를 종횡해야 합니다. 어찌 구차한 계책을 세워 남에게 도움을 구하려 하십니까?"

　"봉기로구나. 달리 계책이 있다면야 나도 한복 따위에게 쌀을 꾸고 싶지는 않다. 네게 좋은 생각이라도 있는 게냐?"

　"물론 있습니다. 기주는 풍요로운 땅으로 쌀은 물론이거니와 금은과

오곡도 풍부합니다. 모름지기 그 땅을 취하여 장래의 지반으로 삼아야 할 것입니다."

"그야 전부터 바라던 일이다만, 대체 어떤 계략을 써서 빼앗으면 좋겠단 말이냐?"

"북평태수인 공손찬에게 은밀히 사자를 보내, 기주를 공격해서 그것을 나누어 갖자고 말하는 것입니다."

"흠."

"공손찬은 틀림없이 군사를 움직일 것입니다. 그때 장군은 다시 한복과도 내통하여 힘을 빌려주겠다고 말씀하십시오. 겁이 많은 한복은 틀림없이 장군께 도움을 청할 것입니다. 그 후의 일은 손바닥을 뒤집듯 간단할 것입니다."

원소는 기뻐하며 봉기의 헌책을 바로 실행에 옮겼다. 원소의 편지를 받은 기주목 한복이 무슨 일일까 싶어 뜯어보니 '북평의 공손찬이 은밀히 대군을 일으켜 기주를 치려하고 있소. 방비를 허술히 해서는 안 될 것이오'라는 충언이었다.

원소가 공손찬을 부추기고 있다는 사실을 알지 못한 한복은 매우 놀라며 부하들과 의논했다.

"이처럼 충언을 해주신 원소는 얼마 전 18개국 연합군의 총사를 맡으셨던 분입니다. 또한 지략과 무용, 인망도 높으신 명문가의 인물입니다. 마땅히 그를 정중하게 기주로 맞아들여 도움을 청해야 할 것입니다. 원소가 우리 편이라는 말을 들으면 공손찬도 함부로 손을 내밀지 못할 것입니다."

처음에는 군신 대부분이 같은 의견이었지만 장사長史 경무耿武가
그렇게 해서는 안 된다고 분연히 간언하자 의견이 둘로 나뉘었다. 하
지만 그의 직언은 받아들여지지 않았고, 경무의 역설에 찬성하여 자리
를 박차고 떠난 사람이 30명이 넘었다.

경무도 마침내 받아들여지지 않을 것이라는 사실을 알고, '더는 어
쩔 도리가 없구나!'라며 그 자리에서 관직을 버리고 모습을 감춰버렸
다. 그래도 그는 충성스러운 사람으로서 주인이 망하는 것을 그냥 보
고 있을 수 없어 원소가 기주로 들어올 날만을 기다렸다.

원소가 드디어 한복의 청에 응하여 당당하게 기주성으로 들어왔다.
그날 충신 경무는 검을 쥐고 길가의 나무 뒤에 숨어 있었다. 원소를 찔
러 죽여 군국君國을 위기에서 구할 각오였다.

원소의 행렬이 이미 눈에 들어왔다. 검을 든 경무가 갑자기 나타나
원소의 말을 향해 달려들며 외쳤다.

"이놈, 여기가 어디라고 발을 들여놓느냐!"

부하들이 소리를 지르며 그를 막아섰다.

"자객이다!"

대장 안량이 뒤에서 경무를 베어버렸다.

"무례한 놈!"

"분하구나."

경무는 하늘을 노려보며 원소를 향해 검을 던졌다. 검이 원소를 비
껴가서는 맞은편 버드나무 줄기에 꽂혔다.

원소는 무사히 기주로 들어갔다. 태수 한복 이하 모든 장병들이 성

에 군기를 걸어놓고 그를 귀빈으로 맞아들였다. 원소는 성에 들어가 앉자마자 정사를 바로잡는 것이 일국을 강대하게 하는 첫걸음이라며 태수 한복을 분무장군奮武將軍에 봉해 체면을 유지하게 했다. 하지만 원소가 주도권을 잡고 정사를 보고, 자신의 심복들을 중요한 자리에 앉힌 탓에 한복의 존재감은 거의 느껴지지 않았다.

한복은 크게 후회하며 한탄했다.

"아아, 누구를 탓하겠는가? 이제야 비로소 경무의 충간이 떠오르는구나."

때는 이미 늦었다. 한복은 밤낮으로 고민한 끝에 마침내 진류로 달아나 그곳의 태수인 장막張邈에게 몸을 의지했다.

한편 북평의 공손찬 역시 원소와 맺었던 '예전의 밀약'을 믿고 군대를 움직이기 시작했으나 기주는 이미 원소의 손에 들어갔다는 소식을 들었다. 그리하여 동생인 공손월公孫越을 사자로 보내 약속대로 기주를 이분해 한쪽 영토를 자신에게 달라고 말했다.

"알겠소. 하나 영토를 나누는 것은 중대한 문제이니 공손찬 태수가 직접 오셔야 할 듯하오. 약속은 반드시 이행하겠소."

원소의 대답에 공손월은 만족하여 북평으로 길을 떠났는데 도중에 숲 속에서 소나기처럼 화살이 쏟아져 참혹하게도 목숨을 잃고 말았다.

그 소식을 들은 공손찬의 분노는 이만저만이 아니었다. 일족 모두가 원소의 목을 베지 못하면 다시는 고향으로 돌아오지 않겠다고 맹세라도 하듯 단번에 반하盤河의 다리 밑까지 밀고 들어갔다. 다리를 사이에 두고 기주의 대군도 빽빽하게 늘어서 방어에 나섰다. 그 가운데 원소

본진의 깃발이 펄럭였다.

다리 위로 말을 몰고 나간 공손찬이 외쳤다.

"의리를 저버린 놈, 인간 같지도 않은 파렴치한 원소는 어디에 있느냐? 부끄러움을 안다면 이리 나와라."

원소도 말을 몰고 앞으로 나와 반하고 맞은편에 섰다.

"무슨 소리냐? 한복은 자신의 재주가 부족함을 알았기에 내게 기주를 넘겨주고 한적한 땅으로 물러난 것이다. 파렴치한이란 너를 두고 하는 말이다. 남의 영토로 미친 병사들을 몰고 와서 무엇을 훔쳐가려 하는 것이냐?"

"닥쳐라, 원소! 전에는 함께 낙양으로 들어가 너를 충의의 맹주로 삼았으나 지금 생각해보니 천하 사람들에게도 부끄럽구나. 마음은 이리 같고 행동은 개 같은 놈이 무슨 낯짝으로 뻔뻔스럽게 밝은 태양 아래서 사람의 말을 짖어대는 것이냐?"

"네놈이 잘도 떠들어대는구나. 누가 나가서 저놈을 잡아다 혀를 뽑아버려라!"

문추는 원소의 휘하 중에서도 가장 용맹하다고 일컬어지는 장수였다. 키가 7척이 넘었으며 얼굴은 게처럼 검붉었다. 문추는 대장 원소의 명령에 큰 소리로 답하고 말을 몰아 공손찬에게 싸움을 걸었다.

공손찬도 창을 맞부딪치며 물러나지 않고 싸웠으나 애초부터 문추의 적이 되지 못했다.

'이거 못 당하겠구나.'

공손찬은 다리 동쪽에 있는 아군 쪽으로 달아났다.

“더러운 놈.”

문추는 적의 중군 속으로 헤집고 들어가 끝까지 추격을 멈추지 않았다.

“막아라!”

“멈춰라!”

대장의 위기를 보고 공손찬의 부장 여럿이 문추와 맞섰으나 모두 쓰러져 시체가 산을 이루었다.

“무서운 놈이로구나.”

간담이 서늘해진 공손찬은 달아나는 아군과도 떨어진 채 오직 혼자서 산길로 도망쳐 들어갔다. 그러자 뒤에서 다시 문추의 목소리가 들려왔다.

“목숨이 아까우면 말에서 내려 항복해라. 지금 항복하면 목숨만은 살려주겠다.”

목숨에 위협을 느낀 공손찬은 손에 들고 있던 활까지 집어 던지고 말을 몰아 도망갔다. 하지만 지친 말은 바위에 걸려 넘어져 앞발이 부러지고 말았다. 당연히 공손찬은 말에서 툭 떨어졌다. 문추가 바로 눈앞에까지 와 있었다.

“틀렸구나!”

공손찬이 포기한 듯 눈을 감고 검을 뽑아 일어서려 할 때, 위쪽 벼랑에서 한 건장한 남자가 뛰어내려 문추 앞을 가로막았다. 그는 아무 말도 없이 창을 부딪치며 맹렬히 싸우기 시작했고, 공손찬은 ‘하늘의 도움’이라고 생각하며 재빨리 산 위로 달아나 간신히 목숨을 건졌다.

결국 문추는 포기하고 물러났고, 공손찬은 다시 병사들을 모았다. 그 후 공손찬이 부장들에게 물었다.

"오늘 나를 위기에서 구해준 사람은 대체 누구인가?"

각 부대를 조사한 끝에 그 사람이 공손찬 앞에 모습을 드러냈다. 그는 아군 속에 있던 사람이 아니라 그저 길을 가던 나그네라고 했다.

공손찬이 그에게 물었다.

"당신은 어디로 가는 길이었소?"

"저는 상산常山 진정眞定(하북성 정정 부근) 사람인데 그곳으로 돌아가려던 길이었습니다. 이름은 조운趙雲, 자는 자룡子龍이라 합니다."

그는 눈썹이 짙고 눈빛이 형형해서 그냥 보기에도 당당한 대장부였다.

조자룡은 얼마 전까지 원소의 부대에 있었는데 원소의 행동을 보고 있자니 오래도록 섬길 사람이 아니라는 마음이 들어 차라리 고향으로 돌아가자는 생각에 여기까지 온 것이라고 덧붙여 설명했다.

"그렇습니까? 저 공손찬도 지혜와 인덕을 겸비한 사람은 아닙니다만 당신께 생각이 있으시다면, 저와 함께 힘을 합쳐 도탄에 빠진 백성을 구하지 않으시겠습니까?"

"어쨌든 머물며 부족하나마 힘을 다하겠습니다."

공손찬의 말에 조자룡이 약속했다. 이에 힘을 얻은 공손찬은 다음 날도 다시 반하 기슭에 서서 북국의 백마 2천 필을 늘어놓고 크게 진을 펼쳤다.

공손찬이 백마를 여럿 가진 사실은 천하에 널리 알려져 있었다. 지난날 몽고와의 싸움에서 백마만으로 구성된 기마대를 편성하여 북쪽

의 오랑캐를 깨뜨렸기에 그 이후부터 그의 '백마진白馬陣'이 널리 이름
을 떨치게 된 것이었다.

"이야, 이거 장관이로구나."

건너편에 있던 원소가 이마에 손을 얹고 맞은편의 적진을 바라보며
말했다.

"안량, 문추."

"네."

"둘은 좌우로 나뉘어 양쪽 날개를 맡아라. 그리고 국의麴義를 대장
으로 강한 사수 천여 기를 뽑아 포진토록 해라."

"알겠습니다."

원소는 명령을 내린 뒤 휘하의 천여 기, 노궁수弩弓手 천 5백 명과
창을 든 보병 8백여 명에 깃발을 든 병사로 중군을 구성했다.

강을 사이에 두고 드디어 전쟁의 기운이 무르익었다. 강의 동쪽에
위치한 공손찬은 적의 움직임을 보고 부하 엄강嚴綱을 선봉으로 삼아,
수帥라는 글자를 금실로 수놓은 붉은 깃발을 들고 함성을 지르며 철벅
철벅 강가로 다가가게 했다.

공손찬은 어제 자신의 목숨을 구해준 조자룡을 비범한 인물이라고
생각하기는 했으나 아직은 그를 완전히 믿을 수 없었기에 엄강을 선봉
으로 삼고 자룡에게는 겨우 병사 5백 명을 주어 후진에 서게 했다.

양쪽 군이 대치한 채 진시辰時에서 사시巳時까지 그저 찰싹이는 물
소리만 듣고 있을 뿐, 전쟁은 시작되지 않았다.

공손찬은 자신의 군대를 돌아보며 명령했다.

"끝도 없는 대치, 짐작컨대 적은 허세를 펼치고 있는 듯하다. 한꺼번에 화살을 쏘며 반하교를 건너라."

곧 적진으로 화살이 쏟아졌다. 동쪽의 병사들은 엄강을 선두로 다리를 건너 적의 선봉인 국의의 부대를 향해 달려들었다. 가만히 지켜보고만 있던 국의가 신호로 정해둔 봉화를 올리고 안량, 문추 양 날개와 함께 힘을 합쳐 순식간에 적을 포위했다. 그리고 적장 엄강의 목을 베고 '사'라고 적힌 깃발을 빼앗아 강에 던져버렸다.

"물러나서는 안 된다!"

화가 난 공손찬은 스스로 백마를 몰아 싸웠으나 국의의 맹렬한 기세를 당해낼 수가 없었다. 뿐만 아니라 안량, 문추 두 장수가 포위망을 좁혀왔기에 공손찬은 이를 갈며 진을 허물고 달아나는 아군 속에 섞여 도망쳤다.

"이번에도 이겼구나."

원소는 득의양양하여 안량, 문추, 국의 등이 돌진해 들어가는 뒤를 따라 자신도 반하교를 건너 적군 속을 마구 헤집고 다녔다. 공손찬의 군은 참으로 힘없이 무너졌다. 1진이 돌파당하고 2진이 짓밟히고 중군은 사방으로 흩어져 그야말로 지리멸렬했다. 그렇게 무참히 당하기만 할 때, 후미의 부대 하나가 숲처럼 움직이지도 않고 소란을 떨지도 않고 서 있었다. 그 병사들은 약 5백 명쯤으로 주장은 어제 몸을 의탁해 온 객장客將 조운 자룡이었다.

국의는 크게 개의치 않고 수하의 병사들을 이끌며 그 부대를 향해 나아갔다.

"짓밟아라!"

그런데 갑자기 5백 명의 병사들이 마치 연꽃이 벌어지듯 진형을 벌리는가 싶더니, 순식간에 손바닥에 물건을 쥐듯 적을 감싸고 팔방에서 화살을 퍼부었다. 당황하여 말 머리를 돌리려던 국의를 발견하자마자 조자룡은 날듯이 백마를 몰고 나가 말 위에서 단번에 그를 창으로 찔러 죽였다.

백마의 털이 붉은 매화 꽃잎이 떨어진 것처럼 물들었다. 어제 공손찬에게서 감사의 표시로 받은 준마였다. 자룡은 더욱 앞으로 나아가 적장인 문추, 안량의 두 부대와 맞서 싸웠다. 그러자 적군이 갑자기 강 건너로 달아나기 시작했다. 하지만 퇴로라고는 반하교 하나밖에 없었기 때문에 강에 빠져 죽은 병사의 수를 헤아릴 수조차 없었다.

원소는 적진 깊숙이 들어간 아군이 조자룡 때문에 밀리고 있다는 사실을 알지 못했다. 반하교 건너로 군사들을 전진시켜 휘하 3백 기에 사수 백 명을 좌우에 배치한 후 부장 전풍과 함께 말 머리를 나란히 하고 나아갔다.

"어떤가, 전풍? 공손찬도 별로 대단할 건 없지 않나?"

"그렇습니다."

"백마 2천 필을 나란히 늘어놓은 것은 천하의 장관이었으나 막상 부딪쳐보니 별것 아니로군. 깃발을 강물에 빠뜨리고, 부장 엄강을 잃고, 참으로 무능한 장군이야. 내 지금까지 그를 과대평가하고 있었군."

그때 그의 주위로 화살이 소나기처럼 쏟아졌다.

"아, 아, 앗! 어디에서 쏘는 것이냐?"

당황한 원소는 급히 뒤로 물러나 방패 속으로 숨으려 했다.

"원소를 잡아라!"

조자룡의 군사 5백 명이 땅에서 솟아오른 듯 앞뒤에서 공격을 가했다. 전풍이 너무나도 빠른 적의 기세에 두려움을 느끼며 원소에게 말했다.

"태수님! 여기에 있다가는 화살에 맞거나 생포당해 패전을 면할 수 없을 듯합니다. 저쪽 반하고 밑으로 물러나 잠시 몸을 숨기는 것이 좋겠습니다."

원소가 뒤를 돌아보았으나 뒤쪽에도 적이 있었다. 게다가 적의 화살이 어지럽게 날아왔다.

"끝장이로구나."

이윽고 원소는 입고 있던 갑옷을 벗더니 땅에 내팽개치며 외쳤다.

"대장부가 전장에서 죽는 것은 오히려 바라던 바다. 구석에 숨어 있다 화살에 맞아 죽으면 웃음거리만 될 뿐이다. 이러한 때에 어찌 살기를 바라겠는가?"

원소는 죽음을 각오하고 적을 향해 내달렸다.

"이놈들, 죽어라!"

원소가 있는 힘껏 싸웠기에 전풍도 그를 따랐으며, 다른 병사들도 모두 죽을힘을 다해 싸웠다. 마침 그곳으로 도망쳐온 안량과 문추 두 장군까지 합세하여 그들을 필두로 맹렬하게 맞섰기에 기울대로 기울었던 전세를 다시 회복할 수 있었다. 그들은 사방으로 적을 쫓은 후 그 기세를 몰아 공손찬의 본진까지 밀고 들어갔다.

그날 양군의 접전은 그야말로 일진일퇴, 나아갔다가는 물러나고 물러났다가는 다시 나아갔다. 시체가 들판을 덮었으며 피가 강을 붉게 물들일 정도의 격전이었다. 새벽에서부터 정오가 지나서까지도 어느 한쪽이 이겼다고도 졌다고도 할 수 없는 난투였으며, 차마 눈 뜨고 볼 수 없는 광경이었다.

한편 공손찬의 본진에서는 조운의 활약으로 전세가 아군에게 기울었다며 안도의 한숨을 내쉬고 있었다. 그러다 원소를 필두로 전풍, 안량, 문추 등이 성난 파도처럼 한꺼번에 밀고 들어오자 공손찬은 말에 채찍을 가해 달아날 수밖에 없었다.

그 순간 한 발의 포성이 천지를 뒤흔들었다. 파란 하늘을 스치고 지나가는 한 줄기 연기를 바라보니, 어느새 반하 주변에 원소군의 깃발이 가득 차고 북소리와 함성이 울려 퍼졌다. 또한 공손찬이 달아나려는 길이 팔방에서 가로막히고 말았다.

공손찬은 정신을 차릴 수가 없었다. 2리, 3리를 정신없이 달아났다. 기세를 몰아 급히 추격에 나선 원소가 5리쯤 쫓았나 싶었는데, 갑자기 산골짜기에서 한 떼의 군마가 몰려나왔다.

"기다려라, 원소! 나는 평원의 유현덕이다. 당장 항복해라. 죽음을 택하겠느냐? 항복을 하겠느냐?"

평원에서 밤낮으로 달려온 유비와 관우, 장비의 부대가 원소를 한꺼번에 덮쳤다.

"아뿔싸, 유비로구나."

놀란 원소군이 앞다퉈 달아났는데 인마가 서로 뒤엉켜 부러진 깃발,

버리고 간 칼집, 투구, 창 등이 길을 가득 메웠다.

싸움이 끝나고 난 뒤 공손찬은 유현덕을 진으로 불렀다.

"오늘의 위기에서 목숨을 건질 수 있었던 것은 오로지 장군 덕분이오."

공손찬은 유비에게 깊이 감사를 표한 뒤, 부하에게 조자룡을 불러오게 했다.

"앞서도 나를 위기에서 구해준 장군이 한 명 더 있소. 틀림없이 장군과도 마음이 맞을 것이오."

곧 자룡이 들어왔다.

"무슨 일이십니까?"

공손찬은 조자룡을 유비에게 소개했다.

"이 사람입니다."

그리고 오늘의 전투에서 눈부신 활약을 펼친 자룡의 뛰어난 용병술과 그 사람됨을 크게 칭찬했다. 자룡은 매우 부끄러워하면서 겸손하게 말했다.

"태수님, 사람을 불러다 알지도 못하는 분 앞에서 그렇게 놀리시면 어떻게 합니까? 쥐구멍이라도 있으면 숨고 싶습니다."

형형한 눈빛, 시원한 얼굴의 위풍당당한 대장부에게도 어린아이처럼 수줍어하는 마음이 있음을 느끼며 유비도 미소를 지었다. 그 미소를 보고 조자룡도 빙그레 웃었다. 유비의 부드러운 눈, 조자룡의 서릿발 같은 눈빛. 그들이 처음으로 눈을 마주치며 웃음을 주고받은 날이었다.

공손찬이 유비를 가리키며 소개했다.

"이 사람은 유비 현덕으로 오늘 평원에서 달려와 나를 구해준 생명의 은인일세. 예전부터 호의를 가지고 서로 도와온 사이라네."

그 말에 조자룡이 매우 놀라며 말했다.

"그렇다면 관우, 장비 두 호걸과 의형제를 맺은 유현덕 나리라는 말씀이십니까? 아아, 뜻밖에도 이런 곳에서……. 저는 상산 진정 사람으로 이름은 조운, 자는 자룡이라고 합니다. 사정이 있어 공손 태수의 진에 머물며 작은 공을 세웠으나 아직은 풋내기 무사에 지나지 않습니다. 앞으로 잘 인도해주십시오."

조자룡은 자세를 낮춰 정중하게 인사했다. 유비도 예의를 갖춰 답례했다.

"그렇게 정중히 인사를 하시다니, 몸 둘 바를 모르겠습니다. 저 역시도 아직 풍운처럼 이곳저곳을 떠도는 일개 무사에 지나지 않습니다. 일편단심 외에는 땅 한 조각 가진 것이 없는 젊은 자입니다. 저야말로 앞으로의 호의를 청하고 싶습니다."

두 사람은 처음 본 순간부터 십년지기 같은 느낌을 받았다.

'이 사람은 훌륭한 인물이다. 범상한 무사가 아니야.'

유비는 남몰래 마음속으로 생각했다.

'아직 젊기는 하지만 소문으로 듣던 것 이상이야. 이 유현덕이라는 사람이야말로 장래성이 있는 인걸이 아닐까? 주군으로는 이런 인물을 택해야 해.'

조자룡 역시 마음속에 존경심을 품었다.

공손찬은 유비와 자룡 모두 객장客將이라는 점을 아쉬워했지만 두 사람과 마찬가지로 기쁜 마음이 들었다. 그는 유비에게는 훗날의 상을 약속하고, 자룡에게는 자신의 애마 중 눈처럼 하얀 말 한 필을 건넸다. 그리고 이어질 싸움에서도 협력해주기를 부탁했다.

자룡은 공손찬에게서 받은 백마에 올라 자신의 진지로 돌아갔다. 하지만 그의 마음속에 깊이 새겨진 것은 공손찬의 은혜가 아닌 유비의 풍모였다.

17
떨어진 강동의 별

천도 이후 날이 지나면서 장안의 거리는 차차 도읍의 면모를 갖춰 번창했으며 질서도 잡혀가기 시작했다.

장안으로 도읍을 옮긴 후에도 동탁의 세력은 여전히 크고 강했다. 그는 후견인 자격으로 황제를 손아귀에 쥐고 있었으며, 그의 지위는 모든 대신들 위에 있었다. 스스로 태정상국太政相國을 칭했으며 궁문을 드나들 때는 금화金花로 치장한 덮개에 온갖 구슬로 장식한 발을 늘어뜨린 마차에 앉아 자신의 영화와 권세를 과시했다.

어느 날 그의 모사인 이유가 말했다.

"상국."

"무슨 일인가?"

"얼마 전부터 원소와 공손찬이 반하를 사이에 두고 싸우고 있다 합니다."

"음, 나도 들었네. 형세는 어떤가?"

"원소 쪽이 반하에서 상당히 물러났다고는 하나, 여전히 양군이 대치한 채 한 달 이상이 지났다고 합니다."

"싸우도록 내버려두게. 두 놈 모두 내게 반기를 들었으니."

"아닙니다. 한동안은 천도 후 내정으로 바빠서 조정에서도 천하의 일에 신경을 쓰지 못했습니다만, 그래서는 제실帝室의 위광을 천하에 펼쳐보일 수가 없습니다."

"그럼 무슨 좋은 계책이라도 있는가?"

"상국께서 진상하시어 천자의 명을 받아 칙사를 반하로 보내는 것입니다. 휴전을 권하여 두 사람을 화목케 하는 것이 좋을 듯합니다."

"그렇군."

"두 사람 모두 커다란 손실을 입었고 전쟁에 지쳤을 때이니 화목을 권하는 칙사가 당도하면 기꺼이 승낙할 것입니다. 그렇게 되면 그 은덕은 자연히 상국의 것이 될 터입니다."

"참으로 그럴듯하오."

동탁은 바로 황제에게 진언하여 조명을 주청하고 태부 마일제馬日磾와 조기趙岐 두 사람을 칙사로 삼아 관동으로 가게 했다. 칙사 마 태부는 우선 원소의 진영으로 가서 뜻을 전한 뒤 공손찬도 찾아가 동 상국의 뜻을 전했다.

"원소만 이견이 없다면……."

"공손찬이 군사를 물린다면……."

서로가 같은 마음이었기에 두 사람 모두 칙명을 받아들였다. 이에 마 태부는 반하고 아래의 한 정자로 양군의 대장을 불러 서로 화해시키고 잔을 나누어 마시게 한 뒤 장안으로 돌아갔다.

원소와 공손찬은 같은 날에 군사를 물려 각자의 영지로 돌아갔는데 이후 공손찬은 장안으로 감사의 글을 보냈으며 그와 함께 유비 현덕을 평원의 상相에 봉해달라고 청하는 글도 올렸다.

얼마 지나지 않아 조정에서 허락하는 글이 내려왔다. 공손찬이 유비를 불러 그 소식을 전하며 감사의 뜻을 전했다.

"귀하에게 드리는 저의 조그만 마음입니다."

유비 역시 은혜에 화답하고 평원으로 떠나게 되었는데, 그 송별 잔치가 끝나고 난 뒤 조용히 숙사로 찾아온 사람이 있었다. 조운 자룡이었다.

자룡이 유비의 얼굴을 보고 참으로 아쉽다는 듯 눈에 눈물까지 보이며 말했다.

"오늘 밤이 지나면 이별입니다."

그리고 한참 동안 이야기를 나누다가 마침내 결심이라도 한 듯 조자룡이 말을 꺼냈다.

"유비 나리, 내일 출발하실 때 저도 함께 평원으로 데려가주시지 않겠습니까? 이렇게 말씀드리면 너무 무리한 부탁 같습니다만, 저는 나리와 헤어지는 것을 견딜 수가 없습니다. 그만큼 마음속 깊이 흠모하고 있다는 뜻입니다."

천하의 영걸이 처녀처럼 고개를 숙인 채 말했다.

유비도 처음부터 조자룡의 사람됨이 마음에 들었기에 섭섭한 기색을 보이며 말했다.

"진중에서 참으로 귀한 벗을 얻었다 싶었는데 이렇게 일찍 평원으로 돌아가게 되었습니다. 저도 헤어지고 싶지 않지만……."

자룡의 얼굴이 침울해졌다.

"진심을 말씀드리자면, 알고 계시는 바와 같이 저는 원소의 휘하에 있었습니다만 낙양에 들어간 후부터는 원소에게 부덕한 행동이 많았기에 등을 돌렸고, 공손찬이야말로 백성을 편히 할 영웅이 아닐까 싶어 몸을 의지하게 되었습니다. 그런데 공손찬도 장안의 동탁이 중재를 하자 곧 원소와 화해하고 조그만 공에 안주하는 것을 보니 그 그릇의 크기가 그리 크지 못하여 도저히 천하의 백성을 구할 영웅이라고는 여겨지지 않습니다. 그나마 원소와는 꼭 맞는 상대라는 생각이 듭니다."

조자룡은 이렇게 한탄한 뒤 유비에게 자신의 본심을 이야기했다.

"유비 나리, 부탁입니다. 나리야말로 훗날 큰일을 할 그릇이라 여기며 드리는 청입니다. 부디 저를 평생 거두어주시기 바랍니다."

자룡이 바닥에 무릎을 꿇고 앉아 진심이 담긴 얼굴로 애원했다.

눈을 감고 한동안 생각에 잠겨 있던 유비가 입을 열었다.

"아니, 저는 그렇게 큰 그릇이 아닙니다. 하나 인연이 되어 훗날 다시 만나게 된다면 그때는 지금의 마음을 잊지 않겠습니다. 지금은 때가 아닙니다. 제가 떠난 뒤에도 부디 공손 태수의 힘이 되어주시기 바랍니다. 때가 오는 날까지 공손 태수 곁에 계십시오. 그것은 제가 드리는 청입니다."

유비가 달래자 자룡도 어쩔 수 없이 눈물을 흘리며 답했다.

"그렇다면 때를 기다리겠습니다."

이튿날 유비는 관우, 장비가 이끄는 부대의 선두에 서서 평원으로 돌아갔다. 바로 그때부터 그는 평원이라는 한 지방의 상相으로서 인수를 차게 되었다.

당시 남양태수는 원술이었는데, 전에는 형 원소 밑에서 군량의 배급을 총괄했었다. 그는 남양으로 돌아온 후 형으로부터 아무런 은록恩祿이 없자 불만이 가득했다.

"부당한 일이다."

그는 형에게 편지를 보내 청했다.

예전의 일에 대한 상으로 기북冀北의 명마 천 필을 주셨으면 합니다. 주시지 않는다면 제게도 생각이 있습니다.

원소는 거의 협박에 가까운 동생의 요구에 화가 났는지 한 필의 말도 보내지 않았을 뿐만 아니라 그에 대한 대답조차 하지 않았다. 원술도 형을 크게 원망했고, 그 이후부터 형제는 반목하게 되었다. 하지만 원술은 병마의 모든 것을 형에게 의존하고 있었기 때문에 곧 경제적으로 어려움을 겪게 되었다. 이에 형주의 유표에게 사자를 보내 군량미 20만 섬을 꾸어달라고 청했으나 유표가 점잖게 거절을 했다.

"이것도 전부 형이 조종한 것이렷다."

화가 난 원술은 마침내 자포자기한 심정이 들기 시작했다. 그의 밀사가 어둠 속에서 은밀히 오吳로 건너가 손견에게 편지 한 통을 건네주었다. 내용은 이런 것이었다.

> 예전에 옥새를 빼앗기 위해 낙양에서 돌아가는 공의 길을 막고 괴롭힌 것은 원소의 계략이었습니다. 지금도 유표와 모의하여 강동을 쳐서 공의 땅을 빼앗으려 합니다. 더는 말할 것도 없습니다. 공은 병사를 속히 일으켜 형주를 치시기 바랍니다. 저 또한 병사를 일으켜 돕겠습니다. 공이 형주를 취하고 제가 기주를 취한다면 두 가지 원수를 한 번에 갚을 수 있습니다. 실수가 있어서는 안 될 것입니다.

그곳은 양자강揚子江의 지류가 흐르는 지역으로 시가지가 바다처럼 넓은 호수에 면해 있었다. 손견이 머물고 있는 장사성(호남성)은 그러한 지형 덕분에 문화와 병비兵備 모두 훌륭했다.

그날 정보는 여행길에서 돌아왔다. 그는 강기슭에 약 4, 5백 척이나 되는 군선들이 늘어서 있고 거기에 식량과 무기와 마필을 싣느라 분주한 모습을 보고 깜짝 놀랐다.

"대체 어디서 그런 대전이 벌어질 것이란 말인가?"

하인을 시켜 뱃사람들에게 알아보게 하니, 손견의 명령이 떨어지자마자 형주(양자강 연안) 쪽으로 가서 전쟁을 벌일 듯하다는 것이었다.

"어찌 된 일이지?"

정보는 자신의 집으로 돌아가려던 발길을 돌려 성의 관아로 들어갔다. 그리고 동료 장군들에게 사정을 듣고 나서는 더욱 놀랐다. 그는 바로 태수 손견을 찾아가 이번 일의 무모함을 이야기했다.

"원술과 손을 잡고 유표, 원소를 치기 위해서 군사를 일으킨 것이라 들었습니다만, 한쪽의 밀서만을 믿고 그와 운명을 함께하는 것은 너무 위험한 일 아닌지요?"

손견이 웃으며 대답했다.

"이보게, 정보. 그쯤은 나도 이미 알고 있다네. 원술은 원래 거짓이 많은 소인배라네. 나는 그의 힘에 의지하여 병사를 일으킨 것이 아닐세. 스스로의 힘으로 일으킨 것이네."

"하나 병사를 일으키는 데는 올바른 명분이 필요합니다."

"낙양에 있을 때 원소는 내게 그토록 모욕을 주지 않았는가? 그리고 그의 사주를 받은 유표는 내 길을 막아 크게 괴롭혔고. 지금 그 수치와 원한을 풀려는 것일세."

정보도 더는 간언할 말이 없었기에 자신이 직접 나서서 준비를 독려했다. 그들은 길일을 택해 5백여 척의 배가 출발하기만을 기다리고 있었다.

"이를 어찌하면 좋단 말인가?"

이 사실을 알게 된 유표는 회의를 열어 각 장군들에게 대책을 물었다. 그러자 괴량蒯良이라는 장수가 일어나 의견을 말했다.

"그리 놀라 소란을 피울 만한 적은 아닙니다. 강하성江夏城의 황조黃

祖에게 요해를 지키게 하고, 형주 양양의 대군에게 후방을 굳건히 지키게 하면 큰 강을 사이에 둔 손견도 그리 자유롭게 움직이지는 못할 것입니다.”

사람들 모두 그의 의견에 동의하자, 유표는 주 안의 모든 병력을 동원하여 각자의 방비에 만전을 기하게 했다.

호남의 물, 호북의 기슭, 마침내 양자강 유역에 한바탕 풍파가 몰아칠 조짐이 보이기 시작했다.

그런데 손견 쪽에서는 출진에 앞서 규방의 여인들과 그 아들들을 둘러싸고 하나의 파문이 일었다. 그의 정실인 오씨에게는 네 명의 아들이 있었는데 장남은 이름이 손책孫策이고 자는 백부伯符, 차남은 이름이 손권孫權이고 자는 중모仲謀, 삼남은 이름이 손익孫翊, 사남은 이름이 손광孫匡이었다. 그리고 오씨의 동생이자 손견이 총애하는 여인에게는 손랑孫朗이라는 아들과 인仁이라는 딸이 있었다. 또한 유兪씨라는 첩에게도 아들이 하나 있었는데, 이름은 손소孫韶이고 자는 공례公禮였다.

출진을 하루 앞둔 날 밤, 손견의 동생인 손정孫靜이 그 많은 아이들을 데리고 새삼스레 형 손견을 찾아갔다.

“아이들을 모두 데려왔구나. 내일의 출진을 축하하러 온 것이냐?”

손견이 흐뭇하다는 듯 물었다.

동생 손정이 자세를 바로잡고 대답했다.

“그런 것이 아닙니다, 형님. 이렇게 조카들을 모두 데리고 여기에 온 것은 출전을 말리기 위해서지 축하를 하기 위해서가 아닙니다.”

“뭐? 말리러?”

“네. 혹시 형님의 귀한 몸이 잘못되기라도 하면 이 많은 아이들을 어찌하실 생각입니까? 이 아이들의 어머니들인 오 부인과 오희吳姬, 유 미인도 제발 말려달라고 제게 청을 했습니다.”

“이제 와서 무슨 소리를 하는 게냐?”

“패하고 난 뒤 창을 거두는 것보다는 나을 것입니다.”

“그 무슨 불길한 소리를 하는 게냐?”

“죄송합니다. 그러나 형님, 이것이 천하의 어지러움에서 백성을 구하기 위해 일어선 것이라면 저도 이번 전쟁을 말리지는 않을 것입니다. 설령 세 부인과 일곱 조카들이 울며불며 애원해도 제가 앞장서서 출진을 축하할 것입니다. 그러나 이번 출진은 사사로운 원한에 의한 것입니다. 자신을 위한 소욕小慾이며 소의小義입니다. 그 때문에 병사에게 상처를 입히고 백성을 괴롭히는 일이 있어서는 절대 안 된다고 생각합니다.”

“닥쳐라! 너나 여자들이 헤아릴 수 있을 만한 일이 아니다.”

“아니, 그렇지 않습니다.”

“닥치지 못하겠느냐! 너는 지금 명분이 없는 싸움이라고 했다만, 누가 이 손견의 깊은 뜻을 알겠느냐? 내게는 구세치민救世治民이라는 큰 뜻이 있다. 내 곧 천하를 종횡하여 우리 가문의 이름을 중히 여기게 할 테니 지켜보기나 해라.”

“아아…….”

손정도 마침내 입을 다물고 말았다.

그때 오 부인의 아들인 장남 손책이 성큼성큼 나와 손견 앞에 섰다. 그는 홍안 17세의 미소년이었다.

"아버지께서 꼭 출진하셔야 한다면 저도 데리고 가주십시오. 일곱 형제 중에서 제가 가장 나이가 많으니 말입니다."

몹시 언짢아하던 손견은 장남의 믿음직한 말에 구원을 얻은 듯 다시 기분이 좋아졌다.

"장하구나. 어렸을 때부터 너는 형제들 중에서도 가장 영리하여 내 일을 도울 수 있는 아이라고 생각했는데 내 눈이 틀리지 않았다. 내일 출발 전까지 준비를 하고 있어라."

그리고 손견은 많은 아이들과 동생을 둘러보며 말을 이었다.

"둘째 손권은 여기 계신 숙부님과 마음을 합쳐 이곳을 잘 지키고 있 어라."

"네."

둘째 손권은 씩씩하게 대답한 뒤 아버지에게 작별 인사를 했다.

한편 오 부인은 숙부와 함께 출진을 말리러 갔던 장남 손책이 오히 려 아버지를 따라 전장에 나서기로 했다는 말을 들었다.

"이게 어떻게 된 일이냐? 그 아이를 불러오너라."

시녀를 보냈으나 아직 날이 밝기 전이었음에도 불구하고 장남 손책 은 이미 성안에 없었다.

손책은 처음부터 어머니가 이 사실을 알면 틀림없이 말릴 것이라 짐 작하고 있었던 것이다. 또한 매의 새끼처럼 날래고 성격이 급한 젊은 무사였기에 아버지의 출진 시간까지 기다리지 않고 아직 어둠에 잠긴 강가로 나간 것이었다. 결국 손책은 자신이 앞장서겠다는 각오를 다지고 군선 중 한 척에 올라타 적의 등성鄧城(하남성 등현)으로 공격해 들어갔다.

여명과 함께 출진을 알리는 북소리가 울렸다. 장사의 대군이 성문에서 강가로 몰려들었으며 군선 5백여 척이 뱃머리를 나란히 하여 양자강으로 떠났다.

손견은 장남 손책이 날이 채 밝기도 전에 10척쯤 되는 병선을 이끌고 먼저 출발했다는 말을 듣고 입으로는 그의 당찬 행동을 칭찬했으나, 속으로는 처음 전장에 나서는 아들을 몹시 걱정했다.

'손책에게 무슨 일이 생겨서는 안 된다.'

손견은 서둘러 적의 등성으로 향했다.

유표의 제1선은 황조를 대장으로 하여 연안에 방어진지를 펼쳐놓고 있었다. 아버지의 본군에 앞서 도착한 손책은 얼마 되지 않는 병선으로 단번에 공격해 들어갔으나 뭍에서 일제히 화살을 쏘아댔기에 가까이 다가갈 수조차 없었다. 그러는 사이 아군을 실은 병선 5백 척이 아버지 손견의 용수선龍首船을 중심으로 강 위에 포진했다.

잠시 뒤 작은 배가 와서 명령을 전달했다.

"손책은 서두르지 마라."

손책도 뒤로 물러나 아버지의 진 속에 가세했다. 손견은 전열을 충분히 가다듬은 뒤, 각 배의 뱃머리에 방패와 궁수를 늘어놓고 노궁의 시위를 잔뜩 메겼다.

"전진하라!"

곧 손견의 명령이 떨어졌고 병선 모두 하얀 물살을 일으키며 강가로 밀고 들어갔다. 손견은 활을 쏘는 동안 각 배에서 내린 작은 배를 이용해 창과 검을 든 정예병을 뭍에 상륙시켜 단번에 연안의 방어선을 돌파할 생각이었다. 하지만 적도 만만치 않았다. 방어진의 대장인 황조가 미리부터 만반의 준비를 갖추고 있었기 때문이다.

"적이 접근할 때까지 기다려라."

그들은 숨을 죽인 채 병선이 가까이 올 때까지 화살 한 발 쏘지 않았다. 그리고 충분히 때를 기다렸다 쏘라는 황조의 명령이 떨어지자 뭍에 있던 수많은 무기고와 일렬로 길게 늘어놓았던 방패와 보루 뒤에서 한꺼번에 화살의 폭풍이 쏟아지기 시작했다.

양군이 쏘아올린 화살 소리가 울려 퍼졌고, 양쪽을 오가는 화살 때문에 뭍과 강 사이가 어두워졌다. 누런 양자강의 물이 격렬하게 기슭에 부딪쳐 포말을 일으켰다. 몇 번이고 작은 배에 탄 정예병들이 무리를 지어 그곳으로 상륙하려 했으나 모두 화살에 맞고 쓰러져 탁류 너머로 먼지처럼 떠내려가고 말았다.

"물러나라, 물러나라."

손견은 형세가 불리함을 알고 배들을 화살이 닿지 않는 거리까지 물러나게 했다.

곧 밤이 되었다. 손견은 작전을 바꾸었다. 부근의 어선까지 끌어다 여러 척의 조그만 배들을 일렬로 늘어놓고 횃불을 피우게 해서 마치 야습이 있는 것처럼 꾸몄다. 강 위는 어두웠기에 그 불빛만이 아른아른 보였다.

"큰일이다."

뭍 위의 적들이 낮보다 더 격렬하게 노궁과 불화살을 쏘아댔다. 하지만 그 배에는 병사들은 타지 않고 배를 젓는 사람들만이 타고 있었다. 손견의 명령으로 배 젓는 사람들은 적이 헛되이 화살만 낭비하도록 어두운 강 위에서 함성을 질러댔다. 날이 밝자 작은 배와 어선들은 적이 정체를 알아차리기 전에 사방으로 흩어져버렸다. 그리고 밤이 되면 다시 같은 일을 되풀이했다. 7일 동안이나 밤이면 빈 배의 횃불로 적을 속였고, 그들이 지쳤을 때쯤 강병을 가득 싣고 단번에 뭍으로 올라가 황조의 부대를 철저히 짓밟았다.

뱃머리에 타고 있던 수군 전체가 들판으로 올라가 밀물과도 같은 육군이 되었다. 등성으로 달아난 황조는 이튿날 다시 장호張虎, 진생陳生 두 장군을 양 날개로 삼아 맹렬하게 맞서기 시작했다.

드디어 양군이 어지러이 얽혀 싸우기 시작했다.

"손견을 비롯하여 단 한 놈도 살아 돌아가게 해서는 안 된다."

장호, 진생 등은 핏발 선 눈으로 적군 속을 헤집고 다녔고, 손견의 본진 앞에 다다르자 큰 목소리로 외쳤다.

"너 이놈 강동의 쥐새끼, 우리나라를 범해서 무엇을 탐하려 하느냐?"

그 소리를 듣고 손견이 좌우에 명했다.

"분수 모르는 좀도둑놈들. 저 두 놈을 베어라."

"네 이놈들."

부하 한당이 칼을 휘두르며 나가 장호와 싸우기를 30여 합, 불꽃이 튀어 두 사람의 눈썹을 태웠다. 진생이 그것을 보고 달려나갔다.

“내 칼을 받아라.”

그는 장호를 도와 양쪽에서 한당을 공격했다.

한당이 위험하다 싶을 때였다. 아버지 손견 곁에 있던 손책이 부하가 들고 있던 활을 쥐었다. 그러더니 시위를 당겨 눈초리에 대고 한껏 조준을 하다가 화살을 날렸다.

“받아라!”

횡 하는 소리와 함께 날아간 화살이 한당을 넘어 맞은편에 있던 진생의 얼굴에 박혔다. 진생은 끔찍한 비명을 올리며 풀썩, 말 위에서 떨어졌다.

“아앗!”

놀란 장호가 갑자기 달아나기 시작했다. 어림도 없다는 듯 한당이 쫓아가 뒤에서 칼을 휘둘러 장호의 목을 베었다.

“두 장군이 목숨을 잃었다!”

그 소리에 황조는 다급하게 말을 몰아 거미 새끼처럼 흩어져 달아나는 아군 속으로 들어갔다.

“황조를 잡아라!”

“생포해라!”

젊은 무장인 손책은 창을 비껴들고 그를 급히 뒤쫓았다. 손책의 창이 몇 번이나 황조의 바로 뒤에서 춤을 추었다. 투구를 벗어 던지고 말에서도 뛰어내린 황조는 보병들 틈에 섞여 간신히 강 하나를 건너 등성안으로 도망쳐 들어갔다.

이 한 번의 싸움으로 형주의 군세는 어지러워졌고, 손견의 기치가

십방의 들판을 뒤덮었다. 손견은 단번에 한수漢水까지 병사를 휘몰아 갔으며, 수군을 한강漢江에 주둔시켰다.

"황조가 대패했습니다."

말을 타고 달려온 병사들의 연이은 패전 소식에 유표는 얼굴빛을 잃었다. 괴량이 말했다.

"일이 이렇게 되었으니 성을 굳게 지키며 원소에게 급히 사자를 보내 구원을 청하는 것이 좋을 듯합니다."

그러자 채모蔡瑁가 앞으로 나서더니 반대하며 큰소리를 쳤다.

"그것은 졸렬한 계책입니다. 적은 이미 성 밑에 당도했습니다. 어찌 팔짱을 끼고 앉아서 다른 이의 군대에 생사를 맡길 수 있겠습니까? 제가 비록 재주는 없으나 성 밖으로 나가 일전을 벌이도록 하겠습니다."

유표도 그것을 허락했다. 채모는 만여 기를 이끌고 양양성을 출발하여 현산峴山(호북성 양양의 동쪽)까지 나가 진을 쳤다. 손견은 곳곳의 적을 물리치고 착실하게 전과를 올린 기세를 몰아 순식간에 현산의 적까지도 격파해버렸다. 큰소리를 쳤던 채모는 잔병들과 함께 양양성으로 도망쳐 들어왔다.

한때 유표 앞에서 겁쟁이라고 창피를 당했던 괴량이 대군을 잃고 뻔뻔스럽게 성안으로 도망쳐온 채모를 보자마자, 버럭 화를 냈다.

"내 뭐라고 했소?"

채모가 면목 없다는 듯 사과했으나 괴량은 분을 참지 못했다.

"내 계책을 쓰지 않아 이렇게 대패를 했으니 책임을 져야 할 것이오."

괴량은 군법에 회부하여 채모의 목을 쳐야 한다고 태수에게 말했다.

태수 유표가 참으로 난처하다는 표정으로 말했다.

"지금은 한 사람의 목숨이라도 아껴야 할 때가 아니오?"

유표는 결국 채모의 목을 치지 않았다. 그도 그럴 것이 채모의 여동생은 절세미인이었는데 최근 유표가 그 동생을 매우 아끼고 있었기 때문이다. 괴량도 어쩔 수 없이 입을 다물고 말았다. 대의와 규방閨房은 언제나 상극이 되어 갈등을 일으켰다. 하지만 지금은 그런 일로 다툴 때가 아니었다.

"의지할 것이라고는 험한 이곳의 지세와 원소의 구원뿐이다."

괴량은 비장한 결심으로 성의 방비에 들어갔다.

양양성은 산을 업고 있었으며, 앞쪽으로 강이 흐르고 있었다. 험하기로 유명한 형주는 쉽게 볼 수 없는 요해의 땅이었기에 제아무리 강한 손견군이라 할지라도 이 성 아래 당도해서는 별 성과를 올리지 못했으며, 계속되는 공격에 원정의 피로가 쌓여갔다.

그러던 어느 날 거센 바람이 미친 듯이 불어댔다. 야영을 하던 손견군은 모래바람과 광풍에 한나절을 시달렸다. 그런데 어찌 된 일인지 중군에 세워놓았던 '수帥'라고 새긴 깃발의 대가 부러지고 말았다. '수' 깃발은 총군의 대장기였다. 장병 모두가 불길한 예감에 사로잡혔다. 특히 막료들은 눈썹을 찌푸리며 저마다 손견에게 말했다.

"심상치가 않습니다. 이곳에 와서는 싸움이 뜻대로 되지 않아 병마도 지친 듯합니다. 게다가 고향에서 멀리 떨어져 있고 전장의 나무에도 이미 겨울의 기운이 감돌고 있는데 갑자기 삭풍이 불어 중군의 대장기까지 부러졌습니다. 이에 모두가 불길한 예감에 사로잡혀 있습니다. 이쯤에서 잠시 군사를 돌리시는 것이 어떻겠습니까?”

그러자 손견이 큰 소리로 웃었다.

“와하하하. 장군들마저 그런 미신을 믿는 게요?”

손견은 조금도 개의치 않았다. 하지만 사기와 관련된 일이라 진지한 얼굴로 덧붙여 말했다.

“바람은 곧 천지의 호흡일세. 겨울에 앞서 이렇게 삭풍이 분 것은 겨울이 옴을 알리기 위해서지 깃대를 부러뜨리기 위해서가 아닐세. 그것을 괴이하게 여기는 것은 인간의 미혹에 지나지 않아. 이제 한 번의 공격만 더하면 이곳의 성도 곧 떨어질 게야. 손바닥 안에 있는 적의 성을 버리고 어찌 그냥 돌아갈 수 있겠는가?”

그 말에도 일리가 있었다. 각 장군들은 더 말하지 않고 손견의 의견에 따르기로 했으며 떨어진 사기를 회복하는 데 힘썼다.

이튿날부터 손견의 군대는 다시 함성을 올리며 성을 공격했다. 강을 메우고 불화살과 철포를 쏘았으며 보병은 뗏목을 타고 가서 성벽에 기어오르려 했다. 그럼에도 불구하고 양양성은 꿈쩍하지 않았다.

서리가 내리기 시작했다. 밤이면 진눈깨비가 흩날렸다. 쓸쓸한 들판의 시체는 덧없이 겨울 까마귀들만 기쁘게 할 뿐이었다.

＊＊＊

선풍이 휩쓸고 간 다음 날의 일이었다.

양양성 안에서 괴량이 유표 앞으로 나가 은밀하게 진언을 했다.

"어제의 천변天變은 예삿일이 아닙니다. 느끼셨습니까?"

"음, 그 광풍 말인가?"

"한낮의 광풍도 광풍입니다만, 밤에 평소 보지 못했던 밝은 별이 서쪽 들판으로 떨어졌습니다. 헤아려보니 장군의 별인 듯한데, 아마도 하늘이 무엇인가를 알려주려 한 듯합니다."

"불길한 소리 하지 말게."

"아닙니다. 저희가 근심해야 할 것이 아니라, 오히려 단을 쌓아 제사를 지내야 합니다. 방향을 헤아려보건대 흉조는 적 손견의 땅에 있습니다. 때를 놓치지 말고 바로 원소에게 사람을 보내 원군을 청한다면 적은 사방으로 흩어지거나 퇴로가 끊겨 독 안에 든 쥐 신세가 되고 말 것입니다."

유표가 크게 고개를 끄덕인 뒤 부하들을 둘러보며 말했다.

"누가 성 밖의 포위를 뚫고 원소에게 사자로 가겠소?"

"제가 가겠습니다."

여공呂公이 앞으로 나섰다. 여공이라면 문제없을 것이라 생각한 괴량은 다른 사람들을 내보낸 뒤 여공에게 한 가지 계책을 들려주었다.

"빠른 말과 날랜 병사 5백 명을 데리고 가되 그 가운데 활 잘 쏘는 병사도 함께 데리고 가게. 그리고 적의 포위를 뚫거든 우선 현산으로 올라가도록 하게. 반드시 적이 추격해올 것일세. 자네는 산의 중요한 지점에 바위와 통나무를 쌓아두었다가 적이 밑에 나타나면 한꺼번에 그것을 쏟아붓게. 그래서 적이 당황하면 궁수로 하여금 사방의 숲에서 활을 쏘게 하게. 그렇게 하면 적은 겁을 먹을 테고 길은 바위와 통나무에 막혀 있으니 쉽게 원소가 있는 곳까지 갈 수 있을 것이네."

"그렇군요. 묘책입니다."

용기가 솟은 여공은 그날 밤 은밀하게 철기 5백 명을 이끌고 성 밖으로 빠져나갔다. 그는 발소리를 죽여 소슬한 숲 속을 살금살금 지나갔다. 잎이 모두 떨어진 나뭇가지에 하얀 겨울빛이 감돌기 시작했다. 마치 백골을 심어놓은 것 같았다.

가느다란 달이 떠 있었다.

"누구냐?"

숲 끝 쪽에서 적의 보초병들이 외쳤다. 앞서 가던 10기 정도의 병사들이 우르르 달려가 다섯 명의 보초병을 순식간에 베었다.

그곳 바로 옆에 손견의 진영이 있었기에 손견이 뛰쳐나와 큰 소리로 물었다.

"지금 지나간 말발굽 소리는 아군의 것이냐, 적군의 것이냐?"

아무런 대답이 없었다. 다섯 명의 보초병만이 초승달 밑에 피범벅이 되어 쓰러져 있었다. 그것을 보자마자 손견은 말에 뛰어오르며 아군의 진지를 향해 외쳤다.

"성에서 병사가 빠져나갔다. 나를 따르라!"

그리고 자신이 가장 먼저 여공의 5백여 기를 추격하기 시작했다. 갑작스러운 일이었기에 손견의 뒤를 바로 따라나선 것은 겨우 3, 40기에 지나지 않았다. 앞쪽을 달리던 여공이 뒤를 돌아보았다.

"추격이 시작되었구나."

미리 예상하고 있던 일이었기에 그는 놀라지 않고, 나무 뒤에 궁수를 숨겨놓은 뒤 정신없이 산 위로 올라갔다. 그리고 적이 걸려들 만한 절벽 위에 바위를 쌓아놓고 기다렸다.

곧 10기, 20기, 50기쯤 되는 적의 그림자가 숲 속에서 산 아래 부근으로 쇄도하면서 저마다 소리를 지르고 있었다. 그 속에서 손견의 목소리도 들려왔다.

"적은 틀림없이 산 위로 도망쳤을 것이다. 이 정도의 절벽은 말을 탄 채로 넘어라!"

맹장 밑에 약졸은 없었다. 손견이 말을 몰아가자 부하들이 우르르 현산을 오르기 시작했다. 하지만 사방이 어두웠으며 잡초 덩굴과 무너지기 쉬운 토사에 발목이 잡혀 손견의 말도 그저 울부짖기만 할 뿐이었다.

절벽 위에서 엿보고 있던 여공이 산 위와 산 아래를 향해 양손을 흔들어 신호를 보냈다.

"바위를 떨어뜨려라, 활을 쏘아라!"

크고 작은 바위들이 절벽 위에서 한꺼번에 쏟아지자 그 밑에 있던 손견과 부하들이 그대로 묻혀버릴 것만 같았다. 손견 일행은 당황하여 급히 달아나려 했으나 사방의 숲에서 화살이 날아들기 시작했다.

"아뿔싸!"

손견의 눈이 가느다란 달을 노려보았다. 순간 그의 머리 위로 거대한 바위 하나가 떨어져 내렸다. 땅이 흔들리는 것을 느낀 순간 손견도 말도 그 밑에 깔려버리고 말았다. 처참하게도 피를 토한 얼굴만이 바위 밑으로 삐져나와 있었다. 손견의 나이 37세, 신미辛未년인 초평 3년

(192년) 11월 7일 밤의 일이었다. 커다란 별이 마침내 땅에 떨어진 것이었다.

밤새 가지들이 서릿바람에 슬프게 떨더니 짙은 피 냄새와 함께 날이 밝았다. 아침 해가 떠오르자 적과 아군 모두 그 사실을 알고 소동이 벌어졌다. 여공은 자신이 죽인 30여 기의 추격 부대 속에 적의 대장이 있으리라고는 꿈에도 생각하지 못했다.

그런데 숲 속에 남아 있던 궁수 한 명이 날이 밝자 손견의 시체를 발견하였고, 그 시체를 성안으로 가지고 왔다. 여공은 연주포를 울려 성안으로 이변을 알렸다.

손견의 군대도 갑자기 일어난 이변에 당황하며 동요했다. 통곡을 하는 사람, 상실감에 넋을 잃은 사람, 핏발 선 눈으로 칼을 가는 사람⋯⋯. 병사들은 사기를 잃고, 말들은 울부짖고, 단번에 군대의 기강이 무너져버렸다.

한편 유표, 괴량 등 성안의 사람들은 손뼉을 치며 기뻐했다.

"손견이 낙양에서 옥새를 훔친 지 아직 2년도 지나지 않았는데 벌써 천벌을 받아 장군답지 못한 죽음을 맞이했구나. 됐다, 이때를 놓쳐서는 안 된다."

황조, 채모, 괴량 등이 성문을 열고 한꺼번에 쏟아져나가 손견군을 공격했다. 대장을 잃은 강동의 병사들은 역시 힘이 없었다. 칼에 맞아 쓰러지는 병사의 수가 헤아릴 수 없을 정도로 많았다.

한강 기슭에 병선을 늘어놓았던 황개는 도망쳐온 아군에게 대장이 뜻밖의 죽음을 맞았다는 소리를 듣고 노발대발했다.

“이놈들, 주인의 원수를 갚겠다.”

황개는 배에 있던 병사들을 데리고 나가 마침 추격해온 적 황조군에 맞서 싸움을 펼쳤다. 분노로 가득했던 황개는 성난 사자처럼 날뛰었으며 적장 황조를 생포하여 조금은 울분을 씻어냈다.

정보는 손견의 아들 손책과 함께 양양성 앞에서 한강으로 정신없이 도망쳤다. 그런데 그 모습을 본 여공이 손책을 노리고 추격해왔다.

“좋은 사냥감이다.”

“주인을 죽인 원수, 그냥 지나칠 수가 없다.”

정보는 되돌아서 맞섰고 손책도 역시 창을 비껴들고 정보를 도왔다. 여공은 곧 칼에 맞아 목을 잃고 말에서 떨어지고 말았다.

＊＊＊

양군의 함성은 새벽이 되어서야 간신히 그쳤다.

야간의 격전은 양쪽 모두 작전도 통제도 없이 한 줄기 파도가 만 줄기 파도를 부르고, 혼란이 혼란을 불러 어두운 밤에 어지러이 싸운 것이었다. 날이 밝고 보니 양쪽 모두 놀랄 만큼 사상자가 많았다.

유표의 군대는 성안으로 물러났고, 오군은 한수 방면으로 물러났다.

손견의 장남인 손책은 흩어졌던 병사를 한수에서 모으고 나서야 비로소 아버지의 죽음을 확인했다. 어젯밤부터 아버지의 모습이 보이지 않아 걱정은 했지만 그래도 어디선가 갑자기 모습을 드러내 진지로 돌아올 줄 알았다. 그는 이제 그것이 헛된 바람이라는 사실을 알고 소리

높여 통곡했다.

"어쨌든 아버지의 유체라도 찾아서 엄숙히 장사를 지내도록 하자."

손견이 목숨을 잃은 현산 기슭을 뒤졌으나 시신은 이미 적의 손에 들어간 뒤였다.

"아버지의 유체도 적에게 빼앗긴 채 패군을 이끌고 어찌 뻔뻔스럽게 장사로 돌아갈 수 있겠는가!"

손책은 비통해하며 더욱 크게 통곡했다. 황개가 그런 손책을 위로하며 한 가지 계책을 냈다.

"어젯밤에 제 손으로 황조라는 적의 한 장수를 생포했으니 살아 있는 황조를 적에게 돌려주고 대신 손견 장군님의 유체를 돌려달라고 하겠습니다."

진영의 군리軍吏 중에 환해桓楷라는 사람이 있었는데, 유표와 예전부터 알고 지내는 사이라 환해를 사자로 삼았다.

환해가 홀로 양양성으로 가 유표를 만났다.

"황조와 주공主公의 유체를 교환했으면 합니다."

환해가 찾아온 뜻을 밝히자 유표도 기뻐하며 흔쾌히 승낙했다.

"손견의 시신은 성안으로 옮겨왔다. 황조를 돌려보낸다면 언제든지 시신을 건네주겠다."

그리고 유표도 한 가지 제안을 했다.

"이번 일을 계기로 정전을 약조하여 오래도록 양국 사이에 다시 전쟁이 일어나지 않도록 협정을 맺는 것은 어떻겠는가?"

사자 환해가 돌아가서 속히 논한 뒤 다시 찾아뵙겠다며 자리에서 일어서려는데, 유표 쪽에 있던 괴량이 갑자기 앞으로 나서서 간언했다.

"안 됩니다. 그리해서는 결코 안 됩니다. 강동의 오군은 지금 격파를 해야 합니다. 만일 손견의 시신을 돌려보내 한때의 평화에 안주한다면 오군은 오늘 일에 대한 설욕을 가슴에 담아두고 군대를 길러 훗날 반드시 원수를 갚으려 할 게 불 보듯 뻔한 일입니다. 부디 사자 환해의 목을 치시고 바로 한수로 추격하라는 명령을 내리시기 바랍니다."

한동안 말없이 생각에 잠겼던 유표가 고개를 내저으며 대답했다.

"아닐세, 나와 황조는 마음을 터놓고 지내던 사이일세. 그를 죽게 내버려둔다면 내 체면이 뭐가 되겠는가?"

끝내 유표는 시신을 넘겨주고 황조를 성안으로 받아들였다.

괴량은 그 일이 진행되는 동안에도 몇 번이고 유표를 설득하려 했다.

"무용한 장수 하나를 버리고 만 리의 땅을 얻는다면 훗날 어떠한 뜻이라도 이룰 수 있지 않겠습니까?"

하지만 괴량은 뜻을 이루지 못하고 혼자 길게 탄식할 뿐이었다.

"아아, 큰일을 그르치는구나!"

한편 오나라의 병선은 조기를 달고 강동으로 돌아갔으며, 손책은 눈물 속에서 아버지의 관을 장사성에 묻고 곡아曲阿에서 장엄하게 장례를 집행했다. 17세에 처음으로 참가한 전쟁에서 아버지의 업을 물려받은 손책은 현명한 인재를 불러 모으고 오로지 국력을 키우며 마음속 깊이 훗날을 기약했다.

18
경국지색

점점 본색을 드러내는 동탁과 한 떨기 꽃 속에 독을 심어
그를 없애려 하는 왕윤. 가녀린 초선의 팔에 걸린 한실의 운명

"오의 손견이 목숨을 잃었다."

입에서 입으로, 마침내 도읍 장안(섬서성 서안)에도 그 풍문이 선풍
처럼 들려왔다.

동탁은 손뼉을 치며 끝도 없이 기뻐했다.

"이것으로 나의 근심 하나가 줄었구나. 그의 아들 손책은 아직 나이
가 어리니……."

그 무렵 그의 자만은 더욱 커져 절정에 달해 있었다. 가장 높은 지위
에 있었음에도 여전히 만족하지 못하고 태정태사太政太師를 칭했으며,

스스로를 상보尙父라고도 불렀다. 천자의 의장儀仗조차 상보가 출입할 때의 화려함에는 미치지 못했다.

동탁은 동생 동민에게 어림군의 병권 전부를 맡겼으며, 형의 아들인 동황董璜을 시중으로 삼아 궁중의 핵심에 앉혔다. 모든 사람이 그의 손발이었으며 눈이었고 귀였다. 그 외에도 그와 관계가 있는 집안사람들 모두 고관에 올라 자신들의 봄날에 한껏 취해 있었다.

미오郿塢. 그곳은 장안에서 백여 리 정도 떨어진 교외로 산이 아름답고 물이 맑은 땅이었다. 동탁은 땅을 정하고 황성皇城까지도 능가하는 성을 쌓았는데, 성안에 금과 옥으로 전사殿舍와 누대樓臺를 여럿 지었으며 20년 동안 먹을 양식을 비축했다. 또한 15세에서 20세쯤 되는 미인 8백 명을 골라 후궁에 넣었으며 천하의 진귀한 보물을 산더미처럼 끌어모았다.

"내 뜻대로 일이 이루어진다면 나는 천하를 취하게 될 것이다. 만약 일이 이루어지지 않는다면 이 미오성에서 유유히 말년을 보내면 그만이다."

이러한 동탁의 거침없는 말은 분명한 반역의 말이었다. 하지만 그의 위세에 눌려 누구도 반역이라 말하는 사람이 없었다. 땅에 엎드려 오로지 명령을 두려워하기만 하는 자, 그것이 공경백관이었다. 이처럼 그는 자신의 일족을 미오성에 머물게 하고 보름에 한 번이나 한 달에 한 번 장안성으로 들어갔을 뿐이었다.

두 곳을 잇는 길 백여 리, 혹시 먼지라도 일까 두려워 흙을 쓸었으며 막을 쳤고 민가에서는 밥 짓는 연기도 끊었다. 그저 오로지 발을 늘어뜨린 동탁의 수레와 수많은 병마, 철창이 무사히 지나기만을 기원했다.

"태사, 부르셨습니까?"

천문관天文官 중 한 사람이 동탁의 부름에 달려와 무릎을 꿇었다. 조정의 연락대宴樂臺에서 주연이 벌어지기 직전이었다.

"특별한 이변은 없는가?"

동탁의 물음에 천문관이 대답했다.

"그러고 보니 어젯밤, 한 줄기 검은 기운이 일어 하얀 달의 기운을 꿰뚫었습니다. 아무래도 여러 공들 가운데 흉한 마음을 품은 자가 있는 듯합니다."

"그렇지?"

"뭐 짚이는 일이라도 있으십니까?"

그러자 동탁이 잔뜩 노려보며 말했다.

"네놈이 알 바가 아니다. 내가 물은 뒤에야 비로소 대답을 하다니, 태만하기 짝이 없구나. 천문관이 끊임없이 천문을 읽어 흉한 일이 일어나기 전에 내게 알리지 않는다면 무슨 도움이 되겠느냐?"

"황송하옵니다."

천문관은 새파랗게 질린 얼굴로 자신의 목에 검은 기운이 일기 전에 자리에서 물러났다.

시간이 되자 공경백관들이 자리로 몰려들었다. 그런데 술자리가 무르익었을 무렵, 여포가 어디선가 부지런히 돌아왔다.

"잠시 실례하겠습니다."

그렇게 말하고는 동탁 곁으로 가 무엇인가를 속삭였다. 사람들은 모두 술잔을 내려놓고 그 두 사람에게 신경을 곤두세웠다. 그러자 동탁이 고개를 끄덕이고는 여포에게 낮은 목소리로 명령했다.

"놓쳐서는 안 된다."

여포가 경례를 하고 물러나는가 싶더니, 섬뜩하게 눈을 번뜩이며 백관들 사이로 성큼성큼 걸어갔다.

"이봐, 잠깐 일어나게."

여포가 팔을 뻗었다. 술자리의 위쪽에 앉아 있던 사공 장온의 상투를 갑자기 움켜쥔 것이었다.

"앗! 무, 무슨 일이오?"

장온이 떨며 물었다.

모든 사람들이 창백한 얼굴로 어떻게 된 일인지 지켜보고 있었다.

"시끄럽다."

여포는 자신의 괴력으로 비둘기라도 잡아가듯 장온의 몸을 낚아채 밖으로 끌고 나갔다.

잠시 뒤, 요리를 맡은 한 사람이 커다란 쟁반을 탁자 한가운데에 올려놓았다. 쟁반에 담겨 있는 것은 조금 전 여포가 끌고 나갔던 장온의 목이었다. 그것을 본 조정의 모든 신하들이 부들부들 떨었다.

동탁이 웃으며 여포를 찾았다.

"여포는 어디에 있는가?"

여포가 뒤에서 유유히 모습을 드러내더니 동탁 옆에 섰다.

"무슨 일이십니까?"

"저 요리가 너무 신선해서 그런지 경들께서 술잔을 쉬고 계시네. 안심하고 마시라고 자네가 좀 말을 해주게나."

여포가 창백한 얼굴들을 향해 오만하게 말했다.

"여러분, 오늘의 여흥은 이미 끝났습니다. 술잔을 드십시오. 아마 장온 외에 제가 요리해야 할 분은 여기에 안 계실 것입니다. 있을 리 없다고 확신하고 있습니다."

그가 말을 마치자 동탁도 뚱뚱한 몸을 흔들며 일어나 말했다.

"아무런 이유도 없이 장온의 목을 친 것이 아닐세. 그가 나를 배반하고 남양의 원술과 은밀히 내통했기 때문일세. 천벌이라고 해야 할지, 밀서를 가지고 온 원술의 사자가 실수로 그것을 여포의 집에 전달했다네. 이에 그의 삼족도 남김없이 지금 막 처형했다네. 여러 대신들도 이번 일을 잘 보아두었으면 하네."

술자리는 일찍 끝나고 말았다. 아무리 밤늦도록 술 마시기를 좋아하는 백관이라 할지라도 누구 하나 취한 사람이 없었으며 그날만은 서둘러 집으로 돌아갔다.

그중 사도 왕윤은 마차 안에서부터 동탁의 악행과 조묘의 문란함을 생각하며 탄식했다. 집으로 돌아와서도 그의 분한 마음과 불쾌한 오뇌는 가시지 않았다. 마침 초저녁달이 떴고, 그는 울적한 마음을 달래기 위해 지팡이를 짚고 후원을 거닐었다. 그래도 여전히 울분이 풀리지 않자 황매화가 흐드러지게 핀 연못가에 쭈그리고 앉아 그날 먹은 술을 전부 토해냈다. 그리고 차가운 이마에 손을 얹은 채 잠시 달을 올려다보며 생각에 잠겼다. 그때 어디선가 봄비가 흐느끼듯 훌쩍이는 소리가 들려왔다.

"누구지?"

왕윤은 주위를 둘러보았다.

연못 건너편에 모란정이 있었다. 달빛은 차양에 걸려 있었으며 창에서는 희미한 등불이 흔들리고 있었다.

"초선貂蟬이 아니냐? 어째서 혼자 울고 있는 게냐?"

왕윤이 다가가 조용히 물었다.

초선은 방년 18세로 후원의 부용꽃도 복숭아와 배꽃의 빛깔과 향기도 그녀의 타고난 아름다움에는 미치지 못했다. 그녀는 낳아준 어머니의 얼굴조차 알지 못했다. 배내옷과 함께 시장에 팔려나왔기 때문이다. 하지만 총명하고 다정다감한 성격이었다. 왕윤은 어린 초선을 자신의 집으로 데려와 기르며 구슬을 닦듯 노래와 춤을 가르쳐 악녀樂女로 삼았다. 불우한 초선은 그 은혜를 잘 알고 있었고, 왕윤 역시 총명하고 다정다감한 초선을 친딸처럼 아꼈다.

악녀란 고관의 집에 살면서 빈객이 올 때마다 잔치 자리에 나가 악기를 연주하고 노래를 부르고 춤을 추는 천한 신분의 여자를 말한다. 하지만 왕윤과 초선은 그 애정에 있어서 주종 관계나 양아버지와 양딸보다 더 깊은 관계에 있었다.

"초선아, 감기에 들면 어쩌려고 그러냐. 자, 이제 그만하고 눈물을 닦아라. 너도 이제 나이가 차서 달을 봐도, 꽃을 봐도 눈물이 나는 모양이다. 나도 네 나이 때가 그립구나."

"……전 그렇게 가벼운 마음으로 슬퍼하고 있는 게 아니에요."

"그럼 왜 울고 있었던 게냐?"

"대인大人이 안쓰러워서…… 저도 모르게 눈물을 흘렸어요."

"내가 안쓰러워서?"

"네, 정말 안쓰러워요."

"너 같은 여자아이도 그것을 알겠느냐?"

"어찌 모르겠어요? 그 수척해지신 모습…… 머리도 하얗게 세시고……."

"흠."

왕윤도 눈물을 흘렸다. 하지만 참으려 해도 쉴 새 없이 눈물이 흘러내렸기에 당황하지 않을 수 없었다.

"무슨 소리 하는 게냐. 아, 아무 일도 아니다. 네가 쓸데없는 걱정을 하는구나."

"아니요, 숨기지 마세요. 저는 어렸을 때부터 대인의 댁에서 자란걸요. 요즘 아침저녁으로 보이시는 표정, 웃지 않는 얼굴……. 그리고 때때로 커다란 한숨을 지으시잖아요. 혹시……."

초선은 왕윤의 늙은 손에 눈썹을 비비며 말했다.

"천한 악녀인 제가 믿음직스럽지 못한 건 당연한 일이겠지만, 그래도 가슴속 고민을 털어놓아주세요. 아니요, 그건 도리에 어긋나는 일이네요. 대인의 속마음을 듣기 전에 제 본심부터 말씀드려야겠지요. 저는 한시도 대인의 은혜를 잊은 적이 없어요. 지난 18년 동안 친아버지도 하지 못할 정도로 저를 사랑해주셨잖아요. 노래와 음악은 물론 남들에게 뒤지지 않을 만큼의 학문과 여자로서 익혀야 할 것까지, 무엇 하나

배우지 못한 것이 없었어요. 이 모두가 대인께서 은혜를 베풀어 제 몸에 박아주신 보석이에요. 그것을, 그 은혜를 어떻게 갚아야 할지 입이나 눈물로는 모두 다 말씀드릴 수가 없어요.”

“…….”

“대인, 말씀해주세요. 틀림없이 대인의 가슴은 나라의 큰일 때문에 괴로운 것이겠죠? 장안의 지금 상황을 근심하고 걱정하시는 거겠죠?”

“초선아.”

왕윤은 황망히 눈물을 씻고 그녀의 손을 아플 정도로 꼭 쥐었다.

“기쁘구나! 초선아, 잘 말해주었다. 그것만으로도 나는 기쁘구나.”

“그런 제 말만으로 어찌 대인의 깊은 근심이 가시겠어요. 하지만 저는 여자이니 어떻게 도움을 드릴 수도 없고……. 만약 제가 남자였다면 대인을 위해 목숨을 버려서라도 은혜에 보답할 수 있었을 텐데…….”

“아니, 할 수 있다!”

왕윤은 자신도 모르게 온 힘을 다해 큰 소리로 말했다.

“아아, 몰랐구나. 누가 알았겠느냐. 화원 속에 천하를 되돌릴 구슬이 박힌 이검利劍이 있을 줄이야.”

왕윤은 지팡이로 땅을 치면서 그렇게 말하더니 그녀를 그림으로 장식한 아름다운 누각으로 데려갔다. 그리고 당 위에 그녀를 앉혀놓고 머리가 땅에 닿도록 절을 했다.

“대인, 어째서 이러십니까? 황송합니다.”

초선이 깜짝 놀라 내려오려 하자 왕윤이 그 치마폭을 잡고 말했다.

“네게 예를 갖춘 것이 아니다. 한나라의 천하를 구할 천인天人에게 절을 한 것이다. 초선아, 세상을 위해서 네 목숨을 바칠 수 있겠느냐?”

초선은 당황한 기색도 없이 바로 대답했다.

“네. 대인의 청이라면 언제든 이 목숨을 바치겠습니다.”

왕윤이 자세를 바로 하고 앉아 말했다.

“그렇다면 네 진심을 받아들여 부탁하고 싶은 일이 있구나.”

“어떤 일인가요?”

“동탁을 죽여야 한다.”

“……”

“그를 없애지 못한다면 한황실의 천자는 있어도 없는 것과 다를 바 없다.”

“……”

“도탄에 빠진 백성 만민의 고통도 영원히 구할 길이 없을 게다, 초선아……”

“네.”

“너도 지금 조정의 위태로운 상황이나 백성들의 원성을 어렴풋이는 들었을 줄로 안다.”

“네.”

초선은 눈도 깜빡이지 않고 그가 내뱉는 뜨거운 말 한마디 한마디에 귀를 기울였다.

“그러나 동탁을 죽이려 해서 성공한 자는 아무도 없었다. 오히려 모두가 그의 손에 목숨을 잃고 말았단다.”

“……”

"참으로 용의주도한 사람이다. 자신의 주변을 철통같이 지키고 있어. 또 수많은 밀정들이 곳곳에서 눈을 번뜩이고 있고. 게다가 지모가 뛰어난 이유가 곁에 있고 무용을 당해낼 자가 없는 여포가 지키고 있단다."

"……."

"그를 죽이지 않으면 천하의 정병을 들어 친다 해도 당해낼 수가 없구나. 초선아, 오로지 너의 그 팔만이 해낼 수 있다."

"제가 어떻게……."

"우선은 너를 여포에게 준다고 한 뒤 일부러 동탁에게 보내는 것이다."

"……."

그 말을 듣자 아무리 각오를 하고 있었던 초선이라 할지라도 얼굴이 배꽃처럼 창백해졌다.

"내가 보기에 여포와 동탁은 하나같이 색을 즐기고 술을 좋아하는 음란한 성격이다. 너를 보고 마음이 움직이지 않을 리가 없다. 여포 위에 동탁이 있고 동탁 옆에 여포가 있는 동안에는 도저히 그들을 쓰러뜨릴 수가 없다. 우선은 그렇게 해서 두 사람 사이를 갈라놓고 두 사람을 싸우게 하는 것이 그들을 멸망시키는 첫 번째 계책이다만…… 초선아, 네 몸을 그 일에 바칠 수 있겠느냐?"

초선은 고개를 숙였다. 구슬 같은 눈물이 바닥에 떨어졌다. 하지만 잠시 뒤 얼굴을 들더니 단호하게 말했다.

"바치겠습니다."

그리고 다시 입을 열었다.

"만약 실패한다면 저는 웃으며 자결하겠습니다. 다시는 인간의 몸으로 이 세상에 태어나지 않겠습니다."

며칠 뒤, 왕윤은 비장의 황금관을 칠보로 장식했다. 그리고 심부름꾼을 시켜 여포에게 뇌물로 바치게 했다. 여포는 그것을 받고 매우 기뻐했다.

"내 일찍이 그의 집안에 예로부터 전해 내려오는 명검과 보물이 많다는 얘기는 들었다. 하나 낙양에서 이곳으로 천도한 뒤에도 이런 가품佳品을 가지고 있었을 줄이야."

여포는 당해낼 사람이 없는 무용을 가지고 있었으나 단순한 사내이기도 했다. 그는 너무 기쁜 나머지 적토마를 타고 바로 왕윤의 집으로 향했다. 왕윤은 처음부터 그가 찾아올 것이라 짐작하고 있었기에 빈틈없이 그를 맞이할 준비를 했다.

"아, 이렇게 귀하신 손님께서……. 잘 오셨습니다."

왕윤은 직접 중문까지 나가 여포를 극진히 맞아들였다. 그리고 여포를 당상堂上에 앉힌 후 공손하게 절을 했다.

***

왕윤은 온 집안사람들을 동원해서 여포를 대접했다. 산해진미 앞에서 여포가 술잔을 들어 올리며 왕윤에게 말했다.

"나는 동 태사를 모시고 있는 일개 장수에 지나지 않소. 당신은 조정의 대신에 명망 높은 집안의 가장이 아니오? 대체 왜 이렇게 정중히 대접하는 게요?"

왕윤이 술을 권하며 답했다.

"그건 참으로 뜻밖의 말씀이십니다. 장군을 대접하는 것은 그 관작을 존경하기 때문이 아닙니다. 저는 평소 남몰래 장군의 재덕才德과 무용을 존경하고, 그 사람됨을 흠모하고 있었습니다."

"이거 과분하구료."

여포의 기분 좋은 얼굴에 차츰 붉은빛이 감돌기 시작했다.

"나처럼 막돼먹은 놈을 대관이 그처럼 아껴주실 줄은 몰랐소. 참으로 영광이오."

"무슨 말씀이십니까. 뜻밖에도 장군께서 방문을 하셔서 명마인 적토마를 저희 집 문에 묶은 것만 해도 이 왕윤 일가의 영광입니다."

"대관, 이 여포를 그토록 아끼신다면 훗날 천자에게 진언해서 나를 더 높은 직과 관위에 오르게 해주시오."

"굳이 말씀하실 필요도 없는 일입니다. 저는 동 태사의 덕에 감화되어 평생 동 태사의 덕을 잊지 않겠다고 늘 맹세하고 있는 자입니다. 부디 장군도 태사를 위해 더욱 자중해주시기 바랍니다."

"말할 필요도 없는 일이오."

"그러다 보면 저절로 영광스러운 자리에 오르실 날이 있을 것입니다. 얘들아, 장군님께 술잔을 권해야지."

왕윤은 화제를 돌리기 위해 실내에 빙 둘러 서 있는 시녀들에게 말했다. 그리고 그 가운데 하나를 눈짓으로 불러 조그만 목소리로 명령했다.

"참으로 귀한 장군님께서 어려운 발걸음을 하셨다. 초선에게도 이리로 와 인사를 올리라고 해라."

"예."

시녀가 물러났다.

잠시 뒤 방 밖에 청초한 기운이 감돌자 시립해 있던 여자가 발을 들어 올렸다. 손님인 여포는 술잔을 내려놓고 누가 들어오나 보기 위해 눈길을 돌렸다. 두 시녀의 부축을 좌우에서 받으며 한 걸음 한 걸음, 모란꽃이 스치는 바람마저도 두려워하듯 그곳으로 들어온 아름다운 여인이 있었다. 악녀 초선이었다.

"……어서 오십시오."

초선은 손님 쪽으로 살포시 눈을 향하며 얌전하게 인사했다. 구름처럼 얹은 머리가 무겁다는 듯 여포의 시선을 부끄러워하며 왕윤 곁으로 슬금슬금 다가갔다. 그 모습을 여포는 넋을 놓고 바라보았다.

왕윤이 자기 앞에 있던 잔을 초선에게 들게 했다.

"네게도 커다란 영광이 될 것이다. 장군께 잔을 올리고 너도 술을 받도록 해라."

초선은 고개를 끄덕이며 여포 앞으로 다가가려다가 그와 눈이 마주치자 뺨에 눈부실 정도로 붉은빛을 띠웠다. 그러고는 새하얀 섬섬옥수로 가만히 비춰 잔을 들어 올리며 조그만 목소리로 말했다.

"받으셔요."

"아, 이거."

여포는 퍼뜩 정신이 돌아온 듯 그녀가 건넨 잔을 받았다.

초선은 바로 자리에서 물러나 발 뒤로 들어가려 했다. 여포는 아직 손에 든 잔을 입가에도 가져가지 못했다. 그녀가 그대로 떠나는 것이 참으로 안타깝다는 듯 한시도 눈길을 떼지 않았다. 술잔을 비울 틈도 없었다.

"초선아, 잠시 기다려라."

왕윤이 그녀를 불러 세운 뒤 여포와 번갈아 바라보며 말했다.

"여기에 계신 여 장군은 내가 평소 경애하는 분이기도 하시고, 우리 일가의 은인이기도 하시다. 장군의 허락을 받고 그대로 옆에 앉아 있도록 해라. 극진히 대접해야 한다."

"……네."

초선은 손님의 옆자리에 얌전하게 앉았다. 하지만 고개를 숙이고만 있을 뿐, 아무런 말도 하지 않았다.

여포가 드디어 입을 열었다.

"대관, 이 아름다운 여인은 이 댁의 따님이신가?"

"그렇습니다. 제 여식 초선이라 합니다."

"대관의 따님 중에 이렇게 아름다운 분이 계실 줄은 몰랐소."

"아직 철딱서니가 없고 또 손님들 앞에 나간 적이 거의 없어서……."

"그렇게 귀하신 따님을 오늘 이 여포를 위해서?"

"집안의 모든 사람들이 이처럼 장군의 방문을 기뻐하고 있다는 사실을 깊이 헤아려주시기 바랍니다."

"아니, 환대는 충분히 받았소. 이제는 술도 더 못 마시겠소. 내 많이 취한 듯하오.”

“아직 괜찮으십니다. 초선아, 술 따르지 않고 뭐 하느냐?”

초선이 은근히 술을 권했고 여포의 눈에는 점점 취기가 돌기 시작했다. 밤도 깊었기에 이제는 돌아가려 자리에서 일어선 여포가 다시 한 번 초선의 아름다움을 칭찬했다.

왕윤이 가만히 그의 곁으로 다가가 속삭였다.

“원하신다면 초선이를 장군께 드리겠습니다.”

“예? 따님을……. 대관 그게 참말이오?”

“제가 어찌 거짓을.”

“만약 이 따님을 제게 준다면 나는 이 집을 위해 견마의 노고를 아끼지 않을 것이오.”

“빠른 시일 안에 길일을 택해 장군 댁으로 보내겠습니다. 오늘 밤 모습을 보니 초선이도 장군을 마음에 두고 있는 듯합니다.”

“대관, 내가 너무 많이 취한 듯하오. 도저히 걸을 수 있을 것 같지가 않소.”

“물론 오늘 밤 이곳에서 묵고 가셔도 상관은 없습니다만 동 태사님께서 아시고 이상히 여기실지도 모릅니다. 길일을 택해서 초선이를 반드시 장군님 댁으로 보내도록 할 테니, 오늘 밤은 그만 돌아가시는 것이 좋을 듯합니다.”

“틀림없겠지?”

여포는 끈질길 정도로 몇 번이고 다짐을 받은 뒤 마침내 돌아갔다.

그 후 왕윤이 초선에게 말했다.

"아아…… 이것으로 한쪽은 처리를 했구나. 초선아, 이 모두가 천하를 위한 일이라 생각하고 마음 굳게 먹어라."

초선이 슬프다는 듯, 하지만 이제는 모든 것을 초월했다는 듯 냉정하게 말했다.

"그렇게 하나하나 저를 위로하실 필요 없어요. 다정하게 대해주시면 오히려 마음이 약해져 눈물이 날 것 같으니까요."

"더는 그런 말 하지 않으마. 그럼 전에 얘기해두었던 것처럼 조만간 동탁을 집으로 부를 테니 너는 잘 꾸미고 있다가 그날은 음악과 노래와 춤으로 동탁의 마음을 빼앗도록 해라."

"예."

초선이 고개를 끄덕였다.

이튿날 조정으로 나간 왕윤은 여포가 보지 않는 틈을 타서 동탁에게 갔다.

"나날의 격무에 태사께서도 지치셨으리라 여겨집니다. 미오성으로 돌아가시면 온 성을 들어 태사를 모실 테지만 때로는 누추한 집의 초라한 잔치도 새로운 기분이 들어 위로가 되지 않을까 싶습니다. 실은 그런 생각으로 저희 집에서 조그만 술자리를 마련하려 합니다. 혹 잔치에 참석해주신다면 저희 집안에 그보다 더한 기쁨은 없을 것입니다."

동탁은 매우 기뻐하며 그 자리에서 약속을 했다.

"나를 귀댁에 초대하겠다는 겐가? 그거 참 기쁜 일이로구먼. 경은 국가의 원로요. 특히 이 동탁을 초대하는데 내 어찌 그 마음을 헤아리지 않을 수 있겠소. 내일 반드시 가겠소."

“기다리고 있겠습니다.”

집으로 돌아온 왕윤은 이 사실을 초선에게 은밀히 알리고 집안사람들에게도 명령을 내렸다.

“내일 사시巳時에 동 태사께서 오실 것이다. 우리 집안의 명예이기도 하고 내 일생의 손님이시기도 하다. 결코 소홀함이 있어서는 안 된다.”

땅에는 푸른 모래를 깔고 실내에는 수놓은 비단을 깔았으며, 정당正堂 안팎으로 발과 막을 친 뒤 진귀한 가보들을 꺼내와 향응에 부족함이 없도록 했다.

드디어 다음 날 사시가 되자 하인이 안쪽에 대고 알렸다.

“귀빈의 마차가 보입니다.”

조복을 입은 왕윤이 바로 문밖으로 달려가 맞이했다. 태사 동탁의 마차는 창을 든 수백 명의 호위병에 둘러싸여 있었으며, 행장의 찬란함은 천자까지도 능가하는 듯했다. 그가 마차의 발을 걷고 나오자 곧 시신, 비서, 막료 중 건장한 사람들이 전후좌우를 호위했다. 그리고 그는 호위병들과 함께 쩔렁이는 칼 소리와 발소리를 울리며 문 안으로 들어섰다.

“이렇게 찾아주셔서 감사합니다. 오늘은 저희 집 지붕에 상서로운 구름이 걸린 것처럼 영광스럽기 그지없습니다.”

왕윤은 동 태사를 높은 자리에 앉히고 최고의 예를 차렸다. 동탁도 환대에 매우 만족한 듯 자신의 옆자리를 내주며 왕윤에게 말했다.

“공도 올라와서 내 곁에 앉으시게.”

잠시 뒤 유려한 음악과 함께 성대한 잔치의 막이 올랐다. 술을 마시는 손님들의 유리잔에 향기로운 술이 몇 번이고 가득 부어져 웃음소리가 높아지고 술자리가 어수선해졌다. 악인들이 악기를 끌어안고 나왔으며 취한 손님들이 잔을 치켜들고 춤을 추어 눈이 어지럽고 귀가 따가웠다.

"태사, 이쪽에서 잠시 쉬십시오."

왕윤이 말했다.

"흠……."

동탁은 왕윤이 권하는 대로 호위병들을 그 자리에 남겨둔 채 혼자 그를 따라갔다. 동탁을 후당으로 데리고 간 왕윤은 아껴두었던 술을 열어 야광 잔에 따랐다. 그리고 그것을 동탁에게 바치면서 조용히 속삭였다.

"오늘 밤에는 별빛마저 아름답게 느껴집니다. 이것은 저희 집에서 매우 아끼는 장수주長壽酒입니다. 태사의 천수가 만대에 이르기를 기원하며 오늘 처음으로 병을 열었습니다."

"오오, 고맙소."

술을 마신 동탁이 흡족한 듯 말했다.

"이렇게 환대를 받았으니, 무엇으로 사도의 호의에 보답해야 좋을지 모르겠소."

"제가 바라는 대로 되기만 한다면 저는 그것으로 충분합니다. 저는 어렸을 때부터 천문을 좋아해서 조금 배운 적이 있는데, 매일 밤 천문을 읽고 있자니 한황실의 운기運氣는 이미 다했고 천하가 새로이 일어나려 하는 기운이 느껴졌습니다. 지금은 태사의 덕망이 높으니 순舜임금이 요堯임금의 자리를 물려받은 것처럼, 또 우禹가 순의 치세를 이은 것처럼 태사께서 일어서신다면 자연스럽게 천하의 인심이 거기에 따를 것입니다."

"아니, 나는 아직 그런 일은 생각지 않고 있소."

"천하는 한 사람만의 천하가 아닙니다. 천하 사람의 천하입니다. 덕 없는 자는 덕 있는 자에게 천하를 물려주어야 합니다. 이것은 우리 조정의 관습입니다. 세상이 안정되면 누구도 반역이라고 하지는 않을 것입니다."

"하하하하하. 만약 천운이 내게 돌아온다면 사도 자네를 중히 쓰도록 하겠네."

"때를 기다리겠습니다."

왕윤이 다시 절을 했다.

순간 당 안의 등에 일제히 불이 밝혀져 대낮처럼 환해졌다. 그리고 정면의 발이 걷히더니 교방敎坊의 악녀들이 아름다운 음악에 맞춰 노래를 불렀고 사죽관현絲竹管絃의 은은한 소리에 맞춰 악녀 초선이 춤을 추었다. 손님도 없고, 주인도 없고, 또 천하에 아무도 없었으며, 초선의 눈동자는 그저 춤에만 몰두하여 반짝이고 있었다.

초선은 소맷자락을 펄럭이며 하늘하늘 춤을 추었다. 교방의 음악은 그녀를 위해 사죽과 관현의 기교를 갈고 닦아 사람을 취하게 만들었다.

"흠, 매우 잘하는구나."

동탁은 한 곡이 끝나자, 한 곡 더 하라고 말했다.

초선이 다시 일어나자 교방의 악사들이 더욱 정성스럽게 연주했고 그녀는 춤을 추면서 애절하게 노래를 부르기 시작했다.

　　홍박紅拍 두드리니 나는 제비 분주하고

　　한 조각 지나던 구름 화당畵堂에 걸렸네

　　눈썹 검게 그려 한량들의 원한이 되고

　　얼굴은 죽은 자의 애간장을 끊네

　　돈으로도 사지 못할 천금 같은 웃음

　　버들 같은 허리에 어찌 백보단장 하였나

　　춤 끝내고 발 사이로 눈짓을 보내면

　　초楚나라의 양왕襄王이 따로 없네

동탁은 눈길을 초선에게 고정시키고 시에 귀를 기울였다. 그러다 그녀의 가무가 끝나자마자 마치 정신을 잃은 사람처럼 왕윤에게 말했다.

"이보게, 저 아이는 대체 누구인가? 아무래도 교방의 평범한 기녀 같지는 않구먼."

"마음에 드셨습니까? 저희 집의 악녀인 초선이라고 하옵니다."

"그런가? 이리로 부르게."

"초선아, 이리 오너라."

왕윤이 손짓해 불렀다.

그곳으로 온 초선은 그저 부끄러워하기만 했다. 동탁이 술잔을 건네주며 물었다.

"몇 살이냐?"

“…….”

대답이 없었다.

초선은 새끼손가락을 입술 옆의 점에 대더니 왕윤 뒤로 고개를 숙여 버렸다.

“하하하, 부끄러운 게냐?”

“참으로 수줍음이 많은 아이입니다. 워낙 사람들 앞에 나선 적이 없 어서 말입니다.”

“좋은 목소리로구나. 용모와 춤도 좋고……. 이보게, 한 곡 더 불러 보라 하게.”

“초선아, 오늘 밤의 귀빈께서 저처럼 원하시는구나. 한 곡 더 들려드 리도록 해라.”

“네.”

얌전히 고개를 끄덕인 초선은 단판檀板을 손에 들었다. 그러고는 조 금 낮은 목소리로 동탁 바로 앞에서 노래를 불렀다.

한 점 앵두꽃이 붉은 입술을 열고
양 길의 옥 부수어 봄을 내뿜네
정향丁香의 혀는 순강검 뱉어
나라 어지럽히는 간신을 베려 하네

“거참, 재미있군.”

동탁이 손뼉을 쳤다.

앞서 부른 노래가 자신을 찬미하는 것이었기에, 이번 노래가 암암리에 자신을 간사난국奸邪亂國의 신하에 빗대고 있는 것이라는 사실을 눈치채지 못했다.

"신선의 선녀란 바로 이 초선이 같은 아이를 두고 하는 말이겠지. 지금 미오성에도 미인은 숱하게 많지만 이런 아이는 없어. 초선이가 한 번 웃으면 장안의 모든 미인이 빛을 잃을 걸세."

"태사께서는 초선이가 그리도 마음에 드십니까?"

"음, 나는 참된 미인을 오늘 밤 처음 본 듯한 기분이 드네."

"바치도록 하겠습니다. 초선이도 태사의 사랑을 받는다면 더없이 행복할 테니."

"이 미인을 내게 주겠다는 말인가?"

"마차에 함께 태워서 데려가십시오. 이제 밤도 깊었으니 승상부의 문 앞까지 모셔다드리겠습니다."

"참으로 고맙네. 왕윤 사도, 그럼 이 미인은 융단을 깔은 마차에 실어 데려가겠네."

동탁은 자신의 기분을 표현할 말조차 잊을 만큼 기뻐하며 초선을 안고 마차에 올랐다. 왕윤은 마음속으로 이젠 됐구나 하면서 초선과 동탁의 마차를 승상부까지 배웅했다.

"이만 물러나겠습니다."

왕윤은 승상부의 문에서 동탁에게 인사를 한 후 문득 마차 안을 들여다보았다. 그리고 초선의 눈동자가 자신에게 무언의 인사를 하고 있다는 것을 느꼈다.

"전 이만······."

왕윤이 다시 한 번 인사를 했다. 그것은 초선에게 건넨 인사였다.

초선의 눈은 눈물로 가득했다. 왕윤도 가슴이 미어져 오래 있을 수가 없었다. 그는 서둘러 자신의 집으로 발걸음을 돌렸다. 그때 어둠 속 저편에서 횃불을 들고 두 줄로 늘어선 병사들을 이끌고 요란한 발굽 소리를 울리며 서둘러 달려오는 한 사람이 있었다.

가까이 다가온 모습을 보니 맨 앞에 적토마를 탄 여포가 있었다. 왕윤이 놀랄 틈도 없이 여포가 말 위에 앉은 채 팔을 뻗어 왕윤의 멱살을 잡았다. 그리고 커다란 분노를 가득 담아 외쳤다.

"이놈, 이제 돌아가는 것이냐? 네놈이 전날 초선을 내게 주겠다고 약속해놓고선, 오늘 밤 동 태사에게 잘도 바쳤겠다? 괘씸한 놈, 나를 가지고 놀다니!"

왕윤이 놀라는 기색도 없이 말했다.

"어찌 장군께서 그 일을 벌써 알고 계십니까? 잠시 기다려주십시오."

여포가 더욱 화를 내며 왕윤을 붙잡았다.

"지금 동 태사가 미인을 태우고 승상부로 돌아가셨다고 우리 집으로 알리러 온 자가 있었다. 내가 그런 일도 모를 줄 알았던 게냐? 이 줏대 없는 놈아! 갈가리 찢어 죽일 테니 각오하고 있어라."

왕윤이 손을 들어 침착하게 말했다.

"너무 서두르지 마십시오, 장군. 그렇게 굳게 약속했던 이 왕윤을 어찌 의심하십니까?"

"이놈, 아직도 할 말이 남았느냐?"

"어쨌든 다시 한번 저희 집에 와주시기 바랍니다. 여기서는 말씀드리기가 어렵습니다."

"내가 또 네놈 헛바닥에 놀아날 줄 아느냐?"

"그런 뒤에도 여전히 용서치 못하시겠다면 그 자리에서 저의 목을 치십시오."

"그래, 가주도록 하지."

여포는 그를 따라갔다.

밀실로 들어서자 왕윤이 말을 시작했다.

"사실은 이렇게 된 일입니다. 오늘 밤 주연을 마치고 난 뒤 흥이 오르신 동 태사께서, 얼마 전 여포에게 초선이라는 아이를 주겠다고 약속했다 하던데 그 아이를 우선은 내게 보내도록 하게, 내 길일을 받아 성대한 잔치를 연 후 여포와 갑자기 결혼을 시켜서 술자리의 흥을 돋우고 크게 웃으며 축하해줄 테니, 라고 말씀하셨습니다."

"그럼 동 태사께서 나를 놀리실 생각으로 데려간 것이란 말인가?"

"그렇습니다. 술자리에서 장군이 부끄러워하는 얼굴을 보고 손뼉을 치며 즐길 생각이라고 말씀하셨습니다. 그러니 저로서는 엄한 명령을 어길 수가 없어서 초선을 보낸 것입니다."

여포가 머리를 긁으며 겸연쩍어했다.

"아, 그렇게 된 거요? 내 경솔히 사도를 의심했으니 뭐라 할 말이 없소. 오늘 밤의 죄는 만 번을 죽어 마땅하나 부디 용서해주기 바라오."

"아닙니다. 의심이 풀리셨다니 그것으로 됐습니다. 틀림없이 조만간 장군을 축하하기 위해 성대한 잔치가 열릴 것입니다. 초선이도 그날을 손꼽아 기다릴 것입니다. 그 아이의 옷과 화장 도구 등도 빠른 시일 안에 댁으로 보내겠습니다.”

그 말을 들은 여포는 삼배하고 자리에서 일어났다.

19

절영絶纓의 모임

천하의 대군으로도 꺾지 못했던 동탁과 여포. 초선을 사이에 놓고
두 짐승이 서로를 향해 으르렁거리며 이빨을 드러내기 시작한다

봄은 장부의 가슴에도 번뇌의 피가 끓어오르게 한다.

왕윤의 말을 그대로 믿은 여포는 그날 밤 얌전히 집으로 돌아오기는
했으나 밤새도록 깊은 잠을 잘 수가 없었다.

'초선은 지금 뭘 하고 있으려나……'

동 태사의 집으로 간 초선이 밤을 어떻게 보내고 있을지 온갖 상상
을 하던 여포는 더는 침상에 누워만 있을 수 없었다. 여포는 장막을 걷
어 창밖으로 눈길을 돌렸다. 그리고 그녀가 있는 승상부의 하늘을 멍
하니 바라보았다.

기러기가 울며 날아가고 있었다. 으스름한 달이 깊어가고 있었다. 날은 아직 밝지 않았으나 구름과 대지 모두가 어딘지 희붐했다. 정원을 바라보니 해당화는 밤이슬을 머금고 있고, 황매화는 밤안개에 힘없이 고개를 숙이고 있었다.

"아아."

여포는 한숨을 내쉬며 다시 침상에 누웠다.

'마음이 이처럼 어지럽고 괴로운 것은 태어나서 처음이구나. 초선아, 초선아, 너는 어째서 그렇게 매혹적인 눈으로 내 마음을 사로잡은 것이냐.'

그는 새벽이 오기를 기다렸다. 하지만 아침이 되자 그는 의연한 무장으로 돌아갔다. 어쨌거나 그는 집에서도 수많은 무사를 기르는 대장이었다.

여포는 아침 해를 받으며 시원스럽게 적토마에 올라 승상부로 향했다. 특별히 급한 일이 있는 것도 아니었으나 바로 동탁의 각으로 가서 호위대장에게 물었다.

"태사께서는 일어나셨나?"

호위대장이 후당의 비원을 돌아보며 무표정한 얼굴로 말했다.

"아직 장막을 걷지 않으신 듯합니다."

"그래?"

여포는 왠지 모르게 초조해졌으나 자못 한가로이 해를 올려다보며 말했다.

"벌써 오시午時가 다 되어가는데 아직도 주무시고 계시다는 말이냐?"

"보시는 바와 같이 후당의 회랑도 닫혀 있습니다."

봄이 깃든 정원에서 새가 조용히 울부짖고 있었다.

'태사께서는 장막을 드리운 채 해가 중천에 이른지도 모르고 주무시는 모양이구나.'

여포는 감추기 어려운 얼굴빛을 드러내며 약간 거친 말투로 다시 물었다.

"태사께서는 어젯밤 꽤 늦게 잠드신 모양이구나?"

"네, 왕윤의 집에서 열린 잔치에 참석하셨다가 아주 기분 좋게 돌아오셨습니다."

"굉장한 미인과 함께 오셨다던데."

"아, 장군도 벌써 알고 계셨습니까?"

"음, 왕윤 집의 초선은 아주 유명한 미인이니까."

"태사께서 늦게까지 주무시는 이유가 바로 그 때문입니다. 어젯밤 그 미인과 함께 보내시느라 봄밤의 짧음을 한탄하셨을 겁니다. 어쨌든 오늘은 날이 아주 좋습니다."

"저쪽에서 기다리고 있을 테니 태사께서 눈을 뜨시면 알려주게."

여포는 무심결에 성난 눈빛을 지어 보이며 그 자리에서 물러났다. 그리고 그는 승상부의 한 건물에서 멍하니 팔짱을 낀 채 앉아 있었다. 마음이 쓰여 때때로 연못 너머의 각을 지켜보았다.

후당의 침전은 정오가 되어서야 비로소 창을 열었다.

"태사께서 지금 막 눈을 뜨셨습니다."

대장이 여포에게 와서 보고했다. 여포는 뵙기를 청하지도 않고 후당으로 들어갔다. 회랑에 서서 안을 들여다보니 침실 깊은 곳의 부용이 새겨진 장막은 아직 헝클어진 채였으며, 거울을 향해 앉아 연지를 입술에 바르는 아름다운 여인의 뒷모습이 보였다.

여포는 어느새 침실 문 앞까지 다가갔다.

"아, 초선이……."

그는 울고 싶을 만큼 가슴이 미어졌다. 7척이나 되는 대장부가 하염없이 신음하며 거울 속에 비친 여인의 모습을 훔쳐보았다. 그리고 들끓어 오르는 마음으로 이렇게 생각했다.

'초선은 어젯밤 처녀를 잃고 말았구나! 이 침실에 아직도 울음소리가 남아 있는 듯하다. 아아, 동 태사는 어찌 이리하셨단 말인가. 초선도 초선이다. 그도 아니면 왕윤이 나를 속였단 말인가? 아니, 동 태사가 요구한 것이라면 가녀린 초선으로서도 어쩔 수가 없었을 거야.'

그의 창백한 얼굴이 얼핏 방 안의 거울에 비쳤다. 초선이 깜짝 놀라 돌아보았다.

"어머!"

"……."

여포는 원망스럽다는 듯 그녀의 얼굴을 가만히 노려보았다. 순간 초선은 비를 머금은 배꽃처럼 몸을 떨며 소리 없는 생각을 눈과 몸짓으로 여포에게 호소했다.

'용서해주세요. 제 본심이 아니었어요. 가슴을 억누르고 눈물을 참으며……. 괴로운 제 심정도 이해해주세요.'

그러자 구석의 벽쪽에서 동탁의 목소리가 들려왔다.

"초선아, 거기에 누가 온 것이냐?"

깜짝 놀란 여포는 몇 걸음 뒤로 물러난 뒤, 거기서 다시 일부러 성큼성큼 들어갔다.

"여포입니다. 태사, 지금 일어나셨습니까?"

여포는 평소와 다를 바 없는 모습으로 인사했다.

동탁은 봄밤의 달콤한 꿈에서 아직 깨어나지 못한 얼굴로 원앙침에 누워 있었다. 그러다 갑작스러운 여포의 발소리에 놀라 몸을 일으켰다.

"아, 여포였군. 근데 누구 허락을 받고 침실까지 들어온 것이냐?"

"지금 막 눈을 뜨셨다고 호위대장이 알려주었습니다."

"무슨 급한 일이라도 있는 것이냐?"

"네……."

용건을 묻자 여포는 우물쭈물했다. 침실까지 들어와서 명령을 받아야만 할 일은 아무것도 없었다.

"실은…… 어젯밤 쉬 잠이 오지 않아 뒤척이다 태사께서 병에 걸리신 꿈을 꾸었습니다. 너무도 걱정이 되어서 날이 밝자마자 승상부에서 기다리고 있었습니다. 그런데 별고 없으신 듯하니 이제야 마음이 놓입니다."

"무슨 소릴 하는 게냐?"

동탁은 횡설수설하는 그의 말을 이상히 여기며 혀를 찼다.

"일어나자마자 별 괴이한 소리를 다 듣겠구나. 그런 흉한 꿈을 들려주러 일부러 찾아오는 녀석이 어디 있느냐?"

"황공하옵니다. 늘 태사의 건강을 걱정하고 있었기에……."

"거짓말 말아라! 네놈의 모습이 어딘가 미심쩍구나. 그 어두운 눈빛은 무엇이냐? 안절부절못하는 그 거동은 또 무엇이냐? 물러나라!"

"네."

여포는 고개를 숙인 채 인사하고 초라하게 물러났다. 그날 일찍 집으로 돌아온 여포의 어두운 얼굴을 보고 그의 부인이 물었다.

"태사의 기분을 상하게 하신 일이라도 있으십니까?"

그러자 여포는 부인에게 소리를 지르며 화풀이를 했다.

"시끄럽다! 동 태사가 뭐란 말이냐? 제아무리 동 태사라 할지라도 이 여포를 마음대로 할 수 있을 성싶으냐? 너는 그렇게 생각하느냐?"

그 후 여포의 모습이 눈에 띄게 바뀌었다. 승상부에 나가지 않거나 나가더라도 늦게 나갔으며, 밤이면 술에 취해 있었고, 낮에는 미친 듯이 날뛰며 욕을 해대기도 하고, 또 온종일 시무룩해서 말조차 하지 않는 날도 있었다. 우리 속의 짐승처럼 바닥을 울리며 방 안을 홀로 돌아다니다 뺨에 눈물을 흘린 적도 있었다.

"어인 일이십니까?"

부인이 물으면, '시끄럽다'라는 말밖에 하지 않았다.

그러는 동안 한 달쯤 시간이 흘렀다. 고뇌에 찬 후원의 봄빛도 퇴색하고 푸른 나무는 초여름 태양으로 나날이 뜨거워지고 있었다.

"업무는 물론 요즘에는 문안도 드리지 않고 있으니, 은혜를 입은 태사께 등을 돌린 것이라고 사람들이 의심할 것입니다."

여포의 부인이 거듭 말했다. 요 근래 동 태사가 병에 걸려 누워 있다는 소리가 들려왔기 때문이다.

"그래, 업무를 보러 나가지도 않고 문안마저 가지 않는다면 참으로 죄송한 일이지."

하루는 여포도 마음을 고쳐먹은 듯 오랜만에 승상부로 나갔다. 누워 있는 동탁을 문안하자 동탁은 오히려 여포의 몸을 걱정했다.

"아아, 여포로구나. 너도 요즘 몸이 좋지 않아 쉬고 있다는 소리를 들었다만, 몸은 좀 어떠냐?"

동탁은 원래 여포의 무용을 아껴 거의 양자처럼 생각했기에 크게 야단을 치며 내쫓았던 예전의 일은 벌써 잊은 듯했다.

"걱정하실 것 없습니다. 지난봄에 술이 좀 과했을 뿐입니다."

여포는 쓸쓸하게 웃었다. 그리고 곁에 있는 초선 쪽으로 슬쩍 눈길을 돌렸다. 지난 보름 동안 동탁의 침상 곁에서 밤낮으로 성심껏 간호를 한 탓인지 약간 야윈 듯 보였다. 순간 여포는 질투심이 불꽃처럼 피어올라 전신의 피가 들끓어 올랐다.

'마음 없이 몸을 허락했다 할지라도 여자는 결국 몸과 마음 모두를 빼앗겨버리고 마는 것일까?'

여포는 달랠 길 없는 번민에 사로잡혔다.

동탁이 기침을 했다. 그사이 여포는 자신의 마음을 들키지 않기 위해 침상 곁에서 물러났다. 그리고 동탁의 등을 쓰다듬는 초선의 새하얀 손을 홀린 사람처럼 바라보았다. 그러자 초선이 동탁의 귀 옆으로 얼굴을 가져가더니 속삭였다.

"잠시 주무시는 것이 좋을 듯해요."

초선은 이불을 덮어주면서 자신의 가슴까지 그 이불을 덮었다. 여포의 눈에서 불꽃이 일었다. 그의 몸은 돌처럼 굳어 움직이지 않았다. 초선은 동탁의 눈을 가리더니 자신의 몸을 돌려 한쪽 소매로 눈물을 닦았다. 훌쩍훌쩍 눈물을 흘려 보인 것이었다.

'괴로워요. 참으로 괴로워요. 마음에 둔 분과는 얘기조차 나누지 못하고 언제까지 이렇게 마음에도 없는 사람과 한방에서 살아야 하는 거죠? 당신은 너무 무정해요. 요즘에는 모습도 전혀 보여주시지 않잖아요! 하다못해 당신 모습만 봐도 저는 큰 위로를 얻는단 말이에요.'

소리 내어 말할 수는 없으나 그녀의 눈물 한 방울 한 방울과 젖은 눈썹과 말없이 떠는 입술이 말 이상으로 여포의 가슴에 사무쳤다.

'그렇다면…… 그렇다면 너는.'

여포는 애간장이 끊어질 듯한 슬픔 속에서도 기쁨으로 피가 끓어올랐다. 여포는 그녀의 뒤쪽으로 다가갔다. 그리고 그 하얀 목을 끌어안으려 했으나 병풍 끝에 칼이 부딪쳐 순간 발걸음을 멈추고 말았다.

"여포 이놈! 무슨 짓을 하려는 게냐?"

자리에 누워 있던 동탁이 몸을 벌떡 일으키며 소리쳤다.

여포는 당황하여 침상 곁에서 물러나며 말했다.

"아, 아무 일도 아닙니다."

"기다려라!"

동탁이 자신의 병도 잊고 이마에 힘줄을 세웠다.

"지금 내 눈을 훔쳐 초선이를 희롱하려 했겠다? 내가 총애하는 아이에게 음란한 짓을 하려 들다니!"

"그런 것이 아닙니다."

"그렇다면 어째서 병풍 안으로 들어오려 했던 것이냐? 왜 지금까지 탐욕스러운 눈빛으로 거기에 있었던 것이냐?"

"……."

여포는 달리 변명거리가 없어 새파랗게 질린 얼굴로 고개를 숙이고 있었다. 그는 말솜씨가 뛰어난 사람이 아니었다. 그렇다고 기지에 넘치는 사람도 아니었다. 그랬기에 이렇게 궁지에 몰리게 되면 어찌할 줄 몰라 참담한 기분으로 입술만 씹을 뿐이었다.

"괘씸한 놈! 은총을 베풀었더니 제 분수도 모르고 머리끝까지 기어오르는구나! 앞으로 내 방에 발을 들여놓으면 절대 용서하지 않겠다. 아니, 내 명령이 있을 때까지 집에서 근신하도록 해라. 얼른 물러나라! 게 아무도 없느냐, 여포를 끌어내라!"

동탁은 불같이 화를 내며 온갖 욕설을 퍼부었다. 방 밖에서 무장과 힘이 센 호위병들이 몰려드는 소리가 들렸다.

"더는 오지 않겠습니다!"

여포는 호위병들이 들이닥치기 전에 자신의 발로 걸어 방 밖으로 나갔다. 그때 이유가 달려왔다.

"무슨 일이십니까?"

아직 분이 삭지 않은 동탁은 여포가 자신의 방에서 초선을 희롱하려 한 죄를 침을 튀기며 이야기했다.

"참으로 어렵게 됐습니다."

이유는 쓸쓸한 웃음을 지으며 대답했다.

"여포란 놈, 괘씸하기 그지없습니다. 그러나 태사, 천하에 군림하겠다는 대망을 위해 소인배의 조그만 죄쯤은 웃어넘길 줄 아는 관대함도 필요합니다."

"무슨 소리냐?"

동탁은 수긍하지 않았다.

"그런 일을 눈감아주면 기강이 문란해져 주종 관계가 무너지고 만다."

"하지만 여포가 변심하여 다른 이에게로 가면 대사가 어그러지고 맙니다."

"……."

이유의 말을 듣는 동안 동탁도 조금은 분노가 사그라졌다. 말할 필요도 없이 한 명의 총희보다는 천하가 더 중요했다. 아무리 초선에게 빠져 있다 할지라도 그 야망만은 버릴 수가 없었다.

"그렇다면 이유, 여포가 발끈해서 돌아갔는데 어찌하면 좋겠는가?"

"그런 일이라면 걱정하실 것 없습니다. 여포는 단순한 사람입니다. 내일 부르셔서 금은을 내리고 다정하게 달래면 단순한 사람인만큼 감격하여 앞으로는 조심할 것입니다."

이유의 충언을 받아들인 동탁은 이틀날 여포를 불러오라 했다.

여포는 어떤 문책을 받게 될지 각오하고 갔다. 그런데 생각과 달리 황금 10근과 비단 20필을 내리며 동탁이 말했다.

"병 때문에 신경이 날카로워져서 어제는 너를 야단쳤다만 나는 그 누구보다도 너를 믿고 있다. 너무 기분 나쁘게 생각 말고 예전처럼 항상 내 곁에 머물며 이곳에도 자주 얼굴을 내밀도록 해라."

동탁이 다정하게 굴자 여포는 오히려 가슴속 괴로움이 커졌다. 하지만 주인의 따뜻한 말에 감사 인사를 하고 말없이 물러났다.

***

얼마쯤 지나자 동탁의 병도 완전히 나았다. 그는 그 뚱뚱하고 강건한 몸을 자랑이라도 하듯 밤낮없이 초선과 즐기며 침실의 어리석은 꿈에서 헤어날 줄을 몰랐다.

전보다 약간 말수가 줄어들기는 했으나 그때 이후로는 여포도 업무에 정진했으며, 하루도 빠지지 않고 승상부로 나갔다. 동탁이 조정에 들어갈 때면 여포가 적토마를 타고 그 호위군의 선두에 섰으며, 동탁이 전상殿上에 있을 때면 여포가 창을 들고 그 밑에 서 있었다.

어느 날 동탁이 천자와 정사를 논하기 위해 전에 들었고 여포는 평소와 다름없이 창을 쥐고 서 있었다. 피가 끓어오르는 건장한 사람일수록 더욱 졸음이 쏟아지는 날이었다. 여포는 여기저기 날아다니는 나비를 보면서도 졸음을 느꼈다. 그는 늦은 봄의 태양에 반짝이는 나뭇잎과 새빨간 꽃을 보며 초선은 지금 무엇을 하고 있을까 하는 번뇌에 빠지기도 했다. 그러다 문득 정신이 번뜩 들었다.

'오늘은 틀림없이 논의가 길어질 것이다. 그래, 그사이에!'

모락모락 피어오르는 사모의 불꽃에 휩싸이자 그는 물불을 가리지 않고 갑자기 어딘가로 달려가기 시작했다. 동탁이 전 안에 들어가 있는 틈을 이용해 혼자 승상부로 돌아온 것이었다. 그리고 상황을 살핀 뒤 당 안으로 숨어들었다. 창을 한 손에 든 채 나지막이 그녀를 부르며 방으로 들어갔다.

"초선아, 초선아."

"누구세요?"

초선은 창에 기대어 한낮의 후원을 내려다보고 있다가 뒤돌아섰다.

"아아."

여포의 모습을 보자마자 초선은 달려가 그의 가슴에 안겼다.

"태사도 아직 조정에서 돌아오시지 않았는데 어째서 장군 혼자 돌아오신 거죠?"

"초선아, 나는 가슴이 미어지는 것 같다."

여포가 신음하듯 말했다.

"너는 내 괴로운 마음을 모르는가 보구나. 오늘은 태사가 전에서 나오는 것이 늦어질 듯하여 잠시라도 너를 보려고 나 혼자 달려온 것이다."

"어머, 저를 그렇게까지 생각하고 계셨단 말인가요? 기뻐요."

초선은 불타오르는 그의 눈동자를 보고 퍼뜩 겁이 난 듯 서둘러 말했다.

"여기는 사람들의 눈에 띄어서 안 돼요. 곧 뒤따라갈 테니 정원 깊은 곳에 있는 봉의정鳳儀亭에서 기다리세요."

"꼭 와야 한다."

"왜 거짓말을 하겠어요?"

여포는 급히 정원 쪽으로 갔다. 그리고 나무 사이를 달려가 후원의 구석진 곳에 있는 한 정자에서 초선을 기다렸다.

초선은 그가 떠나자 급히 화장을 하고 살금살금 봉의정으로 갔다. 버드나무는 파랗게, 꽃은 빨갛게, 사람이 없는 비원은 농익은 봄의 향기에 잠겨 있었다. 초선이 버드나무 사이로 봉의정 쪽을 가만히 둘러보았다. 여포는 창을 세워놓고 그곳의 구부정한 난간에 기대어 서 있었다.

굽은 난간의 밑은 연잎이 가득한 연못이었다. 봉의정으로 건너가는 다리에 초선의 모습이 가까워졌다. 꽃 사이로 버드나무 가지를 헤치며 나타난 월궁月宮의 선녀가 아닐까 싶을 정도로 그 모습이 아름다웠다.

"여포 나리."

"오오……."

두 사람은 정자의 벽 뒤로 몸을 숨겼다. 그리고 오래도록 아무 말도 하지 않았다. 여포는 온몸의 피가 들끓는 듯했다. 꿈인지 생시인지조차 알 수 없었다.

"아아, 초선아 무슨 일이냐?"

"……."

"왜 그러느냐, 초선아?"

여포가 그녀의 어깨를 흔들었다. 그의 가슴에 얼굴을 묻고 있던 초선이 훌쩍훌쩍 눈물을 흘리기 시작했기 때문이다.

"나와 이렇게 만나게 된 것이 너는 기쁘지 않단 말이냐? 대체 왜 그렇게 우는 것이냐?"

"아니에요, 너무 기뻐 가슴이 벅차서 그래요. 들어보세요, 여포 나리. 저는 왕윤 나리의 친딸이 아니에요. 외로운 고아였어요. 하지만 저를 친딸처럼 아껴주셨던 왕윤 나리께서는 씩씩한 영걸을 골라 저를 시집 보내겠다고 늘 말씀하셨어요. 그리고 장군을 초대한 날 밤, 넌지시 장군과 저를 만나게 해주셨을 때 저는 장군을 보고 첫눈에 제 평생의 소원이 이루어지는구나 싶었어요. 그래서 그날 이후부터는 꿈에서까지 장군을 볼 정도로 기대에 부풀어 있었어요.”

“흠…….”

“그런데 그로부터 얼마 지나지 않아 가슴속에 품고 있던 제 상념의 꽃은 동 태사에게 짓밟히고 말았어요. 태사의 권력에 견딜 수 없는 밤들을 눈물로 지새웠어요. 이제 제 몸은 예전의 깨끗한 몸이 아니에요. 마음은 아무리 전과 다르지 않다 할지라도 더러워진 몸으로는 장군께 갈 수 없으니, 그 일을 생각하면 서럽기도 하고 분하기도 해서…….”

초선은 그의 가슴에 기대어 오열하며 끝도 없이 몸부림을 치다가 갑자기 외쳤다.

“나리, 가엾은 제 마음만은 부디 잊지 말아주세요.”

그러고는 난간 쪽으로 달려가 연못에 몸을 던지려 했다. 깜짝 놀란 여포가 그녀를 안아 말렸다.

“무슨 짓을 하려는 게냐.”

초선이 여포의 손을 뿌리치려 애쓰며 말했다.

“그냥 죽게 내버려두세요. 살아 있어도 이번 생에서 장군과는 인연이 없고 단지 하루하루 마음만 괴로울 뿐, 몸은 어질지 못한 태사의 먹잇감이 되어 밤마다 학대받을 뿐이에요. 차라리 내세의 언약을 기대하며 저세상으로 가서 기다리고 있겠어요.”

"쓸데없는 소리 말아라. 내세를 바라지 말고 이번 생을 즐기자꾸나. 초선아, 내가 곧 네 소원을 이루어줄 테니 목숨을 끊겠다는 성급한 생각은 하지 말거라."

"네? 정말인가요? 지금 하신 말씀, 장군의 진심이신가요?"

"마음에 둔 여자를 이번 생의 아내로 삼지 못한다면 어찌 세상의 영웅이라 할 수 있겠느냐?"

"장군, 그 말이 사실이라면 부디 지금의 저를 구해주세요. 하루가 1년처럼 길게 느껴져요."

"때를 기다려라. 오래 기다리게 하지는 않겠다. 오늘은 늙은 도적을 따라 전에 들어갔다가 잠시 틈을 타서 여기에 온 것이니 만약 늙은 도적이 전에서 나오면 바로 들켜버리고 말 것이다. 조만간 틈을 봐서 다시 만나기로 하자꾸나."

"벌써 가시려고요?"

초선은 그의 소맷자락에 매달렸다.

"장군은 세상에 비할 자가 없는 영웅이라고 들었는데 어째서 늙은 이를 그리 두려워하고 따르는 거예요?"

"꼭 그런 건 아니다만……."

"저는 태사의 발소리만 들어도 온몸에 소름이 돋아요. 아아, 영원히 장군과 함께하고 싶어요."

초선은 다시 여포의 품에 안기며 피눈물이라도 흘릴 듯 말했다. 그때 조정에서 돌아온 동탁이 무시무시한 얼굴로 저편에서 걸어오고 있었다.

"어찌 된 일이냐? 초선이도 보이지 않고 여포도 어딘가로 가버렸으니."

동탁의 눈동자는 질투심으로 불타올랐다.

그가 조정에서 나와보니 여포의 적토마는 늘 묶여 있던 곳에 묶여 있었으나 여포가 보이지 않았다. 이상히 여기며 마차에 올라 승상부로 돌아와보니 초선의 옷은 횃대에 걸려 있었으나 초선의 모습은 보이지 않았다.

"어찌 된 일이냐?"

그는 시녀들에게 물은 뒤 두 사람의 모습을 찾기 위해 스스로 후원 안쪽으로 들어왔다. 초선은 저편에 동탁의 모습이 얼핏 보이자 여포의 가슴에서 떨어지며 짧게 외쳤다.

"앗, 왔어요."

"아차, 이를 어쩐다!"

여포도 놀라서 허둥지둥했다.

"이놈! 대낮에 이곳에서 무슨 짓을 하는 게냐?"

동탁이 벌써 달려와 소리를 질렀다.

여포는 아무 말도 하지 않고 봉의정의 다리로 뛰어내려 연못을 건너려 했다. 두 사람이 스쳐 지날 때 동탁이 그의 창을 낚아채며 외쳤다.

"어디를 가려는 게냐?"

여포가 동탁의 팔꿈치를 치고 달아나는 바람에 동탁은 창을 떨어뜨리고 말았다. 하지만 동탁은 워낙 뚱뚱해서 몸을 구부려 줍는 것조차 굼뜨고 느렸다. 그사이에 여포는 이미 50보나 달아나 있었다.

"괘씸한 놈."

동탁이 커다란 몸을 앞으로 기우뚱하며 외쳤다.

"기다려라! 이놈 기다리지 못할까!"

그때 멀리서 이유가 달려오다 잘못해서 동탁의 가슴을 밀치고 말았다. 동탁은 술통처럼 땅에 나뒹굴었고, 더욱 화가 나서 소리를 질렀다.

"이유! 네놈마저 저 괘씸한 필부 놈을 도우려는 게냐? 불의한 놈을 어찌 잡지 않는 것이냐?"

이유가 서둘러 동탁의 몸을 일으켜 세우며 말했다.

"불의한 놈이란 누구를 말하는 것입니까? 조금 전 후원에서 사람의 소리가 들리기에 무슨 일인가 싶어 들어왔다 여포를 만났습니다. 여포가, 태사께서 이성을 잃으시어 죄도 없는 자신을 찔러 죽이려 하니 제발 도와달라기에 놀라 달려온 것입니다만."

"무슨 소릴 지껄이는 게냐? 나는 이성을 잃지 않았다. 대낮에 초선이를 희롱하다 내게 들켰기에 당황하여 그렇게 외치고 도망쳐버린 것이다."

"그래서 평소와 달리 그렇게 창백한 얼굴로 당황한 것이었군요."

"당장 잡아오도록 해라. 여포의 목을 쳐야겠다."

"그렇게 화내지 마시고 태사도 일단 진정하십시오."

이유가 동탁의 신을 주워 발밑에 나란히 놓아주었다. 그리고 각의 서원으로 데려가 앉힌 뒤 다시 절을 하며 사죄했다.

"실수라고는 하지만 태사의 몸을 밀친 죄, 죽어 마땅합니다."

동탁이 아직도 분이 풀리지 않은 듯 얼굴을 옆으로 돌리며 말했다.

“그 일은 신경 쓸 것 없다. 당장 여포를 잡아서 내게 여포의 목을 보이거라.”

이유는 동탁이 하는 말을 마치 어린아이의 투정처럼 넘기며 간언했다.

“황공하옵니다만 그것은 좋은 방법이 아닙니다. 여포의 목을 친다는 것은 태사의 목에 태사 스스로 칼을 대는 것과 다를 바 없습니다.”

“어째서 안 된다는 말이냐! 불충한 놈의 목을 베는 것이 어째서 좋지 않은 일이란 말이냐!”

동탁은 무슨 일이 있어도 여포의 목을 치라고 명령했고, 이유는 이성적인 자신의 주장을 굽히지 않았다.

“상책이 아닙니다. 태사께서 화를 내시는 것은 개인적인 분노입니다만 제가 간언하는 것은 사직을 위해서입니다. 예전에 이런 이야기가 있었습니다.”

이유가 예를 들어가며 동탁을 달랬다.

그것은 초나라 장왕莊王의 이야기인데, 하루는 장왕이 초성楚城 안에 성대한 잔치를 베풀어놓고 무공이 있는 각 장군들을 위로했다. 그런데 잔치가 한창 무르익을 무렵 갑자기 차가운 바람이 불어 그곳의 모든 등불이 꺼지고 말았다. 장왕은 얼른 불을 붙이라며 재촉했으나, 좌중의 장군들은 오히려 ‘시원해서 좋은데!’라며 흥겨운 듯 떠들어댔다. 그 자리에는 각 장군들을 대접하기 위해 특별히 참석케 한 장왕의 총희가 있었는데 장군 중 누군가가 그녀의 입술을 훔쳤다. 총희는 소리를 지르려 했으나 꾹 참고 그 장군의 갓끈을 잡아 뜯어 장왕 곁으로 달아났다. 그리고 장왕의 무릎에 엎드려 울며 자신의 정조를 강조하듯 호소했다.

"이 가운데 지금 어둠을 틈타서 첩을 희롱한 자가 있습니다. 얼른 불을 켜서 그 장군을 붙잡아주시기 바랍니다. 갓끈이 끊어진 자가 범인입니다."

그러자 무슨 생각을 했는지 장왕이 막 불을 붙이려던 신하들을 서둘러 말린 뒤 모두에게 말했다.

"지금 짐의 첩이 하찮은 일로 내게 청을 했으나 오늘 밤은 여러 장군들의 무공을 진심으로 치하하기 위해 잔치를 베푼 것으로 여러 공들의 즐거움이 곧 나의 즐거움이오. 술자리에서 지금과 같은 일은 흔히 있을 법한 일이오. 오히려 여러 공들이 그처럼 편안하게 오늘 밤의 잔치를 즐기고 있는 듯하여 나 또한 즐겁소. 앞으로도 지위 고하를 막론하고 허물없이 밤새 잔치를 즐겨봅시다. 모두 갓끈을 떼어내시오."

왕의 명령에 따라 모든 사람들이 갓끈을 떼어냈다. 그 뒤 불을 밝혔기에 총희의 기지에도 불구하고 누가 그녀의 입술을 훔쳤는지 끝내 밝혀내지 못했다.

그 후 장왕은 진秦나라와의 싸움에서 진나라 대군에게 포위되어 목숨을 잃을 위기에 처했으나 한 용사가 적의 병사들을 흩어 왕 곁으로 다가왔다. 그러더니 마치 하늘에서 내려온 수호신처럼 필사적으로 싸워 피범벅이 된 상태에서도 장왕을 업고 한 줄기 혈로를 뚫어 왕의 목숨을 구해주었다. 왕이 부상이 심한 그를 보고 물었다.

"안심하게, 나는 이제 목숨을 건졌네. 그런데 자네는 대체 누구인가? 또 어찌하여 목숨을 걸고 나를 구해주었는가?"

부상을 입은 용사가 웃으며 대답했다.

“저는 지난날 초성에서 열린 밤의 잔치 때 왕의 총희에게 갓끈을 뜯긴 어리석은 자입니다.”

용사는 그렇게 말하고 숨을 거두었다고 한다.

이유는 그 이야기를 동탁에게 들려준 뒤 간언했다.

“말할 것도 없이 그는 장왕의 은혜에 보답한 것입니다. 세상에서는 이 아름다운 이야기를 절영의 모임이라 부르고 있습니다. 태사께서도 부디 장왕과 같은 관대함을 보이소서.”

동탁은 머리를 숙인 채 듣고 있다가 마침내 마음을 고쳐먹은 듯 그 간언을 받아들였다.

“알겠네. 여포는 살려두기로 하지. 더는 탓하지 않겠네.”

“이는 태사의 현명함으로 패업의 기초가 될 것입니다.”

이유는 이미 여포의 불만이 무엇인지, 여포가 요즘 동탁에게 어떤 원한을 품고 있는지 대충 짐작하고 있었다. 그랬기에 내심 초선에게 빠져 있는 동탁과 그에게 분노를 불태우는 여포의 문제로 불안을 느끼던 차였다. 이유는 동탁의 화를 누그러뜨린 뒤 여포에게 바로 그 이야기를 들려주었다.

동탁이 후당으로 들어가보니 초선은 아직도 장막에 기대어 훌쩍훌쩍 울고 있었다.

“왜 우는 게냐? 여자에게도 빈틈이 있었기에 남자가 희롱을 하는 것이 아니냐? 네게도 반쯤은 죄가 있다.”

평소와는 달리 동탁이 야단을 치자 초선이 더욱 슬퍼하며 말했다.

“하지만 태사께서는 늘 ‘여포는 내 아들이나 다를 바 없다’고 말씀하셨잖아요? 그래서 저도 태사의 양아들이라 생각하고 공경했어요. 그런데 오늘은 무시무시한 얼굴로 창을 들고 저를 협박해서 억지로 봉의정에 데려가서는 그런 짓을 한 거예요.”

“아니, 가만히 생각해보니 잘못한 것은 너도 아니고 여포도 아니구나. 이 동탁이 어리석었다. 초선아, 내가 여포에게 중매를 해서 너를 아내로 삼게 해야겠구나. 저렇게 너를 못 잊으니 너도 여포를 사랑하도록 해라.”

눈을 감고 동탁이 말하자 초선이 몸을 던져 그의 무릎에 매달렸다.

“왜 그런 말씀을 하시는 거예요? 태사를 버리고 그 난폭한 종놈의 아내가 되란 말씀이신가요? 전 싫어요. 죽어도 그런 모욕은 당하지 않을 거예요.”

초선은 갑자기 동탁의 검을 뽑아 목을 찌르려 했다. 깜짝 놀란 동탁이 그녀의 손에서 검을 빼앗았다. 초선은 바닥에 엎드린 채 통곡하며 몸부림쳤다.

“아, 알겠어요. 이건 분명히 여포가 이유에게 부탁해서 태사에게 그렇게 말씀드리게 한 거예요. 그 사람과 여포는 태사가 계시지 않을 때면 언제나 은밀하게 이야기를 주고받으니……. 그래요, 태사께서는 저보다 이유나 여포가 더 중하시겠죠. 저 같은 건 그만…….”

동탁이 그녀를 번쩍 들어 자신의 무릎 위에 앉혀 끌어안고는 눈물에 젖은 뺨과 입술에 자신의 얼굴을 비볐다.

“그래, 알았다. 울지 마라, 초선아. 조금 전의 말은 농담이었다. 내 어찌 너를 여포 따위에게 줄 수 있겠느냐? 내일 미오성으로 가자. 미오성에는 30년 먹을 양식과 수백만의 병사들이 있다. 뜻이 이루어지면 내 너를 귀비貴妃로 삼고, 그렇지 않다 할지라도 부귀한 집의 아내로 삼을 테니 평생을 즐기도록 하자꾸나.”

다음 날 이유가 정중하게 동탁 앞에 나섰다. 어젯밤에 여포의 집으로 찾아가 태사의 명을 전했더니 여포도 죄를 깊이 깨우쳐 후회하고 있다고 보고했다. 그리고 다시 말을 이었다.

“마침 오늘이 길일이니 초선을 여포의 집으로 보내는 것이 어떻겠습니까? 그는 단순해서 쉽게 감동하는 사람입니다. 틀림없이 감격의 눈물을 흘리며 태사를 위해 목숨을 바치겠다고 맹세할 것입니다.”

그러자 동탁이 낯빛을 바꾸며 소리쳤다.

“그 무슨 문란한 소리냐? 이유, 너는 네 부인을 여포에게 줄 수 있느냐?”

이유는 뜻밖의 말에 아연실색하고 말았다.

동탁은 당장 마차를 대령할 것을 명령했고, 보석으로 장식한 주렴이 달린 마차가 도착하자 초선을 안아 태웠다. 그들은 병사 만 명에게 앞뒤를 호위토록 하고 유유히 미오성으로 향했다.

20
떠도는 대권大權

동 태사가 미오성으로 돌아간다는 소식이 전해졌기에 장안의 거리
는 무릎 꿇어 절하는 백성과 그를 배웅하러 나온 조야의 귀인들로 가
득했다.

그날 여포는 집에 있었다.

"어찌 된 일이지?"

밖에서 들려오는 소리에 여포는 창을 열어 거리의 하늘을 보았다.

"이유가 길일인 오늘 초선이를 보내겠다고 했었는데."

길에서 마차의 바퀴 소리와 말발굽 소리가 들려왔다. 항간의 소문이 거짓인 것 같지는 않았다.

"애들아, 말을 끌어오너라, 말을."

여포가 마구간으로 달려가며 외쳤다.

여포는 따르는 무사도 없이 혼자 장안의 외곽으로 말을 달렸다. 그곳은 교외에 가까운 곳이었으나 태사가 지난다는 소식이 이미 전해졌기에 채소밭의 노파도, 논의 농부도, 거리의 상인과 풍각쟁이까지도 길가에 풀처럼 엎드려 있었다.

여포는 언덕 기슭에 말을 세워놓고 커다란 나무 뒤에 숨어 있었다. 잠시 뒤 마차의 행렬이 줄줄이 이어졌다. 그중 금으로 된 덮개를 씌우고 주렴이 흔들리며 소리를 내는 마차가 있었다. 사방으로 두른 장막 안에 그림 속 여인과도 같은 초선이 앉아 있었다. 초선은 상심한 사람처럼 공허한 표정을 짓고 있었다. 그녀의 시선이 문득 언덕 쪽으로 향했다. 거기에는 여포가 서 있었다. 여포는 이성을 잃고 뛰어들 듯한 기세였다.

초선은 고개를 내저었다. 그녀의 뺨에서 눈물이 반짝이는 것처럼 보였다. 앞뒤의 병마가 흙을 튀기며 그녀를 순식간에 저 너머로 데려가고 말았다.

"......"

여포는 그 모습을 망연히 바라보고 있었다. 그리고 이유의 말은 거짓이었다는 사실을 마침내 알게 되었다. 아니, 이유가 거짓말을 한 것은 아니나 동탁이 고집스럽게 초선을 놓아주려 하지 않는 것이라고 생각했다.

‘울고 있었다. 초선이도 울고 있었다. 미오성으로 가는 그녀의 마음은 어떨까?’

그는 가슴이 찢어지는 듯했다. 길의 농민들과 장사치들과 나그네들이 그런 그의 모습을 힐끗거리며 지나갔다. 여포의 눈에는 벌겋게 핏발이 서 있었다.

“아, 장군! 어찌 이런 곳에서 멍하니 서 계십니까?”

하얀 말에서 내려 그의 어깨를 두드린 사람이 있었다. 여포는 공허한 눈으로 뒤를 돌았는데 그 사람의 얼굴을 보더니, 비로소 정신이 든 듯했다.

“아아, 귀공은 왕 사도가 아니시오?”

왕윤이 미소를 지었다.

“어찌 그리 놀란 표정을 하십니까? 이곳은 제 별장인 죽리관의 바로 앞입니다.”

“아아, 그랬었군.”

“동 태사가 미오성으로 돌아가신다기에 문 앞에 서서 배웅을 하고 집을 나선 김에 한 바퀴 둘러보려던 중이었습니다. 장군은 어쩐 일로?”

“왕윤, 어쩐 일이냐니, 그런 말이 어디 있는가? 귀공이 나의 괴로움을 모를 리 없을 텐데.”

“무슨 말씀이신지?”

“아직도 잊을 수가 없네. 언젠가 귀공이 이 여포에게 초선이를 준다고 약속하지 않았는가?”

“그렇습니다.”

"그 초선이를 늙은 도적에게 빼앗긴 채 아직도 나는 고뇌에 잠겨 있다네."

"그렇습니까?"

왕윤이 갑자기 머리를 숙여 깊은 한숨을 내뱉었다.

"태사의 소행은 그야말로 짐승과 다를 바가 없습니다. 제 얼굴을 볼 때마다 조만간 여포에게 초선이를 보내겠다고 입버릇처럼 말씀하셨는데, 아직도 보내지 않으셨단 말씀입니까?"

"어찌 이럴 수 있단 말인가? 조금 전에도 초선이는 마차 안에서 눈물을 흘리고 있었다네."

"어쨌든 이곳은 길가이니……. 그렇다면 가까이에 있는 제 별장으로 오시기 바랍니다. 예전부터 여쭙고 싶은 말씀도 있었으니."

왕윤은 여포를 위로한 뒤 백마에 올라 별장으로 안내했다.

그곳은 장안 교외의 그윽하고 깊은 별장이었다. 여포는 왕윤을 따라 죽리관으로 가서 술잔을 몇 번 기울이더니 침통하게 고개를 숙였다.

"한 잔 더 올리겠습니다."

"오늘은 그만 됐소."

"그럼 더는 권하지 않겠습니다. 마음이 즐겁지 않을 때는 술을 마셔도 입에 쓰기만 하고 마음은 끓어오를 뿐이지요."

"왕 사도."

"네."

"내 마음을 좀 이해해주게나……. 내 태어나서 이렇게 분한 적은 처음일세."

"분하시겠지요. 그러나 제 괴로움도 장군 못지않습니다."

"귀공에게도 고민이 있는가?"

"어찌 없겠습니까? 장군께 시집보내려 했던 의붓딸이 동 태사에게 더럽힘을 당해 장군께 의를 지키지 못하게 되었습니다. 또한 세상에서는 장군을 가리켜 아내를 빼앗긴 자라 숙덕거릴 테니 제가 험담을 듣는 것보다 더 괴롭습니다."

"세상이 나를 비웃을 것이라고!"

"동 태사도 세상의 웃음거리가 될 테지만, 그 이상으로 천하 사람들의 웃음거리가 되는 것은 약속을 지키지 못한 저와 장군일 것입니다. 하나 저는 이미 늙은 몸이니 사람들도 어쩔 수 없었을 것이라 말할 테지만, 장군은 당대의 영웅이시자 나이도 젊은 분이 참으로 속도 좋은 무사라며 수군거릴 것이 틀림없습니다. 부디, 저의 죄를 용서해주십시오."

왕윤이 말하자 여포가 자리에서 벌떡 일어났다.

"아니, 귀공의 죄가 아니오! 왕 사도 잘 지켜보고 계시게. 내 반드시 그 늙은 도적의 목을 쳐서 이 수치를 씻어내고 말 테니."

왕윤이 일부러 놀란 척하며 말렸다.

"장군, 그런 경솔한 말씀을 하시면 안 됩니다. 만일 그러한 말이 밖으로 새어나가면 장군뿐 아니라 삼족까지 목숨을 잃게 될 것입니다."

"나도 더는 참을 수가 없소. 대장부가 돼서 어찌 이 생을 우울함에 잠겨 늙은 도적 밑에서 보낼 수 있겠소?"

"오오, 장군! 저의 참람스러운 간언을 용서해주십시오. 장군은 역시

희대의 영웅이십니다. 장군의 모습을 볼 때마다 남몰래 한신韓信보다 백배는 뛰어난 인물이라 생각했습니다. 한신조차도 왕에 봉해졌는데 장군께서 언제까지고 일개 승상부에 머무시리라고는……."

"하나……."

여포는 이를 악물며 한숨을 내쉬었다.

"이제 와서 후회스러운 것은 늙은 도적의 감언에 속아 의부와 양아들의 약속을 한 일일세. 그 일만 없었다면 지금 당장이라도 거사를 치르겠네만, 어쨌든 양아버지 되는 사람이기에 지금의 분노를 참고 있는 것일세."

"아아, 장군은 그런 비난을 두려워하고 계셨던 것입니까? 세상 사람들은 전혀 모르는 일인데."

"어째서?"

"장군의 성은 여, 늙은 도적의 성은 동이 아닙니까? 듣자 하니 봉의정에서 늙은 도적이 장군의 창을 빼앗아 던졌다고 하던데요. 부자간의 정이 없다는 사실은 그것으로도 알 수 있습니다. 게다가 늙은 도적이 장군께 자신의 성을 아직도 쓰게 하지 않은 것은, 부자라는 명목으로 장군의 무용을 묶어두려는 생각 외에 아무것도 없기 때문입니다."

"아, 그렇군! 난 참으로 지혜가 부족한 사람이야."

"아닙니다. 늙은 도적으로 인해 의리에 얽매여 있었기 때문입니다. 이제 천하가 증오하는 늙은 도적을 베고 한실漢室을 떠받들어 만민에게 선정을 베푸시면 장군의 이름은 청사에 영원히 충신으로 남을 것입니다."

"내 반드시 단행하겠네. 늙은 도적의 목을 치겠네."

여포는 검을 뽑아 자신의 팔을 그어 뚝뚝 떨어지는 피를 보이며 왕윤에게 맹세했다. 돌아가려는 여포를 문까지 배웅 나간 왕윤이 가만히 속삭였다.

"장군, 오늘의 일은 우리 둘만의 비밀입니다. 누구에게도 말해서는 안 됩니다."

"물론이지. 그러나 우리 둘만으로는 거사를 치를 수 없을 텐데."

"심복에게는 털어놓아도 될 것입니다. 어쨌든 차후에 다시 은밀하게 논의를 해야 할 것입니다."

여포는 적토마에 올라 왕윤의 별장에서 나왔다. 왕윤은 그 뒷모습을 바라보며 미소를 지었다.

'뜻대로 되었구나.'

곧바로 왕윤은 평소의 동지였던 교위 황완과 복야사僕射士 손서孫瑞를 불러 자신의 생각을 밝혔다.

"여포의 손을 빌려 동탁을 치게 하는 계략입니다만, 그것을 실현할 좋은 방법이 없겠습니까?"

손서가 대답했다.

"좋은 방법이 있습니다."

"얼마 전부터 천자께 병환이 있었으나 이제는 그 병환도 다 나으셨습니다. 그러니 황명皇命이라 칭하고 거짓 사자를 미오성으로 보내 이렇게 말하는 것입니다."

"거짓 사자를?"

“하나 그것도 천자를 위해서이니 죄가 되지는 않을 것입니다.”

“그래 어찌 말하자는 겁니까?”

“천자의 말이라며, ‘짐은 병약하니 제위를 동 태사에게 물려주어야 겠소’라고 거짓 하명을 내려 그를 불러들이는 것입니다. 동 태사는 기뻐하며 바로 입궐할 것입니다.”

“그야 굶주린 호랑이에게 날고기를 보이는 격일 테지요. 금세 달려들 겁니다.”

“금문에 힘센 병사를 여럿 숨겨두고 그가 입궐하는 마차를 감싸 단번에 주륙誅戮하는 것입니다. 그것을 여포에게 시키면 만에 하나라도 대사를 그르치는 일은 없을 것입니다.”

“거짓 사자로는 누가 좋겠소?”

“이숙이 적임자일 것입니다. 저와는 동향 사람으로 그의 속마음을 잘 알고 있으니 뜻을 밝혀도 걱정할 것 없습니다.”

“기도위 이숙 말입니까?”

“그렇습니다.”

“그는 예전부터 동탁을 섬기던 자가 아닙니까?”

“얼마 전 꾸지람을 듣고 동탁에게서 떠나 지금은 저희 집에 머물고 있습니다. 동탁에게 무슨 불만이 있는 듯 마뜩찮다는 표정으로 우울한 나날을 보내고 있으니 기꺼이 갈 것입니다. 동탁도 예전부터 그의 재능을 인정했으니 칙사로 왔다고 하면 틀림없이 마음을 열어 그의 말을 믿을 것입니다.”

“그거 마침 잘됐습니다. 얼른 여포에게 알려 이숙과 만나게 하겠습니다.”

이튿날 밤, 왕윤은 여포를 불러 자신의 계책을 들려주었다. 그것을 들은 여포가 말했다.

“이숙이라면 나도 잘 알고 있소. 예전에 적토마를 내 진중으로 끌고 와서 내게 양아버지인 정건양丁建陽을 죽이게 한 것도 그였소. 만약 이숙이 싫다고 한다면 단칼에 그의 목을 치고 말겠소.”

밤이 깊어지자 왕윤과 여포는 사람들의 눈을 피해 손서의 집으로 갔다. 그리고 그곳의 식객이 된 이숙을 만났다.

“이거, 오랜만일세.”

여포가 먼저 말했다. 이숙은 뜻밖의 손님에 놀라 말을 잃었다.

“이숙. 자네도 아직 잊지 않았을 테지만, 예전에 내가 양아버지 정원과 함께 동탁과 싸우고 있을 때 적토마와 금은주옥을 가지고 와서 정원에게 등을 돌리고 정원을 죽이게 한 것이 자네 아니었던가?”

“그것도 오래전의 일이 되었군. 그런데 오늘 밤에는 무슨 일로 찾아왔는가?”

“다시 한 번 사자가 되어주기를 청하러 왔네. 이번에는 내가 동탁에게 보내는 사자일세.”

여포가 이숙 곁으로 가까이 다가갔다. 그리고 왕윤에게 자세한 사정을 밝히게 한 뒤, 만약 이숙이 거절하는 기색을 보이면 그 자리에서 목을 베어버리겠다며 가만히 칼을 쥐고 있었다.

두 사람의 은밀한 계책을 들은 이숙은 손뼉을 치고 기뻐하며 일에 가담하기로 했다.

"잘 말씀해주셨습니다. 저도 동탁을 치려고 기회를 엿보고 있었으나, 마음을 털어놓을 자가 없어 한탄만 하고 있던 차였습니다. 아아, 하늘의 도움이란 바로 이를 두고 하는 말일 것입니다."

이에 세 사람은 모든 일을 의논하고 헤어졌다.

그리고 다다음 날, 이숙은 20여 기 정도를 이끌고 미오성으로 가 성문에 알렸다.

"천자께서 나를 칙사로 보내셨다."

동탁은 무슨 일인가 싶어 바로 그를 불러들였다. 이숙은 동탁에게 공손하게 절을 했다.

"천자께서는 잦은 병환으로 인해 결국에는 태사께 제위를 물려주기로 결의하셨습니다. 부디 천하를 위해 속히 대통을 이어받아 구오의 자리에 오르시기 바랍니다. 저는 그 은밀한 명을 받고 온 것입니다."

그런 다음 동탁의 얼굴을 가만히 살펴보니 기쁨에 겨운지 그의 늙은 얼굴에는 붉은빛이 감돌았다.

"오, 뜻밖의 말이로구나. 그렇다면 조신들의 뜻은?"

"백관을 미앙전未央殿에 불러 모아 의논을 마치고 이구동성으로 만세를 불러 결의한 일입니다."

그 말을 듣자 동탁은 더욱 기뻐했다.

"사도 왕윤은 뭐라고 하는가?"

"왕 사도는 기쁨을 견디지 못해 수선대受禪臺를 쌓아놓고 한시라도 빨리 태사께서 즉위하시기를 기다리고 있는 듯합니다."

"일이 그토록 빨리 진행되었다니, 놀랍구려. 하하하. 안 그래도 깊이는 바가 있기는 했네만.”

“무엇입니까, 짚이는 바란?”

“얼마 전에 꿈을 꾸었다네.”

“꿈을요?”

“흐흐. 커다란 용이 구름을 일으키며 내려와 내 몸을 감는 꿈을 꾸었다네.”

“그야말로 길몽입니다. 한시라도 빨리 마차를 준비하게 하고 조정에 들어 명을 받드시는 것이 좋을 듯합니다.”

“내가 제위에 오르면 자네를 집금오執金吾에 임명토록 하겠네.”

“충성을 다하겠습니다.”

이숙이 재배를 하는 동안 동탁은 신하에게 마차를 준비하라고 명령했다. 그리고 초선이 있는 곳으로 뛰다시피 가서는 재빨리 말했다.

“언젠가 말한 적이 있었지? 내가 제위에 오르면 너를 귀비로 삼아 온갖 영화를 누리게 해주겠다고. 드디어 그날이 왔다.”

초선은 순간 눈을 반짝였으나 바로 순진한 표정을 짓고 감격하며 말했다.

“어머, 정말이에요?”

동탁은 다시 후당에서 어머니를 불러내어 사정을 설명했다. 그의 어머니는 이미 90세가 넘었다. 귀는 잘 들리지 않았으며 눈은 흐렸다.

“뭐라고? 내게 어디를 가라는 게냐?”

“궁으로 가서 제위에 오를 것입니다.”

“누가?”

"어머니의 아들이 말입니다."

"네가?"

"어머니, 어머니도 아들을 잘 두서서 곧 황태후로 존경받게 될 것입니다. 기쁘지 않으십니까?"

"거참, 귀찮은 일이로구나."

아흔이 넘은 노모는 오히려 슬픈 일이라는 듯 윗입술을 떨며 하늘을 올려다보았다.

"아하하하, 이거 말씀드린 보람도 없구나."

동탁은 웃으며 방으로 서둘러 들어가 곧 화려하게 치장을 하고 마차에 올랐다. 그는 수천 정병에게 앞뒤를 호위하게 한 뒤 미오산을 내려갔다.

* * *

기다란 행렬이 이어졌다. 깃발에 묻힌 마차, 금 안장을 얹은 백마, 수천 병사들이 든 창의 광채 등 그 위풍이 길을 덮는 듯했으며 그 현란함에 눈이 어지러웠다. 한 10리쯤 갔을 때, 덜컹하는 소리와 함께 마차가 심하게 흔들렸다. 마차 안에 있던 동탁이 고함을 질렀다.

"어찌 된 일이냐?"

"마차의 바퀴가 부서졌습니다."

신하가 황공하다는 듯 말했다.

동탁이 언짢은 표정으로 명령했다.

"뭐, 마차의 바퀴가 부서졌다고? 연도의 백성들이 청소를 게을리하여 돌멩이를 치우지 않은 탓이겠지. 본보기로 촌장의 목을 쳐라."

그리고 기울어진 마차에서 내려 소요옥면逍遙玉面이라는 다른 마차에 올랐다. 그렇게 다시 6, 7리쯤 갔나 싶었는데 이번에는 말이 미친 듯 울부짖으며 고삐를 끊었다.

"이숙, 이숙."

동탁은 금으로 짠 주렴 안에서 급히 이숙을 불렀다.

"마차의 바퀴가 부서지고, 말이 고삐를 끊으니 이게 대체 어찌 된 일이오?"

"마음에 두실 것 없습니다. 태사가 제위에 오르시니 낡은 것을 버리고 새것을 취하라는 뜻입니다."

"그렇군. 참으로 명쾌한 해석이오."

동탁은 다시 기분이 좋아졌다. 도중에 하룻밤을 묵고 이튿날 다시 장안으로 향했다. 그런데 그날은 보기 드물게 안개가 깊었으며 행렬이 출발할 무렵부터 광풍이 불기 시작했다. 온 세상이 새카만 어둠에 잠겼다.

"이숙, 이러한 천기는 어떠한 길조인가?"

동탁은 모든 일 하나하나가 마음에 걸렸다. 이숙이 미소를 짓고 손가락으로 태양을 가리키며 말했다.

"이는 붉은빛과 자줏빛 안개가 제위에 오르심을 축하드리는 것입니다."

주렴 안에서 하늘을 올려다보니 그날의 태양에는 무지갯빛 햇무리가 걸려 있었다.

마침내 장안의 외성을 지나 시가지로 들어서자 민중들은 창을 내리고 길에 엎드려 머리를 움직이지 않았다. 백관들도 왕성 문밖에 늘어서 동탁을 맞았다. 왕윤, 순우경淳于瓊, 황완, 황보숭 등도 길가에 엎드려 축하하며 신하의 예를 취했다.

"경하드리옵니다."

동탁이 매우 흡족해하며 마차를 모는 이에게 명령했다.

"승상부로 가자."

그리고 동탁은 피곤하니 내일 입궐하겠다고 말했다. 그날은 휴식을 위해 아무도 만나지 않았으나 왕윤만은 만나서 축하를 받았다.

"오늘 밤은 심신을 편안히 쉬시고 내일 만승의 자리를 물려받으십시오."

왕윤은 그렇게 말한 뒤 물러났다.

"기분이 어떠십니까?"

여포가 인사를 하러 그의 방으로 찾아왔다. 동탁은 여포를 보자 역시 마음이 든든했다.

"오, 언제나 나를 지켜주고 있구나."

"귀한 몸이시지 않습니까."

"내가 제위에 오르면 네게 무엇으로 보답을 해야 할까? 그래, 병마의 총독에 임명하도록 하마."

"황공하옵니다."

여포는 평소와 다름없이 창을 들고 그의 방 밖에 서서 밤새도록 충실하게 호위를 했다.

그날 밤은 동탁도 여자를 방으로 들이지 않고 몸가짐을 바로 했다. 내일이면 구오의 자리에 오른다는 생각에 마음이 들떠 쉽게 잠이 오지 않았다. 그런데 방 밖에서 저벅, 저벅 누군가의 발소리가 들렸다.

"누구냐!"

아직 잠을 자지 않고 장막 밖에 있던 이숙이 대답했다.

"여포가 둘러보는 소리입니다."

"여포로구나……."

동탁은 마음이 놓여 가늘게 코를 골다가 다시 눈을 뜨고 가만히 귀를 기울였다. 멀리 밤 깊은 거리에서 아이들의 노랫소리가 들려왔다.

　　푸르고 푸른 천리초도

　　눈에는 푸르게 보이나

　　운명의 바람이 불면

　　열흘을 넘어서는

　　살지 못하네

바람을 타고 들려오는 노랫소리가 참으로 애처롭게 느껴졌다. 동탁은 다시 이숙을 불렀다.

"아직 안 주무셨습니까?"

"저 동요는 어떤 의미인가? 왠지 불길하게 느껴지는데?"

"그럴 것입니다."

이숙은 엉터리로 그 뜻을 해석해 동탁을 안심시켰다.

"한실의 운이 다했음을 암시하는 노래입니다. 이곳은 도읍인 장안입니다. 내일부터 황제가 바뀌니 무심한 동요에도 그러한 암시가 나타나지 않을 리 없습니다."

"아아, 그런 내용이로군."

가엾게도 동탁은 곧 깊은 잠에 빠졌다.

천리초千里草, 하청청何靑靑, 십일하十日下, 유불생猶不生. 여기서 '천리초千里草'란 '동董'을 말한 것이며 '십일하十日下'란 '탁卓'을 말하는 것이었다. 거리에서 들려온 노래는 이미 동탁의 운명을 짐작하고 비웃으며 암시한 것이었다. 그런데 동탁은 이숙의 말에 속아 천하의 간웅이 자신이 아닌 한실의 일이라고 생각한 것이었다.

아침 햇살이 동탁의 잠자리 곁으로 쏟아져 들어왔다. 동탁은 목욕재계를 마쳤다. 그리고 의장을 갖춘 뒤, 어제보다 더 화려하게 행렬을 꾸미고 안개가 희미하게 깔린 궁문을 향해 나아갔다. 그때 하얀 깃발 한 폭을 짊어진 푸른 도복의 도사가 불쑥 길을 돌아 들어가더니 모습을 감추었다. 그 백기에는 '입구口' 자 두 개가 나란히 적혀 있었다.

동탁이 이숙에게 물었다.

"저건 무엇인고?"

"미치광이인 듯합니다."

이숙이 대답했다.

입구 자를 두 개 늘어놓으면 '여呂'가 된다. 동탁은 문득 여포가 마음에 걸렸다. 봉의정에서 초선과 몰래 만나던 그의 모습이 떠올라 언뜻 불길한 생각이 든 것이었다. 하지만 이미 행렬의 선두는 궁중의 북액문北掖門으로 접어들고 있었다.

금문의 규율에 따라 동탁은 의장병들을 모두 북액문에 남겨두고 거기서부터는 20명의 무사들에게 호위를 받으며 궁궐 안으로 들어갔다.

"앗!"

마차 안에 있던 동탁이 소리를 질렀다. 왕윤과 황완이 전문殿門 앞에서 검을 들고 서 있었기 때문이다. 동탁은 무언가 심상치 않은 기운을 느꼈다.

"이숙, 이숙! 저들이 검을 빼들고 서 있는 것은 어째서인가?"

그러자 이숙이 마차 뒤에서 큰 소리로 대답했다.

"아마도 염라대왕의 명을 받아 태사를 저승으로 보내려고 마중 나온 것 같습니다."

"뭐, 뭐라고?"

동탁이 깜짝 놀라 자리에서 일어서려는데 이숙이 커다란 기합 소리와 함께 그의 마차를 앞으로 밀고 나갔다.

왕윤이 소리 높여 외쳤다.

"미오의 역신이 왔다. 모두 앞으로 나와라!"

그 목소리를 신호로 어림군의 용감한 병사 백여 명이 한꺼번에 달려나왔다.

"와아!"

그들은 마차를 뒤집어엎고 동탁을 안에서 끌어냈다.

"이 도적놈아!"

“이 역적!”

“천벌을 받아라.”

“네 죄를 알렸다!”

수많은 창이 동탁을 겨냥했고, 그의 가슴, 어깨, 머리를 마구잡이로 찌르고 베었다. 하지만 평소 조심성이 많은 동탁은 옷 속에 갑옷을 받쳐 입고 다녔기 때문에 약간의 피를 흘리기는 했으나 치명상을 입지는 않았다.

거대한 몸을 땅바닥에 굴리며 동탁이 절규하듯 소리쳤다.

“여포, 여포! 여포는 어디에 있는가? 양아버지를 도와다오.”

그러자 여포가 자신의 방천극을 휘두르며 동탁 앞으로 뛰쳐나왔다.

“칙명에 따라 역적 동탁을 치겠다.”

여포는 그렇게 외치며 정면에서 동탁을 베었다. 검은 피가 안개처럼 뿜어져 나와 햇빛조차 흐려지는 것 같았다.

“아, 앗! 너 이놈…….”

여포의 창이 빗나가 동탁의 오른쪽 팔꿈치 부분이 떨어져 나갔을 뿐이었다. 동탁은 피에 물든 채 여포를 노려보다 다시 외치려 했다. 그러자 여포가 그의 멱살을 잡았다.

“악행의 대가다!”

여포는 동탁의 목을 찔러 꿰뚫었다. 궁궐 안팎은 노도와도 같은 공기에 휩싸여 있었으나, 잠시 뒤 동탁의 죽음이 알려지자 누가 먼저랄 것도 없이 만세를 외쳤다. 문무백관에서부터 말을 돌보는 사람이나 문을 지키는 위병에 이르기까지 한동안 만세 소리가 그치지 않았다.

이숙이 달려와 동탁의 목을 베고 칼끝에 걸어 높이 들어 올렸으며, 여포가 왕윤을 통해 미리 받아두었던 칙서를 펼쳐 높은 곳에 서서 읽기 시작했다.

"천자의 명을 받아 역신 동탁의 목을 쳤다. 나머지는 죄를 묻지 않고 전부 용서할 것이다."

때는 한나라 헌제의 초평 3년 4월 22일의 한낮이었고, 당시 동탁의 나이는 54세였다.

천하의 역신을 벤 후 만세 소리가 금문 안에서 장안의 시가지까지 옮아갔으나 그래도 여전히 불안해하는 사람들이 있었다.

'이대로 끝나지는 않을 것이다.'

'앞으로는 어떻게 될지.'

전전긍긍하는 사람들의 마음속 불안은 결코 사라지지 않았다.

여포가 말했다.

"지금까지 동탁의 곁을 떠나지 않고 언제나 동탁의 악행을 도운 것은 이유라는 모사다. 그놈을 살려둬서는 안 된다."

"옳으신 말씀이오. 누가 승상부로 가서 이유를 포박해오도록 해라."

왕윤이 명령했다.

"제가 가겠습니다."

이숙이 대답하고는 곧 병사들을 이끌고 승상부로 달려갔다. 그런데 그 문에 채 들어가기도 전에 승상부 안에서 한 무리의 무사에 둘러싸여 비명을 지르며 끌려 나오는 사람이 있었다. 살펴보니 이유였다.

승상부의 부하들이 말했다.

"평소 얄미운 녀석이었기에 동 태사가 죽었다는 말을 듣자마자 이렇게 우리 손으로 묶어서 금문으로 데려가려던 참이었습니다. 부디 저희를 벌하지 말고 잘 처분해주십시오."

이숙은 어려움 없이 생포한 이유를 바로 금문으로 끌고 갔다. 왕윤이 곧바로 이유의 목을 치고 그것을 형리에게 넘겨주며 말했다.

"거리에 내걸어라."

왕윤은 다시 입을 열었다.

"미오성에는 동탁의 일족과 평소 기르던 대군이 있소. 미오성으로 가서 그들을 처리해줄 분 누구 없소?"

"내가 가도록 하겠소."

바로 여포가 나섰다.

모두 든든해했지만 왕윤은 3만 명의 병사와 함께 이숙, 황보숭을 미오성으로 보냈다.

미오에는 곽사, 장제, 이각과 같은 장수들이 만여 명의 병사를 데리고 성을 지키고 있었다.

"동 태사는 궁정 안에서 비참한 죽음을 맞이했다."

그들은 비보를 듣고는 도읍의 병사들이 당도하기 전에 양주 방면으로 도망쳐버렸다.

여포는 가장 먼저 초선이 있는 곳으로 달려갔다. 그는 다른 사람에게 눈길 한번 주지 않았다. 오로지 비원의 방들을 돌아다니며 핏발 선 눈으로 그녀를 찾아다녔다.

"초선아, 초선아……."

초선은 후당의 한 방에 말없이 서 있었다. 여포가 달려가서 말이 없는 그녀를 힘껏 끌어안고 흔들었다.

"초선아, 기쁘지 않느냐? 그래, 너무 기뻐서 말도 나오지 않는 모양이로구나. 초선아, 내가 드디어 해냈다. 동탁을 없앴다. 앞으로는 우리 사이를 가로막을 자가 없다. 어디 다치기라도 하면 큰일이니 장안까지 데려다주마."

여포는 갑자기 그녀의 몸을 안아 올리더니 후당에서부터 달리기 시작했다. 황보숭과 이숙의 병사들이 벌써 성안으로 들어와 살육, 방화, 약탈 등 온갖 폭력을 행사하고 있었다.

금은주옥과 곡물과 그 외의 재물에 눈이 팔린 사람들의 모습이 여포에게는 한심하게 보였다. 그는 초선을 힘껏 부둥켜안고 병사들 사이를 빠져나와 자신의 금 안장에 태웠다. 그리고 단걸음에 장안으로 돌아왔다.

미오성의 깊은 곳에는 초선 외에도 양가의 미인 8백여 명이 살고 있었다. 혼란스러움에 빠진 꽃들은 폭풍처럼 달려드는 병사들에게 짓밟혀 찢기고 말았다. 황보숭은 부하 병사들이 경쟁하듯 날뛰는 것을 말리지 않았으며 오히려 엄하게 명령을 내렸다.

"동탁 일족은 노소를 불문하고 한 사람도 남김없이 베어라!"

"살려주게."

동탁의 노모가 비틀거리는 걸음으로 나와 황보숭 앞에 엎드렸으나, 어느새 병사 하나가 달려드는가 싶더니 노모의 목이 벌써 땅에 떨어지고 말았다.

겨우 한나절 동안에 주륙된 일족의 수가 천 5백여 명에 이르렀다.

10개의 창고 안에 있던 황금 23만 근, 백은 89만 근을 끌어냈다. 그 외의 창고에서도 비단과 온갖 재물이 산을 깎아 옮기는 것처럼 차례차례 성 밖으로 옮겨졌다. 왕윤은 그것들을 모두 장안으로 가져오라고 지시했다. 그리고 곡물의 절반은 백성들에게 나누어주고 절반은 관고에 보관하라고 명령했다. 그 곡물의 양도 8천 섬에 이르렀다.

장안의 백성들은 들떠 있었다. 동탁이 죽고 난 뒤 좋은 일이 생길 하늘의 조짐인지, 자연의 암시인지, 며칠간 계속되던 검은 안개가 개었으며 바람이 그치고 땅에는 부드러운 빛이 넘쳤다. 백성들은 오랜만에 밝은 태양을 볼 수 있었다.

"앞으로는 세상이 좋아질 것이다."

백성들은 사심 없이 기뻐했다.

성 안팎에서는 남녀노소를 막론하고 마치 축제라도 벌어진 듯 술병을 열고 떡을 만들었다. 처마에 채색한 발을 치고 신에게 등을 바쳤으며 거리로 나가 밤낮없이 춤을 추었다.

"평화가 왔다."

"선정이 펼쳐질 것이다."

"앞으로는 밤에도 발을 쭉 펴고 잘 수 있을 것이다."

저마다 노래를 부르며 징을 치고 돌아다녔다. 그러고는 거리에 버려진 동탁의 시체를 구경하며 떠들어댔다.

"동탁이다, 동탁이야."

"오늘까지도 우리를 괴롭혔던 장본인이지."

“괘씸한 놈.”

동탁의 머리는 발에 치여 이리저리 나뒹굴었으며, 목이 없는 몸뚱이의 배꼽에는 심지가 끼워지고 불이 붙었다. 사람들은 손뼉을 치며 기뻐했다.

동탁은 살아 있을 때 누구보다 뚱뚱했다. 그래서 기름이 마르지 않고 나오는지 배꼽의 불은 밤새 타올랐으며 아침이 되어서도 여전히 꺼지지 않았다.

한편 동탁의 동생인 동민, 형의 아들인 동황도 손발이 잘려 저자에 버려졌다. 이유는 동탁의 심복으로 평소 많은 원성을 샀기에 그 최후는 참으로 끔찍했다. 그렇게 해서 주멸誅滅도 일단락되었다.

왕윤은 도당都堂에 백관을 모아놓고 크게 축하하는 잔치를 열었다. 그때 신하 한 사람이 와서 보고했다.

“동탁의 썩은 시체를 안고 저자에서 통곡하는 자가 있다고 합니다.”

“바로 잡아오너라.”

잠시 뒤 묶인 채 끌려온 사람은 동탁의 시중 채옹蔡邕이었다. 그를 보자마자 모두 깜짝 놀랐다.

채옹은 충과 효를 두루 갖춘 선비이자 세상에서 보기 드문 재능을 겸비한 학자였다. 하지만 그런 채옹도 딱 한 가지 큰 실수를 범했다. 바로 동탁을 주인으로 삼은 일이었다. 사람들은 그의 사람됨을 아까워했으나 왕윤은 용서하지 않고 그를 옥에 가두었다. 그리고 그는 누군가의 손에 의해 옥 안에서 목 졸려 죽고 말았다. 채옹뿐만 아니라 참으로 아까운 인재들이 얼마나 많이 희생되었는지 헤아릴 수 없을 정도였다.

도당의 축하연에 얼굴을 내밀지 않은 장수 한 명이 있었다. 그는 바로 여포였다. 가벼운 병 때문이라고 거절했으나 정말로 병에 걸린 것은 아니었다. 장안의 백성들이 7일 밤낮으로 춤을 추며 술통을 두드려 동탁의 죽음을 기뻐할 때 그는 문을 걸어 잠근 채 홀로 통곡했다.

"초선아, 초선아……."

여포는 집의 뒤뜰을 미친 듯이 헤매고 다니며 울부짖었다. 그러다 조그만 방에 누워 있는 초선의 싸늘한 몸을 끌어안고 뺨을 비볐다.

"어찌해서 죽은 것이냐."

초선은 대답이 없었다.

초선은 미오성의 화염 속에서 여포의 팔에 안겨 이곳 장안에 있는 여포의 집으로 옮겨졌다.

'이제는 초선이도 내 것이 되었다. 결국은 내 아내가 되었다.'

그런데 여포가 밖으로 나간 사이, 초선은 후원의 조그만 방에서 자결을 하고 말았다. 잠시 뒤 돌아온 여포는 그동안의 꿈이 산산이 깨져버렸다는 사실을 알게 되었다. 그는 초선의 자살을 도저히 이해할 수가 없었다.

'나를 그처럼 끔찍이 생각하던 초선이었는데. 내 아내가 되기를 그토록 바라던 초선이었는데.'

하지만 죽은 초선의 얼굴에는 아무런 미련도 없는 것처럼 보였다. '해야 할 일을 모두 마쳤다'는 듯 입가에는 미소마저 감돌고 있었다.

초선의 몸은 한때 짐승을 잡기 위한 미끼로 던져졌으나 지금은 다시 그녀 자신의 것이 되었다. 타고난 아름다움은 죽고 난 뒤 구슬처럼 더욱 빛을 발했다. 죽은 사람이라는 느낌은 조금도 없었으며 살아 있는 것처럼 아름다웠다.

여포는 언제까지고 번뇌에서 벗어나질 못했다. 타고난 성격이 워낙 단순하다 보니, 그는 어제도, 오늘 저녁에도 죽조차 삼킬 수가 없었다. 밤에는 후원의 조그만 방에서 잠을 잤다. 달빛은 흐렸다. 늦봄의 꽃도 검게 보였다. 깊은 시름에 잠긴 그는 초선의 가슴에 얼굴을 묻은 채 잠들었다. 문득 눈을 떠보니 어두운 창으로 달빛이 새어들었다.

"이건 뭐지?"

그는 초선이 깊숙이 간직하던 주머니를 발견하고 별생각 없이 열어보았다. 안에는 초선이 어렸을 때부터 지니고 다니던 부적과 사향 등이 들어 있었다. 그리고 시를 적은 종이 한 장이 조그맣게 접혀 있었다.

종이에 사향 냄새가 배어 있어 그윽한 꽃의 봉오리를 여는 것처럼 향긋한 향이 퍼졌다. 초선의 글씨체는 참으로 부드러웠다. 여포는 시를 잘 몰랐으나 몇 번이고 거듭 읽어보니 그 뜻만은 알 수 있을 것 같았다.

여자의 살갗이 약하다고는 하나
거울 대신 검을 품으면
검이 정의로운 마음을 굳게 해주네
나는 스스로 가시나무밭에 뛰어들어
부모보다 큰 은혜를 갚기 위해
또한 그것이 나라를 위한 일이라니
악기를 버리고 춤추는 손에

비수를 감춘 채 짐승에게 다가가

마침내 독배를 바쳤네, 좌우에 그리고 마지막 한 잔으로 나를

쓰러뜨려

들리네, 지금 죽어가는 귀에

장안의 백성이 부르는 평화의 기쁨

나를 부르는 천상의 가릉빈가迦陵頻伽 소리

"아, 그렇다면……."

여포도 드디어 초선의 참된 목적이 무엇이었는지를 깨달았다. 그는 갑자기 초선의 시체를 안고 밖으로 달려나가서는 후원의 낡은 우물에 던져버렸다. 그리고 이후로는 초선을 떠올리지 않았다. 천하를 쥐기만 하면 초선 정도의 미인은 얼마든지 얻을 수 있다고 생각할 뿐이었다.

＊＊＊

서량으로 수많은 패잔병들이 몰려들었다. 미오성에서 달아난 대군이었다.

동탁의 부하이자 사대대장이라 불렸던 이각, 장제, 곽사, 번조 네 장수가 논의한 뒤 장안으로 사자를 보냈다. 그들은 엎드려 용서를 빈다며 투항할 뜻을 내비쳤다. 하지만 왕윤은 결코 용서할 수 없다며 사자를 쫓아내고 그날로 토벌 명령을 내렸다.

서량의 패잔병들은 크게 두려워했다. 그때 모사로 이름을 떨치던 가

후賈詡가 나서서 말했다.

"동요할 것 없습니다. 이럴 때일수록 더욱 단결해야 합니다. 만약 여러분이 뿔뿔이 흩어진다면 시골 관리의 힘으로도 사로잡을 수 있을 것입니다. 모쪼록 굳게 단결하고 섬서 지방의 백성들을 규합하여 장안으로 쇄도해 들어가야 합니다. 일이 뜻대로 된다면 동탁의 원수를 갚고 조정을 우리 손으로 받들 수 있을 것이며, 뜻대로 되지 않는다면 그때 도망가도 늦지 않습니다."

"그렇군."

네 장수는 가후의 말에 따르기로 했다.

그 직후 서량 일대에 여러 소문이 떠돌기 시작했고 백성들은 두려움에 떨었다.

"장안의 왕윤이 대군을 보내서 이곳 백성들까지 몰살하겠다고 큰소리치고 있다."

그 틈을 타 네 장수가 백성들을 선동했다.

"앉아서 죽음을 기다리지 말고 우리 군과 함께 맞서 싸우라!"

잡군까지 포함하여 14만 명에 이르는 대군이 모였다. 기세를 올리며 나아갔는데 도중에 동탁의 사위인 중랑장 우보牛輔가 잔병 5천 명을 데리고 합류했다. 사기가 더욱 높아졌다.

하지만 곧 적과 대치하게 된 네 장수는 의기소침해졌다. 여포가 군대를 이끌고 나온 사실을 알았기 때문이다.

"여포에게는 당할 수가 없다."

그들은 싸우기도 전에 포기하고 말았다. 그럼에도 모사 가후가 야습을 감행하라고 재촉하자 밤을 틈타 적진을 습격했다. 뜻밖에도 적은 약했다. 그 진영의 대장은 여포가 아니라 동탁을 주살할 때 칙사를 가장하여 미오성으로 갔던 이숙이었다. 방심하고 있던 이숙은 병사의 절반을 잃고 30리나 후퇴했다.

후진의 여포가 크게 노하여 이숙을 베었다.

"이 무슨 꼴이란 말인가? 첫 번째 전투에서 전군의 예기를 꺾은 죄는 가볍지 않다!"

여포는 이숙의 목을 군문에 걸고 스스로 진두에 서서 순식간에 우보의 군을 격파했다. 달아난 우보는 심복인 호적아胡赤兒에게 창백한 얼굴로 속삭였다.

"여포가 나섰으니 아무래도 승산이 없을 듯하오. 차라리 금은이라도 훔쳐 달아나는 편이 낫겠소."

"그렇습니다. 저도 목숨이 붙어 있을 때 달아나는 편이 좋지 않을까 생각했습니다."

그들은 새벽을 틈타 네다섯 명의 부하를 데리고 진지에서 달아났다. 강가에 이르렀을 때였다. 호적아가 강을 건너려던 우보를 뒤에서 공격하여 목을 베고 말았다. 그리고 여포의 진영으로 달려가서는 우보의 목을 바칠 테니 자신을 받아달라며 항복했다. 그때 따라온 병사 중 한 명이, 호적아가 우보의 목을 친 것은 금은에 눈이 어두워 그것을 독차지하기 위해서라고 은밀하게 자백했다.

"우보의 목만으로는 받아줄 수가 없다. 너의 목도 내어라."

여포는 호적아를 꾸짖고 그 자리에서 바로 그의 목까지 베어버렸다.

***

세상에 우보의 죽음이 전해졌다. 그리고 그의 목을 가져간 호적아까지 여포에게 목숨을 잃었다는 소문도 퍼졌다.

"이렇게 된 이상 죽기 아니면 살기로 결전을 치를 수밖에 없다."

마침내 네 장수는 마음을 굳혔다.

"여포와 정면으로 맞서서는 도무지 승산이 없다."

네 장수 중 이각은 여포가 힘만 세고 지략이 부족한 것을 이용하기로 했다. 그래서 일부러 진 척하여 달아나고 다시 싸우다 물러나고 하여, 여포군을 산속으로 몰아넣어 꼼짝 못하게 만들었다. 그사이 장제와 번조 두 장수는 길을 우회하여 장안으로 밀고 들어갔다.

"장안이 위험하다. 얼른 돌아와 막기 바란다."

왕윤이 몇 번이고 다급함을 알렸으나 여포는 돌아갈 수가 없었다. 산골짜기의 좁은 곳을 빠져나와 군을 되돌리려 하면 곧 이각과 곽사의 부대가 늪지와 봉우리, 계곡 깊은 곳에서 몰려나와 싸움을 걸었다. 원하지 않는 싸움이었으나 응전하지 않으면 궤멸당할 것이 뻔했으며 응전을 하자니 끝이 없었다. 결국은 진퇴양난에 빠져 며칠을 헛되이 보냈다.

한편 장안으로 향하는 장제와 번조의 부대는 날이 갈수록 기세가 올랐다.

"동탁의 원수를 갚자!"

“우리 손으로 조정을 받들자!”

밀물처럼 밀고 들어가 성 밑에 다다랐다. 하지만 그곳에는 철벽과도 같은 외성이 있었다. 그 어떤 대군이라 할지라도 뚫기 어려웠다. 그런데 장안에 숨어 목숨을 부지하고 있던 옛 동탁파의 잔당들이 때가 왔다며 각 성문을 열어젖혔다.

“하늘이 돕는구나.”

서량군은 기뻐하며 성안으로 몰려 들어갔다. 그것은 마치 터진 둑을 빠져나가는 탁류와도 같았다. 잡군의 대부분이 폭도로 변했다. 장안으로 들어서자 차마 눈 뜨고 볼 수 없는 광경이 펼쳐졌다.

얼마 전까지만 해도 집집마다 술통을 두드리며 평화를 노래하고 축하했던 민가는 다시 폭도로 변한 병사들의 홍수에 휩싸였으며 소용돌이치는 칼날을 피해 아비규환을 이루었다. 참으로 저주받은 민중이라 하지 않을 수 없었다. 무정한 하늘은 땅에서 피어오르는 검은 연기에 해를 감추고 달을 숨긴 채, 말없이 땅 위에서 벌어지는 참상을 지켜보기만 할 뿐이었다.

급보를 들은 여포는 우물쭈물할 시간이 없다고 판단했다. 간신히 산골짜기에서의 작은 싸움을 뿌리치고 군사를 되돌렸다. 하지만 때는 이미 늦었다. 그가 성 밖 10리쯤 되는 곳까지 달려가보니, 시뻘건 불길이 장안의 밤하늘을 뒤덮고 있었다. 화염이 하늘을 찌를 듯한 기세로 치솟았다. 그 밑에 가득 들어찬 적병의 절대적인 세력을 짐작케 했다.

“아뿔싸…….”

여포는 한탄했다. 하늘로 솟아오르는 불빛만 망연히 바라볼 뿐, 한동안 말조차 잊었다. 더는 어쩔 수가 없었다. 천하의 여포라 할지라도 이제는 너무 늦어버리고 말았다. 달리 손쓸 방법이 없었다.

'어쩔 수 없구나. 우선은 원술에게 몸을 맡겨 뒷일을 도모할 수밖에.'

여포는 군대를 해체한 뒤 겨우 백여 기를 데리고 말 머리를 돌려 달아나기 시작했다. 얼마 전에는 사랑하는 초선을 잃었고, 이제는 또 쟁패의 땅을 잃었기에 여포의 뒷모습에서는 예전의 늠름한 모습을 찾아볼 수가 없었다. 호한好漢은 생각이 깊지 못하며, 또 도덕적으로 부족한 경우가 많았다. 하늘은 이 천하의 용장에게 어떠한 운명을 지우려 하는 것인지 아무도 알 수 없었다.

* * *

소란스러운 소리가 멀리서 들려왔다. 밤에는 음침했고 낮에는 요란스럽게 들렸다.

궁중 깊은 곳에서 헌제가 창백한 얼굴로 가만히 앉아 있었다. 장안 거리를 집어삼키는 불길이 눈앞에 펼쳐졌고 피비린내가 코를 찌르는 듯했다.

"황궁에도 위기가 멀지 않았습니다."

시종이 말했다.

얼마 지나지 않아 신하가 달려와 소식을 전했다.

"서량군이 노도처럼 금문 밑으로 밀려들고 있습니다."

헌제는 벌써 포기한 듯 눈을 가린 채 한탄했다.

‘이제는 조정으로 몰려들 차례구나.’

실제로 조정 대신들도 어찌해야 좋을지 알 수가 없었다. 그런데 시종 중 한 사람이 먼저 입을 열었다.

“저들도 폐하의 엄명을 어기지는 못할 것입니다. 폐하께서 친히 선평문宣平門의 누대에 오르시어 저들을 달래면 난이 가라앉을 것입니다.”

마침내 헌제가 발걸음을 옮겨 선평문 위에 올랐다.

“천자다!”

“몸소 납시었다.”

피에 취해 광분해 있던 성 밑의 병사들도 금문의 누대에 천자의 황개黃蓋가 나타나자 저마다 한마디씩 하며 웅성웅성 모여들었다.

“조용히 해라. 입 다물어라!”

이각과 곽사 두 장군이 서둘러 병사들을 진정시킨 뒤 자신들도 선평문 밑으로 다가갔다.

헌제가 문 위에서 커다란 소리로 꾸짖었다.

“너희는 무슨 까닭으로 짐의 허락도 얻지 않고 멋대로 장안에 들어온 것이냐?”

그러자 이곽이 대답했다.

“폐하, 돌아가신 동 태사는 폐하의 충신이자 사직의 공신이었습니다. 그런데 까닭 없이 왕윤 일당에게 모살謀殺당했을 뿐만 아니라 그 몸은 저자에 버려져 모욕을 당했습니다. 이에 동탁에게 은혜를 입은 그의 옛 부하들이 복수를 꾀한 것입니다. 결코 모반이 아닙니다. 지금

폐하의 소맷자락 뒤에 숨어 있는 왕윤만 내어주신다면, 저희는 즉시 금문에서 병사를 물릴 것입니다.”

그 말을 듣자 헌제의 답을 촉구하기라도 하듯 전군이 함성을 질러 뇌동했다.

헌제는 자신의 옆을 돌아보았다. 거기에 왕윤이 시립해 있었다. 왕윤은 창백해진 입술을 씹으며 눈 아래 대군을 노려보다가 헌제의 눈길이 자신에게로 쏟아지고 있음을 깨닫고는 갑자기 자리에서 일어났다.

“이 한 몸이 뭐 그리 중하단 말이냐?”

왕윤은 곧바로 문루 위에서 몸을 던졌다. 빽빽하게 늘어서 있던 창 위로 그의 몸이 떨어졌다.

“아앗, 이 녀석이다.”

“거괴巨魁다.”

“주인의 원수다.”

몰려든 창검이 왕윤의 몸을 단번에 갈가리 찢어버리고 말았다. 더욱 난폭해진 그들은 자신들의 요구가 관철된 뒤에도 물러설 줄 몰랐다. 이참에 천자를 시해하여 단번에 뜻을 이루겠다는 생각인 듯했다.

“하나 그렇게 억지로 일을 이룬다 해도 백성들이 따르지 않을 것이다. 서서히 천자의 세력을 꺾은 뒤 거사를 치르는 편이 현명할 것이다.”

번조와 장제의 의견에 군은 간신히 안정된 듯했으나 그래도 여전히 물러설 기미를 보이지 않았기에 황제가 다시 명령했다.

“어서 군마를 물려라.”

그러자 성벽 밑의 장병들이 황제에게 관직을 요구했다.

"황실에 공을 세운 저희 신하들에게 아직 상을 내리지 않으셨기에 기다리고 있는 것입니다."

궁문에 군마를 늘어놓고 관직을 강요하는 폭도들의 외침에 황제는 한심하다는 생각이 들었지만, 그렇다고 그들의 요구를 들어주지 않을 수도 없는 일이었다.

결국 그들의 요구는 받아들여졌다. 이에 이각은 거기장군, 곽사는 후장군, 번조는 우장군에 임명되었다. 그리고 장제는 표기장군이 되었다. 한낱 필부에 지나지 않던 사람들이 의관을 갖추고 묘당에 늘어서게 된 것이었다. 일개 동탁의 손에 쥐어졌던 대권이 소란 속에서 이리저리 떠돌다 드디어 네 장수의 손에 쥐어지고 말았다.

벼락출세를 한 사람들은 의심이 많은 법이다. 그들은 헌제 곁에까지 밀정을 심어놓았다. 이래서는 정부가 백성들에게 널리 평화와 질서를 가져다줄 수 없었다. 아니나 다를까, 서량태수 마등馬騰과 병주자사 한수韓遂가 10만 대군을 이끌고 장안으로 쳐들어왔다.

"조묘의 도적을 토벌하겠다."

이각 등 네 장수는 모사 가후와 논의했다.

"어찌하면 좋겠는가?"

가후는 소극적으로 맞서는 전술을 권했다. 장안 주위의 외성을 굳게 지키며 성벽을 더욱 높이 쌓고 도랑을 깊이 파게 한 뒤, 적이 아무리 공격을 해와도 절대 맞서지 말라는 것이었다.

백 일이 지나자 마등, 한수의 군은 전의를 완전히 상실했다. 군량과 말에게 먹일 풀이 떨어진 데다 장기간에 걸친 주둔으로 사기도 떨어져 있었다. 뿐만 아니라 우기가 지난 뒤부터는 수많은 병사들이 병으로 쓰러지기까지 했다.

기회를 엿보던 장안의 병사들이 네 개의 문을 열어젖히고 한꺼번에 쏟아져 나왔다. 그러고는 적들을 짓뭉갰다. 그러자 대패한 서량군은 뿔뿔이 흩어져 달아났다.

병주의 한수는 우장군 번조에게 쫓겨 그 목숨조차 위태로웠다. 궁지에 몰린 한수가 우의에 기댈 요량으로 외쳤다.

"번조, 번조! 귀공과 나는 동향 사람이 아니오?"

"이곳은 전장이다. 국난을 진압하는데 어찌 사사로운 정에 치우치겠는가?"

"그러나 내가 싸우러 온 것도 국가를 위해서였소. 귀공이 국사國士라면 역시 국사의 마음을 잘 알 것이오. 나는 귀공에게 목숨을 잃어도 좋으니 전군의 추격을 늦추도록 하시오."

번조는 그의 말에 마음이 움직여 군대를 돌리고 말았다.

이튿날 장안성 안에서 승리를 축하하는 대연회가 열렸다.

"배신자!"

자리에 참석한 네 장수 중 한 명인 이각이 번조의 뒤로 돌아가 갑자기 목을 베었다. 동료인 장제는 너무 놀란 나머지 바닥에 주저앉아 부들부들 몸을 떨었다. 이각이 그를 부축해 일으키며 말했다.

"공에게는 아무런 잘못도 없소. 번조는 어제 전쟁에서 적장 한수를 일부러 놓아주었기에 벌한 것이오."

번조의 일을 이각에게 밀고한 것은 그의 조카인 이별李別이었다. 이별이 숙부를 대신하여 자리에 참석한 사람들에게 번조의 죄를 알렸다.

마지막으로 이각은 다시 장제의 어깨를 두드렸다.

"귀공은 내 심복이니 나는 귀공에게 아무런 의심도 품고 있지 않소. 안심하시오."

그리고 이각은 번조 부대의 통솔을 모두 장제에게 맡겼다.

21

생사의 갈림길

뜻밖의 일로 잃은 아버지의 복수를 위해 서주로 향하는 조조.
그러나 뜻을 이루지 못하고 자신의 근거지마저 여포에게 빼앗기고 마는데……

각 주의 인사들 사이에 '연주의 조조가 현명한 이들을 맞아들이고 선비 중에 유능한 자에게는 좋은 대우를 해준다'는 소문이 파다하게 퍼졌다. 그 소식을 듣고 많은 용사와 학자들이 뜻을 펼치기 위해 연주(산동성 서남부)로 향했다.

이곳 산동의 땅은 한동안 잠잠했으나 작년부터 도읍 장안의 소란스러운 소식이 종종 들려오곤 했다.

"이각, 곽사 등이 병권과 정권 모두를 좌지우지한다는군."

"서량군이 대패하여 다시 일어서기도 힘들 것이라더군."

"이각이라는 자도 거침없이 조정을 활보하고 다니는 것을 보니 예전의 동탁만큼이나 재주가 뛰어난 사람인가 보군."

땅덩이가 넓다 보니 도읍에서 일어난 난도 마치 다른 나라의 일인 것처럼 느껴졌다. 그러는 사이 청주 지방(제남의 동쪽)에서 다시 황건적이 봉기하기 시작했다. 중앙이 어지러워지면 그 혼란에 화답하기라도 하듯 초적草賊이 소란을 피우는 법이다.

한편 조정에서는 조조에게 토벌하라는 명을 내렸다. 조조는 제멋대로 병마와 정권을 움직이는 조정의 새로운 묘신들을 내심 인정하지 않았다. 하지만 조정의 이름으로 내린 명령이기에 따르기로 했다. 또한 어떤 기회라 할지라도 자신의 병마를 움직이는 게 한 걸음 전진하는 것이라 생각했기에 명을 받들었다.

조조의 정병은 삽시간에 지방의 도적들을 일소해버렸다. 조정은 그의 공을 치하하여 그를 새로이 진동장군鎭東將軍에 임명했다. 그 봉작보다도 그가 얻은 실리는 훨씬 더 컸다. 백 일에 걸친 토벌전에서 항복한 적군 30만과 그곳의 주민 중 건장한 젊은이를 골라 총 백만에 가까운 군대를 새로 편성하게 되었다. 물론 제북과 제남은 땅이 비옥했기에 그곳에는 그들을 기를 양초糧草와 재화가 얼마든지 있었다.

때는 초평 3년(192년) 11월이었다.

그렇게 해서 조조의 휘하로 각지에서 지혜로운 선비와 용맹한 장수들이 모여들었다.

"자네는 나의 장자방張子房일세."

조조가 스스로 인정한 인물 순욱荀彧과도 인연을 맺었다.

순욱은 겨우 29세에 지나지 않았다. 또한 조카인 순유荀攸도 행군교수行軍敎授로 자신의 군사적 재능을 활용하여 일했으며, 그 외에도 산속에서 불러 맞아들인 정욱程昱, 재야에 숨어 있던 대현인 곽가郭嘉 등 모두에게 예를 갖춰 대했기에 조조 주위에는 위재偉材가 기라성처럼 모여들었다.

그중에서도 진류의 전위典韋는 자신이 기르던 무사 수백 명을 데리고 와서 받아달라고 청했다. 그의 키는 1장에 가까웠으며 눈은 여러 번 단련한 거울 같았다. 싸울 때면 무게 80근이나 되는 극戟을 양손에 들고 사람 치기를 마치 풀 베는 것처럼 한다고 당당하게 호언했다.

"거짓말이겠지."

조조도 믿지 않았다.

"그렇다면 보여드리겠습니다."

전위는 말에 올라 자신의 호언대로 무예를 펼쳐보였다. 그때 마침 거센 바람이 불어 당정의 커다란 기가 부러지려 했다. 그러자 수십 명의 병사들이 몰려들어 깃대를 붙들었다. 강풍의 힘을 견디지 못해 법석을 떠는 모습을 보고 전위가 달려왔다.

"모두 물러나게."

그는 한손으로 깃대를 세웠다. 광풍이 불어 깃발이 찢길 정도였는데도 그는 두 손을 쓰지 않았다.

"흠, 옛날의 악래惡來에게도 지지 않을 사람이로군."

조조도 놀라 그 자리에서 전위를 받아들였으며 그에게 백금란白金襴의 전포戰袍와 명마를 주었다.

악래는 은殷나라 주왕의 신하로 그의 힘을 당할 사람이 없었다고 한다. 조조가 전위에게 악래에게도 뒤지지 않는다고 칭찬한 후 '악래'는 전위의 별명이 되었다.

어느 날 문득 조조는 고향에 있는 아버지를 떠올렸다.

'내 오늘날 이렇게 되기까지 참으로 많은 불효를 저질렀구나.'

그 무렵 그의 아버지는 고향인 진류에 살고 있지 않았다. 낭야瑯揶라는 시골로 물러나 살고 있다는 소식만 들릴 뿐이었다. 산동 일대에 지반을 닦았고 일신의 안정도 이루자 조조는 나이 든 아버지를 그렇게 내버려두는 것이 잘못된 일이라고 생각했다.

"내 엄부嚴父를 모셔오도록 해라."

조조는 그렇게 명한 뒤 태산태수泰山太守 응소應劭를 사자로 삼아 급히 낭야로 보냈다.

응소가 도착해 소식을 전하자 조조의 아버지 조숭은 꿈이 아닐까 싶을 정도로 기뻐했다.

"내 뭐라고 했는가?"

조숭은 주위를 향해 자식 자랑을 늘어놓았다.

"친척들 모두 조조가 어렸을 때부터 앞날이 걱정된다고 입을 모아 좋지 않게 말했지만, 그 아이를 장래성이 있다고 관대하게 봐준 것은 나 한 사람밖에 없었어. 역시 내 눈이 틀리지 않았어."

시골에 숨어 살았다고는 하나 일가족은 40명이 넘었으며, 하인만 해도 백 명쯤 되었다. 조숭 일가는 가재도구를 백여 대의 수레에 싣고 바로 연주를 향해 출발했다.

때는 가을이 한창 깊어가는 계절이었다. '풍림정거楓林停車'라는 남화南畵의 화제畵題에 꼭 어울리는 여행이었다. 조숭은 때때로 붉은 단풍 아래 수레를 멈추게 하고는 풍류를 즐겼다.

서주 근처에 다다르자 태수 도겸이 일부러 멀리까지 나와 그들을 환영하며 성으로 데리고 들어갔다.

"오늘 밤에는 저희 성에서 묵으시기 바랍니다."

조숭은 성안에 머무는 동안에도 자식 자랑을 쉬지 않았다.

"일국의 태수가 늙은 나를 이렇게 극진히 대접하다니, 다 조조가 훌륭하기 때문이야. 역시 나는 훌륭한 아들을 두었어."

사실 태수 도겸은 예전부터 조조의 명성을 익히 듣고 늘 조조와 친분을 맺으려 했으나 마땅한 기회를 얻지 못했다. 그러한 때에 조조의 아버지가 일가를 이끌고 자신의 영내를 통과하여 연주로 간다는 소식을 들었기에 일행을 성안에 묵게 하면서 정성껏 환대한 것이었다.

"도겸은 좋은 사람인 듯하구나."

조숭은 도겸의 인품에 깊은 감명을 받았다. 도겸이 온후한 군자라는 사실은 그뿐만 아니라 모든 사람들이 인정하는 점이었다.

조숭 일행은 은혜에 감사하고 3일째 되는 날 서주를 떠났다.

"도중에 탈이 없도록 잘 모셔다드려라."

도겸이 부하 장개張闓에게 병사 5백 명을 내주며 명령했다.

화비華費라는 산골까지 왔을 때 변덕 심한 가을 하늘이 갑자기 흐려지더니 천지가 검은 구름에 뒤덮였다. 퍼런 번개가 번뜩이는가 싶더니 후드득후드득 굵은 빗방울이 떨어지기 시작했다. 나뭇잎이 산바람에 흩날리고 봉우리와 골짜기가 안개에 가려진 아주 궂은 날씨였다.

"소나기다. 잠시 비를 피할 곳을 찾아라."

"저기 절이 있습니다."

"그곳으로 피해라."

말과 수레와 사람 들이 비를 피해 산문 밑으로 들어갔다. 그러는 사이 날이 저물었고 장개가 한 병사에게 명령했다.

"오늘 밤은 이 절에서 묵어야겠으니 주지스님께 본당을 빌려달라고 말하고 오너라."

그는 평소 부하들에게 인망을 얻지 못했다. 그렇다 보니 젖은 쥐처럼 되어버린 병사들 모두 불평 가득한 표정을 짓고 있었다.

차가운 가을비는 밤늦도록 쓸쓸하게 내렸다.

회랑에서 잠을 뒤척이던 장개가 벌떡 일어나 조용한 곳으로 오장伍長을 불러냈다.

"아까부터 병사들이 불만스러운 표정을 짓고 있는데, 무슨 일이라도 있는 게냐?"

"어찌 보면 당연한 일입니다. 평소의 대우도 그리 좋지 않고, 이런 하찮은 임무를 맡아 저 늙은이를 연주까지 데려다줘봐야 아무런 공도 되지 않는다는 사실을 잘 알고 있으니 말입니다."

오장이 딴전을 부리듯 대답했다. 혹시 야단을 맞는 게 아닌가 싶었으나 장개는 오히려 그의 말에 수긍했다.

"그래, 그도 그렇구나. 일리 있는 말이다. 우리는 원래 황건적으로 살면서 자유롭게 생활했으니. 도겸에게 정벌당해 어쩔 수 없이 섬기고는 있다만 일개 사관이라는 것은 봉급도 적고 또 자유롭지 못하니 병사들이 불평을 품는 것도 당연한 일이다. 어떤가? 이참에 다시 예전처럼 누런 두건을 머리에 두르고 산야를 자유로이 누비고 다니는 것은?"

"하지만 이제는 너무 늦지 않았습니까?"

"아니, 돈만 있다면 문제 될 것 없지 않은가? 마침 우리가 호위해온 늙은이의 일족은 돈도 꽤 가진 듯하고 백 대의 수레에 가재도구도 가득 싣고 있지 않은가? 그것을 빼앗아 산채에 들어가기로 하세."

그들이 음모를 꾸미고 있다는 사실도 모른 채 조숭은 포동포동한 애첩과 함께 깊은 잠에 빠져 있었다.

삼경에 가까운 깊은 밤, 절 주위에서 갑자기 함성이 들려왔다.

"무슨 일이냐?"

조숭의 옆방에서 잠을 자던 조조의 친동생 조덕曹德이 자던 차림 그대로 달려나갔다. 그때 회랑에서 기다리고 있던 장개가 단칼에 그를 베어버렸다.

"으악."

비명이 사방에서 울려 퍼졌다. 조숭의 첩이 절규하며 담을 넘어 도망치려다 굴러떨어졌고, 장개의 부하들이 그녀를 창으로 찔러 죽였다. 호위병들이 흉악한 비적으로 돌변하여 잠깐 사이에 마음껏 살육을 자행하고 있었다. 화장실에 숨어 있던 조숭도 발각되어 도적의 칼에 무참히 짓이겨졌으며 그 외의 가족과 하인 백여 명도 모두 피의 연못 속에 매장되었다.

조조의 명으로 파견되었던 사자 응소는 갑작스러운 사태에 당황하여 부하 몇 명만을 데리고 간신히 위기에서 벗어났다. 하지만 자신의 목숨만 건진 것에 대한 처벌이 두려워 주공인 조조에게는 돌아가지 못하고 원소를 의지하여 달아나버렸다.

처참한 밤이 지나고 날이 밝았다. 추적추적 내리는 가을비 속에서 산사는 도적들이 지른 불에 타고 있었다. 그리고 흉포한 도적으로 변한 장개 일당은 재물을 실은 백여 대의 수레와 함께 흔적도 없이 사라지고 말았다.

조조가 이변이 있었다는 소식을 듣고 격노했다.

"나이 드신 아버지를 비롯하여 우리 일가를 몰살한 도겸이야말로 불구대천의 원수다."

그는 눈초리를 곤추세우며 말했다. 어디까지나 도겸 때문에 아버지가 변을 당한 것이라 원한을 품고 있었다.

젊은 시절 자신의 그릇된 추측으로 아버지 친구 일가를 모두 살해하고도 일말의 죄책감조차 느끼지 않았던 조조였다. 하지만 자신에게 그와 다를 바 없는 일이 일어나자 그 잔혹함을 증오하지 않을 수 없었다. 또한 그 잔혹함을 듣고는 눈물을 흘리지 않을 수 없었다.

"서주를 쳐라!"

조조는 그날로 영을 내려 대군을 동원토록 했다. 군대 앞에는 '보수설한報讐雪恨'이라 적힌 깃발이 펄럭이고 있었다.

복수를 위한 대군을 일으켜 조조가 서주로 공격해 들어간다는 소문이 각 주에 퍼졌을 무렵, 조조의 진중으로 찾아온 이가 있었다. 바로 진궁이었다.

진궁은 예전에 조조가 낙양에서 빠져나와 도망치던 길에 만난 사람이었다. 두 사람은 서로의 마음을 털어놓고 앞길을 함께하기로 맹세하기도 했다. 하지만 진궁이 곧 조조의 본성을 꿰뚫어보고 두려운 생각이 들어 행방을 감추었다.

"자네는 요즘 어떻게 지내고 있는가?"

조조가 묻자 진궁이 머쓱하다는 듯 대답했다.

"동군의 종사從事라는 조그만 자리에서 일하고 있습니다."

그러자 조조는 빈정거리는 듯한 웃음을 지었다. 상대방이 찾아온 이유를 일찌감치 간파한 것이었다.

"서주의 도겸과는 평소 친분이 두터운 모양이군. 자네는 아마도 그 지기를 위해 나를 설득하러 온 듯하네만, 자네의 그 간청도 내 원한과 분노를 잠재우지는 못할 것이라 여겨지네. 어쨌든 편히 쉬다 돌아가게."

"짐작하신 바로 그 일을 목적으로 찾아왔습니다. 제가 알고 있는 도겸은 세상에서도 보기 드문 인자仁者이며 군자입니다. 춘부장께서 뜻밖의 봉변을 당하신 것은 도겸의 죄가 아니라 전부 장개의 짓입니다. 저는 명분 없는 전란으로 어진 군자가 역경에 처하고, 그와 동시에 장군의 명성에 흠이 갈까 두렵습니다."

"쓸데없는 소리 하지 말게."

조조가 지금까지의 미소를 거두고 큰 소리로 꾸짖었다.

"아버지와 동생의 원한을 푸는 것이 어찌 내 명성에 누가 된다는 말인가? 네놈은 역경에 처한 나를 버리고 떠난 자가 아닌가? 남을 설득하며 돌아다닐 자격이 있다고 생각하는가?”

진궁은 얼굴을 붉히며 그 자리를 떠났다. 설득에 실패했다는 사실을 도겸에게 보고할 용기가 없었던 듯, 그길로 진류태수 장모에게로 가 몸을 의지했다.

그렇게 해서 ‘보수설한’의 깃발은 조조의 분노에 따라 도겸의 간을 도려내고 고기를 씹지 않으면 멈추지 않을 기세로 서주성 밑을 향해 나아갔다. 이 성난 군대는 길을 가면서도 백성들의 분묘를 파헤치고 적과 내통할 우려가 있는 사람을 가차 없이 베었기에 백성들은 두려움에 떨었다.

서주태수 도겸이 여러 장수들을 불러 모았다.

“조조의 군대에는 맞설 힘이 없소. 그의 원한을 사게 된 것도 모두 내 부덕함 때문이오. 나는 포박을 받고 기꺼이 그의 칼에 내 목을 내어 주겠소. 그리고 백성과 성안 병사들에게는 손을 대지 말라고 청할 것이오.”

장수들 대부분이 반대하고 나섰다.

“그럴 수 없습니다. 저희가 살자고 어찌 태수의 죽음을 바라보고만 있습니까?”

도겸과 장수들은 대책을 논의했다. 그리고 북해로 급히 사자를 보내 공자의 26세손으로 공주孔宙의 아들이자 태산의 도위인 공융에게 도움을 청했다.

그때 마침 황건적의 잔당들이 결집하여 각지에서 소란을 일으키고 있었다. 북평의 공손찬도 국경으로 정벌을 나가 있었는데, 그 휘하에 있던 유비 현덕이 서주의 다급함을 듣고 도겸을 도우러 가게 해달라고 공손찬에게 청했다.

공손찬은 반대하며 유비를 말렸다.

"그만두는 것이 어떻겠소? 귀공은 조조에게 원한이 있는 것도 아니고, 또 도겸에게 은혜를 입은 일도 없지 않소?"

하지만 유비는 의가 사라진 지금, 바로 이러한 때에 의를 지켜야 한다고 생각했다. 결국은 떠나겠다는 인사를 하고 공손찬의 부장인 조운을 빌려, 총 5천 명의 병사를 이끌고 조조의 포위를 돌파하여 서주성 안으로 들어갔다.

"요즘 같은 세상에도 귀공과 같은 의인이 있었단 말이오?"

태수 도겸은 유비의 손을 덥석 잡아 유비를 맞아들이면서 눈물을 흘렸다.

＊＊＊

성안 병사들의 사기가 높아졌다. 고립된 상태에서 홀로 어려운 싸움을 이어가던 병사들은 생각지도 못했던 유비의 구원에 몇 번이고 환호성을 질렀다.

"저 소리를 들어보십시오."

나이 든 태수 도겸도 기쁨에 떨었다. 그는 유비를 윗자리에 앉히고 바로 태수의 패인牌印을 풀며 말했다.

"오늘부터 저 대신 귀공께서 서주태수로 성주의 위치에 서십시오."

유비가 놀라며 사양했다.

"어찌 그런 말씀을 하십니까?"

"아닙니다. 듣자 하니 귀공의 조상은 한나라의 종실宗室이라 하지 않습니까? 귀공께서는 정통 한실의 피를 물려받으셨습니다. 천하의 소란을 잠재우고 문란한 왕강王綱을 바로잡고 사직을 도와 만민 위에 군림할 자격을 가진 분이십니다. 이 늙은이에게는 이제 아무런 재주도 없습니다. 미련스럽게 태수의 위치에 연연하는 것은 다음에 올 시대의 여명을 가로막는 일이 될 뿐입니다. 저는 지금의 지위에서 물러나고 싶습니다. 그 자리를 마음 놓고 물려줄 사람은 역시 귀공밖에 없습니다. 귀공의 뜻에 맞지 않는다 할지라도 부디 제 작은 뜻을 받아주셨으면 합니다."

도겸의 말에는 진심이 담겨 있었다. 소문대로 사심이 없는 훌륭한 태수였다. 세상을 걱정하고 백성을 사랑하는 어진 사람이었다. 그래도 유비 현덕은 여전히 받아들이려 하지 않았다.

"저는 태수를 도우러 온 자입니다. 젊은 힘은 있으나 태수처럼 덕망은 아직 없습니다. 덕이 없는 자를 태수로 세우는 것은 백성들에게 불행한 일입니다. 어지러움의 근본이 될 것입니다."

유비의 뒤편 벽 쪽에 관우와 장비가 시립해 있었는데, 두 사람은 답답하다는 듯 서로의 얼굴만 바라보았다.

'너무 거절하기만 하는군. 큰형님은 의를 너무 중히 여겨서 요즘 세상에는 어울리지가 않아. 고맙다며 받아버리면 그만일 텐데.'

늙은 태수의 열망과 유비의 겸양이 한 치의 물러섬 없이 계속될 것처럼 보였기에 도겸의 신하인 미축糜竺이 곁에서 말했다.

"훗날 다시 의논하시는 것이 어떻겠습니까? 지금 성 밑에 적의 대군이 몰려와 있으니."

"옳은 말이오."

두 사람 모두 고개를 끄덕이고 곧 회의를 열어 대비책을 강구했다. 이번 문제를 외교책으로 풀어볼 생각으로 유현덕이 정전을 권하는 글을 써서 사자와 함께 조조에게 보냈다.

"뭣이라? 사사로운 원한을 갚는 일은 나중에 생각하고 우선은 국난을 도우라고? 유비 같은 놈이 떠들지 않아도 나 역시 큰 뜻을 품고 있다. 불손한 녀석!"

유비의 글을 본 조조는 그것을 찢고 사자의 목을 베라는 말로 정전의 뜻이 없음을 내비쳤다. 그런데 바로 그때 그의 본거지인 연주에서 파발마가 연달아 도착하여 차례로 보고를 했다.

"큰일입니다. 장군께서 성을 비운 틈을 타 여포가 연주를 공격하기 시작했습니다."

조조가 성을 비운 틈에 여포가 그의 근거지를 공격한 것은 다음과 같은 이유에서였다. 그 역시도 도읍에서 밀려난 사람 중 하나였다. 이각, 곽사 일당에게 중앙의 대권을 빼앗겨 장안에서 밀려난 여포는 한때 원술에게 몸을 의지하고 있었으나, 그 후에 다시 각 주를 떠돌다 진류의 장모에게 몸을 맡기며 한동안은 그곳에 머무르고 있었다. 그러던 어느 날, 그가 정원 한편에 말을 끌어다놓고 바람을 쐬러 나가려 하는데 누군가 곁으로 다가와 비꼬듯 속삭였다.

"아, 요즘에는 천하의 명마도 덧없이 살만 쪘습니다."

'웬 놈이 쓸데없는 참견을 다 하는구나.'

여포는 수상히 여기며 그자의 풍채를 말없이 바라보았다.

그는 바로 진궁이었다. 얼마 전 그는 도겸의 부탁으로 조조의 침략을 제지하기 위해 세객說客으로 갔다가 성공하지 못하고 오히려 조조에게 일축을 당했다. 그 후 그것을 부끄러이 여겨 서주로 돌아가지 않고 장모에게 몸을 의탁하고 있었다.

"어째서 내 말이 살쪘다고 한탄을 하는 겐가? 쓸데없는 참견 말게."

"아니, 안타까워서 드리는 말씀입니다. 말은 천하의 명마인 적토이며, 그 주인은 세 살짜리 아이도 이름을 알고 있는 영걸인데 타인의 집에 몸을 의지하여, 군웅이 서로 다투고 있는 이 어지러운 때를 헛되이 보내고 있으니, 참으로 안타깝다는 생각이 들어서 드린 말씀입니다."

"자네는 대체 누구인데 그런 말을 하는가?"

"진궁이라는 무명의 선비입니다."

"진궁? ……그렇다면 예전에 낙양에서 빠져나간 조조를 돕기 위해 관직을 버리고 함께 달아났던 현령이 아닌가?"

"그렇습니다."

"알아보지 못해 미안하군. 그런데 지금 자네의 그 알쏭달쏭한 말의 진의는 무엇인가?"

"장군께서는 이 명마와 함께 각지를 떠돌며 평생을 식객으로 보내실 생각입니까? 그 대답을 먼저 듣고 싶습니다."

"그럴 리 있겠나? 내게도 뜻이 있네만 아직 때를 만나지 못했을 뿐이라네."

"때가 눈앞에 오지 않았습니까? 조조는 지금 서주를 공격하기 위해 출정했고 연주에는 얼마 되지 않는 병력밖에 남아 있지 않습니다. 지금 연주를 치신다면 마치 주인 없는 벌판을 손에 넣는 것처럼 광활한 영토를 단번에 차지할 수 있을 것입니다."

여포의 얼굴에 화색이 돌았다.

"아, 그렇군. 참으로 귀한 충고일세. 자네의 한마디가 내 나태함을 일깨워주었네. 당장 연주로 가겠네!"

그렇게 해서 여포는 연주를 공격하게 되었다. 연주성은 병란에 휩싸였으며 빈틈을 노리고 침입한 여포의 부대는 조조의 본거지를 점령한 여세를 몰아 다시 복양濮陽(하북성 개주) 방면으로까지 병란을 확대시켜 나갔다.

조조는 입술을 깨물었다.

"내 불찰이다!"

자신의 생각이 짧았음을 후회했으나 때는 이미 늦었다. 그는 서주 공략을 위한 진중에서 진퇴양난에 빠져 한동안 망연자실했다. 하지만 그는 참으로 명민한 머리를 타고났다. 또한 배짱이 두둑하기도 했다. 한때의 당혹감에서 벗어나자 곧 날카로운 기지가 발동하여 평소와 다를 바 없는 얼굴로 돌아왔다.

"성안에서 보낸 유비 현덕의 사자를 아직 베지는 않았겠지? 베어서는 안 된다. 서둘러 이리 데려오도록 해라."

그런 다음 그는 유비의 사자에게 조금 전과는 전혀 다르게 반대로 말했다.

"깊이 생각해보니 그 글의 뜻에도 일리가 있소. 말씀에 따라 흔쾌히 철병을 단행하도록 할 테니 잘 좀 전해주기 바라오."

조조는 사자를 정중하게 성안으로 들여보내고 동시에 썰물이 빠져나가듯 물러나 바로 연주를 향해 달려갔다.

물론 우연이기는 했으나 유비의 글로 뜻한 바를 이루었기에 성안 병사들은 크게 기뻐했다. 늙은 태수 도겸은 다시 유비에게 성을 물려주려 했다.

"저를 대신해서 서주성을 꼭 좀 다스려주셨으면 합니다. 물론 제게도 아들이 있기는 합니다만 유약해서 그와 같은 중책에는 견디지 못할 것입니다."

유비는 한사코 받아들이려 하지 않았다. 결국에는 근교의 소패小沛라는 한 마을을 받았고, 우선은 성에서 벗어나 그곳에서 병사를 기르며 서주 땅을 지켰다.

한편 조조는 대군을 이끌고 연주로 돌아갔다. 그는 난국에 봉착하면 봉착할수록 장렬한 의기로 더욱 강인해지는 성격이었다.

'여포가 대수냐?'

그는 처음부터 상대방을 얕잡아보고 있었다. 빼앗긴 연주를 되찾는 데 며칠 걸리지도 않을 것이라 생각하며 빠르게 군사를 몰아갔다. 군대를 둘로 나누어 조인에게 연주를 포위케 하고 자신은 복양으로 돌진해 들어갔다. 적인 여포가 복양성을 점령하여 그곳에 머물고 있었기 때문이다.

조조는 복양에 다다른 후 휴식을 명해 병마를 잠시 쉬게 했다. 그리고 새빨간 석양이 서쪽으로 기울 때까지 움직이지 않았다. 그는 부장인 조인의 당부를 문득 떠올렸다.

"여포의 용맹은 이 근방의 누구도 당할 수가 없습니다. 또한 최근 그의 곁에는 진궁이 붙어 있을 뿐만 아니라 그 밑으로 문원文遠, 선고宣高, 학맹郝萌과 같은 맹장들이 버티고 있다고 합니다. 신중하게 대하지 않으면 생각과는 달리 고배를 들게 될지도 모릅니다."

그 말을 가슴속으로 되뇌어도 조조는 특별히 두려움 같은 게 느껴지지 않았다. 여포에게 용맹은 있을지 모르겠으나 지략은 없었다. 조조에게 책사 진궁 따위는 속이 빤히 들여다보이는 떠돌이에 불과했다. 더구나 진궁은 조조 자신에게 등을 돌린 배신자로 언젠가 쓴맛을 단단히 보게 해주겠다는 생각뿐이었다.

한편 여포는 조조가 공격해온다는 사실을 알고 등현藤縣에서 태산의 험한 길을 넘어 돌아와 있었다.

"조조 따위에 신경 쓸 것 없다."

그 역시 진궁의 간언은 듣지 않고 총군 5백여 기로 조조와 맞설 준비를 했다.

조조는 자신의 형안炯眼으로 적의 서쪽 방비가 약하다는 사실을 쉽게 알 수 있었다. 이에 어둠을 틈타 산을 넘어 이전, 조홍, 우금于禁, 전위 등을 데리고 불의에 기습을 가했다. 여포는 그날 낮, 정면의 벌판에서 조조군과 맞서 대승을 거두었기에 승리감에 한껏 젖어 있었다. 그랬기에 진궁이 서쪽 요새가 위험하다고 주의를 주었는데도 대수롭지 않게 여기며 잠을 자고 있었다.

복양성 안이 혼란에 빠졌다. 서쪽 요새는 순식간에 함락되었고 조조의 병사가 깃발을 꽂았다.

"요새는 나 혼자서도 되찾을 수 있다. 너희는 요새로 들어온 적을 단 한 마리도 살아서 돌아가게 해서는 안 된다."

잠자리에서 벌떡 일어난 여포가 직접 지휘에 나서자 곧 질서를 되찾은 부대는 북을 울리며 조조군을 포위해 들어갔다. 산속의 험한 길을 넘어 적진 깊숙이까지 들어온 기습 부대는 원래부터 대군이 아니었으며 그곳의 지형에도 밝지 못했다. 일단 점령한 요새가 조조에게는 오히려 위험한 땅이 되어버리고 말았다.

어지러운 싸움 속에서 날이 밝기 시작했다. 주위를 둘러보니 믿었던 아군도 대부분 흩어졌거나 목숨을 잃은 상태였다. 조조는 사지에 들어왔음을 깨닫고 요새를 버린 채 서둘러 남쪽으로 달아났다. 그런데 남쪽의 벌판도 적병으로 가득했다. 동쪽으로 도망치려 했으나 동쪽 숲에도 적들이 빼곡히 들어차 있었다.

"이쪽도 틀렸구나."

그의 말 머리는 갈 곳을 잃었다. 어젯밤에 넘어온 북쪽의 산길을 다시 넘어갈 수밖에 없었다.

"조조가 저쪽으로 달아난다."

여포군이 추격해왔다. 물론 여포도 그 안에 있었다.

도망을 치다 성안의 거리에서 길을 잘못 든 조조가 손에 들고 있던 채찍을 끊어져라 휘둘렀다. 그런데 이번에는 앞쪽에 몰려 있던 적의 그림자 속에서 딱딱딱딱 딱따기 울리는 소리가 높다랗게 들리는가 싶더니 조조를 향해 팔방에서 화살들이 어지러이 날아들었다.

"끝장이로구나. 나를 도울 자가 아무도 없단 말이냐!"

천하의 조조도 무심결에 비명을 올리며 날아드는 화살을 막아내고 있었다.

그때 저 멀리서 포효하며 달려오는 소리가 들렸다.

"이놈들!"

돌아보니 80근이나 되어 보이는 창을 양손에 비껴들고 적의 한가운데를 헤집으며 달려오는 사람이 있었다. 사람과 말 모두 피에 물들어 마치 불덩이가 날아오는 것처럼 보였다.

"주공, 주공! 말에서 내리십시오. 그리고 땅에 엎드려 잠시만 적의 화살을 피하십시오."

화살 공격 속에서 오도 가도 못하는 조조를 향해 그는 커다란 목소리로 주의를 주었다. 그가 누구인지 보았더니 얼마 전 찾아와 받아주기를 청했던 악래, 바로 그 전위였다.

"오오, 악래로구나."

조조는 급히 말에서 뛰어내려 그의 말대로 땅바닥에 엎드렸다. 악래도 말에서 내렸다. 양손의 창을 풍차처럼 돌려 화살을 막아냈다. 그리고 적군을 향해 성큼성큼 걸어가면서 외쳤다.

"그런 느려터진 화살로 나를 쓰러뜨릴 수 있을 성싶으냐?"

"건방진 놈, 나가서 쓰러뜨려라."

50기 정도의 적이 한꺼번에 달려나왔다. 악래는 힘껏 싸워 적의 단검 열 개를 빼앗았다. 그는 톱날처럼 이가 나간 자신의 창을 던져버리고 열 개의 단검을 몸에 찬 채 조조 쪽을 바라보았다.

"적들이 흩어졌습니다. 지금입니다, 어서 이곳을 벗어나십시오."

그는 조조의 고삐를 쥐고 두 발로 달리기 시작했다. 두어 명의 병사도 그들을 따랐다. 화살은 두 사람을 향해 소나기처럼 쏟아졌다. 악래는 갑옷의 목가리개를 기울여 그 밑으로 목을 집어넣고 가장 앞에 서서 나아갔는데 다시 한 무리의 적들이 다가오는 것을 보고 뒤를 향해 외쳤다.

"애들아, 나는 이렇게 있을 테니 적이 10보 앞까지 오면 알려주어라."

그리고 화살이 쏟아지는 가운데 서서 잠든 기러기처럼 목가리개로 얼굴을 가렸다.

"10보입니다."

뒤에서 그의 부하가 소리쳤다. 순간 악래는 손에 쥐고 있던 단검 하나를 휙 던졌다.

"왔느냐!"

가장 먼저 공을 세울 요량으로 앞장서 달려나오던 적 하나가 털썩하고 안장에서 땅에 거꾸로 처박혔다.

"10보입니다!"

다시 뒤에서 들려왔다.

"얏!"

단검이 허공을 가르며 날아갔다. 또 말에 탄 적병이 보기 좋게 나가 떨어졌다.

"10보!"

이번에도 검이 하늘을 나는 물고기처럼 반짝이며 날아갔다.

그렇게 해서 열 개의 단검이 10기의 적을 쓰러뜨렸다. 적은 겁을 먹은 것인지 흙먼지 속으로 말의 엉덩이를 보이며 달아나기 시작했다.

"가소로운 놈들이군."

악래는 다시 조조가 탄 말의 고삐를 쥐고 달아나는 적 속으로 뛰어들었다. 그리고 적의 무기로 적을 쓰러뜨리며 간신히 한 줄기 혈로를 뚫었다. 기슭에 다다랐을 때 수십 기를 거느리고 요새에서 빠져나온 하후돈을 만났다. 아군의 사상자는 전군의 절반 이상이나 되었다. 참담한 패전이었다. 아니, 오히려 조조의 목숨이 붙어 있다는 것이 기적과도 같은 일이었다. 조조가 악래에게 말했다.

"자네가 없었다면 나는 이미 목숨을 잃었을 것이네."

밤이 되자 큰비가 내렸다. 넘어야 할 산길이 마치 급류를 이루고 있는 것 같았다. 본영으로 돌아간 뒤 악래는 그날의 공을 인정받아 영군도위領軍都尉에 임명되었다.

한편 여포는 연전연승이었다. 실의에 빠져 각지를 전전하던 떠돌이 무사가 단번에 복양성의 주인이 된 것이었다. 또한 조조에게 커다란 타격을 주었기에 성안 병사들의 사기는 하늘을 찌를 듯했다.

"이 지방에 전田씨 성을 쓰는 호족이 있습니다. 알고 계십니까?"

모사 진궁이 갑자기 물었다. 여포도 최근에는 그의 지모智謀를 매우 높이 평가하고 있었기에 또 어떤 계책이 있는 건가 싶어 되물었다.

"전씨라……. 그는 유명한 부호가 아닌가? 부리고 있는 종들만 해도 수백 명에 이른다고 들었네만."

"그렇습니다. 그 전씨를 불러들이십시오, 은밀하게."

"군비를 받아낼 생각인가?"

"그런 작은 일을 위해서가 아닙니다. 영지 안의 부호에게서 돈을 뜯어낸다는 것은 자신이 비축한 것을 성급하게 먹어치우는 것과 다를 바 없습니다. 대업만 이룬다면 황금과 재보는 그들 스스로가 앞다퉈 성문으로 가져올 것입니다."

"그렇다면 전씨를 불러서 어찌하자는 겐가?"

"조조의 목을 취하는 것입니다."

진궁은 목소리를 낮춰 여포에게 소곤소곤 설명했다.

그로부터 며칠 뒤, 농민 하나가 삶은 닭을 싼 꾸러미를 대나무 장대 끝에 걸어 어깨에 짊어지고 조조군의 진문 근처를 어슬렁거렸다.

"수상한 녀석이다!"

진문을 지키던 병사들이 붙잡자 농민이 엎드려 절하며 말했다.

"이것을 대장에게 바치고 싶습니다."

"밀정이 아니냐?"

병사들은 그를 다짜고짜 조조 앞으로 끌고 갔다. 그러자 농민이 태도를 바꾸며 말했다.

"사람들을 물러나게 해주십시오. 저는 밀사입니다. 그러나 장군께 해가 되는 밀사는 아닙니다."

조조는 심복들만을 남긴 채 사졸들을 물러나게 했다.

농민은 닭 꾸러미가 매달려 있는 대나무를 쪼개 그 안에서 밀서 하나를 꺼내 조조에게 바쳤다. 그것은 성안의 제일가는 부호로 알려진 전씨의 서면이었다. 여포의 폭정에 대한 성안 백성들의 원한이 줄줄이 적혀 있었다. 이런 인물이 성의 주인이 된다면 자신들은 다른 성으로 도망갈 수밖에 없다는 것이었다. 그리고 요점에 들어서서는 이렇게 적혀 있었다.

지금 복양성에는 약간의 병사들만 남아 있을 뿐입니다. 여포는 여양黎陽으로 원정을 나갔습니다. 즉시 각하의 군을 움직이시기 바랍니다. 저희는 때를 기다렸다가 내응하여 성안을 어지럽히겠습니다. '의義'라는 글자를 커다랗게 새긴 백기를 성벽 위에 세울 테니 그것을 신호로 일거에 복양의 병사들을 섬멸해주십시오. 바로 지금이 기회입니다.

조조는 만면에 웃음을 지으며 기뻐했다.

"하늘이 내게 설욕의 기회를 주시는구나. 복양은 이미 내 손안에 든 것이나 다름없다!"

그리고 밀사를 위로하고 승낙하는 답장을 주어 돌아가게 했다.

"위험합니다."

책사인 유엽劉曄이 말했다.

"만약을 대비해 군을 셋으로 나누어 한 개 부대만 안으로 들여보내십시오. 여포는 지략이 없으나 진궁은 무시할 수 없습니다."

조조도 그의 의견에 동의하여 군을 셋으로 나누어 서서히 적의 성 밑까지 육박해 들어갔다.

"오오, 보이는구나."

조조가 가만히 미소를 지었다. 역시나 크고 작은 적의 깃발들로 가득한 성벽의 서문 위쪽 부근에 커다란 백기 하나가 펄럭이고 있었다. 손을 들어 살펴볼 것도 없이 그 깃발에는 분명히 '의'라는 글자가 커다랗게 새겨져 있었다.

"일의 반은 이미 성취한 것이나 다를 바 없다."

조조는 좌우를 돌아보며 말하고 다시 명령했다.

"하나 밤이 될 때까지는 작은 싸움에만 응하고 적이 유인을 해도 깊이 들어가서는 안 된다."

성 주변의 상점들은 모두 문을 닫아걸었으며 백성들 모두가 피신하여 한낮인데도 거리는 마치 밤과 같았다. 조조의 군마는 곳곳에 진을 치고 음식을 먹으며 밤의 총공격에 대비했다.

이윽고 성안 병사들의 기습이 시작되었다. 거리 곳곳에서 소수의 병력이 충돌하여 일진일퇴를 거듭하는 동안 해가 완전히 기울고 말았다.

어지러운 황혼을 틈타 선비 하나가 조조의 본진으로 달려왔다.

"전씨가 보냈습니다."

그는 밀서를 내밀었다.

조조는 그 밀서를 바로 받아 읽었다. 틀림없는 전씨의 필체였다.

초경의 별이 찬란히 빛날 무렵 성 위에서 징이 울리면 그때를 놓치지 말고 즉각 전진하시기 바랍니다. 성민이 귀군의 창과 말발굽을 기다린 지 오래이니, 곧 철문을 안에서 열고 전 성을 들어 각하께 바치겠습니다.

"됐다. 때가 무르익었다."

조조는 밀서에 적힌 계책대로 곧 총공격을 위한 배치에 들어갔다. 하후돈과 조인의 부대는 성 아래쪽 문에 머무르게 하고 선봉으로는 하후연, 이전, 악진을 배치했으며, 중군은 전위 및 네 장군으로 감싸게 했다. 자신은 그 한가운데 대장기를 세우고 지휘에 나서 철통같은 진형을 갖춘 뒤 서서히 내성의 문을 향해 나아갔다.

그런데 성안에서 이상한 정적이 감돌았고, 이전이 조조에게 충언했다.

"일단 저희가 성문으로 가서 적의 동정을 살필 테니 장군께서는 잠시 진군을 멈추십시오."

조조가 언짢은 표정을 지으며 대답했다.

"전장에서는 때를 놓치면 그 순간 승기를 놓치고 마는 법이다. 전씨의 신호에 따르지 않으면 전선이 어지러워질 수도 있다."

조조는 이전의 충언을 받아들이지 않았을 뿐만 아니라 조급한 마음에 자신이 앞장서서 병사들을 몰고 나갔다.

초저녁인데도 하늘 가득 별이 빛나고 있었다. 따그닥따그닥, 조조의 뒤를 이어 군마의 발굽 소리가 성문 가까이 다가갔을 때 갑자기 서문 부근에서 음울한 나각 소리가 꼬리를 길게 늘어뜨리며 들려왔다.

"앗, 무슨 소리지?"

조조군의 각 장군들은 당황했으나 조조는 이미 해자에 걸린 다리를 건넜고 뒤를 돌아보며 외쳤다.

"전씨의 신호다! 무엇을 망설이는 게냐? 때를 놓치지 말고 돌진하라!"

정면의 성문이 안쪽으로 활짝 열렸다. 역시 전씨의 밀서가 거짓이 아니라는 것을 확인한 각 장군들이 기세 좋게 성문 안으로 달려 들어갔다.

바로 그때, "와아!" 하며 어둠 속에서 함성이 일었다. 적인지 아군인지 알 수 없었으며 이미 성난 파도처럼 밀고 들어와 갑자기 말 머리를 돌려 돌아나갈 수도 없는 상황이었다. 그 순간 어딘가에서 돌덩이가 소나기처럼 쏟아졌다. 동시에 돌담 뒤와 성안의 관아 등에서 수많은 횃불이 피어올랐는데 그 수가 몇천이 되는지 이루 헤아릴 수 없었다.

"뭐, 뭐지?"

이렇게 의심을 하는 사이 횃불들이 날아왔다. 군마 위에, 땅 위에, 투구에, 소매에 불이 비처럼 쏟아져 내린 것이었다. 깜짝 놀란 조조가 갑자기 뒤를 향해 있는 힘껏 외쳤다.

"아뿔싸! 적의 계략에 걸려들었구나. 퇴각하라!"

조조가 황급히 말 머리를 돌린 순간, 어딘가에서 한 줄기 포향이 쿵 하고 들려왔다. 그를 따라 돌진해오던 전군이 한순간 혼란에 빠졌다. 날뛰는 말과 말, 병사와 병사가 방향을 잃고 허둥거리고 있었다.

"어떻게 된 일이냐?"

"얼른 전진하라!"

후속 부대는 계속해서 밀고 들어왔다.

"퇴각하라!"

"후퇴다!"

혼란은 쉽게 가라앉을 것 같지 않았다. 비처럼 쏟아지는 돌과 횃불이 그쳤는가 싶었는데 이번에는 성안의 문 네 개가 한꺼번에 열리더니 그 안에서 여포군이 몰려나와 협공을 가했다.

"적을 한 놈도 돌려보내서는 안 된다."

조조군은 그물에 걸린 고기처럼 허무하게 섬멸당했다. 칼에 맞아 죽은 사람과 사로잡힌 사람의 수를 헤아릴 수가 없었다. 천하의 조조도 아연실색하지 않을 수 없었다.

"나의 불찰이로다."

분한 듯 이를 갈던 조조는 우선 북문으로 달아나려 했으나 그곳에도 적군이 깔려 있었다. 다음은 남문으로 빠져나가려 했으나 남문은 화염에 둘러싸여 있었다. 그래서 서문으로 가보았으나 서문 양옆에서 복병들이 함성을 지르며 달려나오고 있었다.

"주공, 주공! 이쪽에 혈로를 뚫었습니다. 서둘러 오십시오."

그를 부른 것은 악래 전위였다. 전위는 몰려드는 적을 베며 조조를 위해 다리 위로 길을 열었다. 조조는 쏜살같이 달려 성 아래 마을로 들어갔다. 악래도 따라오는 적을 막으며 뒤를 따랐으나 조조의 모습은 보이지 않았다.

"어디 계십니까, 조조 나리!"

악래가 찾고 있을 때 맞은편에서 아군 하나가 다가왔다.

"전위가 아닌가?"

"오, 이전. 주공의 모습이 보이질 않네."

"나도 걱정이 되어 주공을 찾고 있던 중이었네."

"어디로 가신 것인지?"

병사를 둘로 나누어 사방으로 찾아보았으나 조조의 모습은 어디에도 없었다.

사방 천지가 불과 검은 연기와 적병으로 가득했다. 조조 자신조차 남쪽으로 달아나는 것인지 서쪽으로 달아나는 것인지 알 수가 없었다. 그저 끝도 없는 적군들의 포위와 화염의 미로였다. 그 안에서 도무지 벗어날 수 없을 정도로 머릿속이 혼란스러웠다. 그런데 저편 어둠 속 모퉁이에서 밤안개에 번진 한 무리의 횃불이 돌아 나왔다. 다가가서 볼 것도 없이 적임에 틀림없었다. 조조는 아차 싶었으나 다급하게 말 머리를 돌리면 오히려 의심을 받을 거라는 생각에 그대로 지나치려 했다.

부하들의 횃불에 둘러싸여 분주히 다가오고 있는 것은 다름 아닌 적장 여포였다. 그 무시무시한 방천극을 비껴들고 왼손으로 적토마의 고삐를 쥔 채 유유히 다가오는 모습이 조조의 눈에 커다랗게 비쳤다. 깜짝 놀랐지만 때는 이미 늦었다. 조조는 얼굴을 옆으로 돌리고 손으로 가린 채 모르는 척 그대로 지나치려 했다. 그런데 여포가 무슨 생각을 한 것인지 방천극을 뻗어 조조의 투구를 톡톡 두드렸다. 여포는 조조를 자기편 장수라 생각한 것이었다.

"이봐, 조조가 어디로 도망쳤는지 모르는가? 적장 조조 말일세."

"네! 저도 그놈을 쫓고 있는 중입니다. 들은 바에 의하면 갈색 말을 타고 저쪽으로 달아났다고 합니다."

조조가 짐짓 꾸민 목소리로 말하며 손가락으로 가리킨 방향을 향해 정신없이 달리기 시작했다.

"앗, 뭔가 좀 수상한데……."

뒷모습을 바라보며 여포가 깨달은 순간 조조는 이미 거리에 가득 찬 연기 속으로 모습을 감춘 뒤였다.

"아아, 살았구나."

정신없이 달려 위기에서 벗어난 조조가 한숨짓듯 중얼거리며 말을 멈추었다. 호랑이 굴에서 빠져나온 것이란 이를 두고 하는 말이라고 생각했다.

'그런데 이곳은 대체 어디란 말인가? 서쪽인가, 동쪽인가?'

그 앞길도 여전히 오리무중이었다. 그렇게 헤매고 다니다 드디어 자신을 찾아다니던 악래를 만났다. 조조는 악래의 보호를 받으며 거리 곳곳에서 혈로를 뚫어 대로로 나가는 외성의 문까지 빠져나왔다.

"아, 이곳도 빠져나가기 힘들겠구나!"

조조는 자신도 모르게 한탄했다. 말도 발굽으로 땅바닥만 찰 뿐 앞으로 나가지 못했다. 그도 그럴 것이 대로로 나가는 성문이 커다란 불길에 사로잡혀 있었던 것이다. 기다란 성벽이 한 줄기 불덩이가 되어 있고 그 열기 때문에 하늘과 땅 모두가 타버릴 것만 같았다. 열풍에 겁을 먹은 말이 미친 듯 날뛰었다. 안장에도 투구에도 탁탁 불꽃이 날아들었다. 조조는 절망적인 목소리로 뒤를 돌아보며 말했다.

"악래, 돌아갈 수밖에 없을 듯하네."

악래는 불길보다 뻘건 얼굴로 문을 노려보고 있다가 대답했다.

"돌아갈 길은 없습니다. 저 문이 생사의 갈림길입니다. 제가 앞장서서 달려나갈 테니 바로 뒤따라오십시오."

문 전체가 불길에 휩싸여 있었다. 성벽 위에 쌓아놓은 장작과 나뭇가지에도 불이 옮겨붙어 있었다. 그야말로 지옥의 문이었다. 그 밑을 빠져나간다는 것은 구사일생을 바라는 도박보다 더 위험한 일이었다. 하지만 활로는 그곳밖에 없었다. 악래가 탄 말의 엉덩이 쪽에서 휭 하는 날카로운 소리가 들렸다. 순간 그의 모습은 말과 함께 화염에 휩싸인 문을 돌파해나갔다. 그러자 조조도 창을 휘둘러 불길을 헤치며 화염 속으로 달려들었다. 순간 숨이 막혔다. 눈썹과 귓구멍의 털까지 모두 타버리는 것이 아닐까 싶었으나, 마침내 조조가 문을 빠져나오고 있었다.

그런데 그때 문의 윗부분이 무너져 내리기 시작했다. 아슬아슬한 순간이었다. 불길에 휩싸인 커다란 들보가 벼락처럼 떨어졌다. 그 들보는 마침 조조가 타고 있던 말의 엉덩이를 때렸다. 말은 다리에 힘을 잃고 땅바닥에 쓰러졌으며 튕겨나간 조조의 몸 쪽으로 들보가 굴러왔다.

"앗!"

조조는 쓰러진 채 손으로 불기둥을 받아냈다. 손과 팔꿈치에 커다란 화상을 입었고, 살이 타는 독한 냄새가 풍겨왔다.

"으으……."

그는 팔과 다리로 버텨 몸을 빼낸 뒤 화염 속에서 그대로 정신을 잃고 말았다.

얼마쯤 뒤, 자신을 거듭 부르는 소리에 조조는 희미하게 정신을 차렸다. 누군가에게 안겨 말 위에 앉아 있었다.

"악래인가?"

"네, 이제 안심하셔도 됩니다. 드디어 적지에서 벗어났습니다."

"내가 목숨을 건진 것인가?"

"하늘의 별이 보이십니까?"

"보이는군……."

"틀림없이 살아 계십니다. 상처도 화상 정도니 곧 나으실 겁니다."

"아아…… 하늘의 별이 한없이 뒤로 흘러가는구나."

"뒤따라오는 자는 하후연이니 안심하십시오."

조조는 고개를 끄덕이고는 갑자기 몸부림쳤다. 마음이 놓이자 전신에 입은 커다란 화상의 통증이 밀려든 것이었다.

희붐하게 날이 밝기 시작했다. 장병들도 하나둘 아군의 진지로 돌아왔다. 장병들의 얼굴과 몸은 패배의 피와 진흙으로 참담하게 얼룩져 있었다. 그나마 살아서 돌아온 병사는 전군의 절반에도 미치지 못했다. 게다가 간신히 목숨을 건진 조조가 악래의 부축을 받으며 돌아왔기에 전군의 사기는 땅에 떨어져버렸고, 침울한 진영의 깃발은 아침 이슬조차 버겁다는 듯 축 늘어져 있었다.

"뭐? 장군이 부상을 당하셨다고?"

"중상인가?"

"용태는 어떠신가?"

소식을 전해 들은 군의 장교들이 조조가 들어간 막사로 우르르 몰려들었다.

"쉿. 조용히 하게."

주의를 받아 섬뜩한 기분에 사로잡힌 장교들이 엄숙하게 침묵을 지켰다.

치료를 마친 의원의 얼굴에도 근심의 빛이 가득했다. 그것만으로도 막료들은 가슴이 미어졌다. 그런데 갑자기 조조의 커다란 웃음소리가 들려왔다.

"와하하하, 아하하하."

조조는 평소보다 더 쾌활하게 웃었다. 모두가 놀라 그가 누워 있는 침상 곁을 둘러싸고 용태를 살펴보았다. 오른쪽 팔꿈치에서부터 어깨, 허벅지까지 몸의 절반이 붕대에 감겨 있었다. 얼굴의 절반도 약을 발라 하얀 복면을 쓴 것처럼 한쪽 눈만이 반짝이고 있었다. 머리카락까지 옥수수수염처럼 타버렸다.

"이젠 됐으니 걱정할 것 없다."

한쪽 눈으로 부하들을 둘러보며 억지로 웃음을 지어 보인 조조가 말했다.

"생각해보면 결코 적이 강했던 것은 아니다. 나는 불에 진 것일 뿐이다. 불에는 이길 수가 없지. 안 그런가? 그리고 내가 조금 경솔했다. 설령 실수라 할지라도 여포 같은 필부의 계략에 걸려들다니 내 체면이 말이 아니야. 하지만 나도 역시 계략을 써서 그 빚을 갚을 생각이다. 잘 지켜보기 바란다."

그는 몸을 약간 비틀려 했으나 몸이 움직이지 않았다. 억지로 목만을 움직여서 하후연을 불렀다.

"하후연."

"네."

"자네에게 나의 장례식을 명하겠네. 장의 지휘관을 맡도록 하게."

"어찌 그런 불길한 말씀을."

"아니, 계책일세. 오늘 새벽에 조조가 목숨을 잃었다고 알리게. 이 소식을 들으면 여포는 틀림없이 성에서 나와 공격을 해올 것일세. 가매장을 한다고 하고 가짜 관을 마릉산馬陵山에 묻도록 하게."

"네…….”

"마릉산의 동서에 복병을 숨겨두었다가 유인한 적을 포위하여 마음껏 섬멸하는 것일세. 알겠는가?"

"알겠습니다."

"장군들은 어떻게 생각하는지?"

"좋은 계책입니다."

장수들 모두가 그 자리에서 상장喪章을 달았다. 그리고 장군기의 깃대 끝에도 조장弔章을 달았다. 곧 조조가 전사했다는 소식이 전해졌다. 마치 사실인 것처럼 복양성에도 그 소식이 전해졌다. 그 소식을 들은 여포가 무릎을 치며 기뻐했다.

"됐다. 이것으로 강적 하나를 제거했다."

그래도 혹시 몰랐기에 염탐꾼을 보내 확인해보기로 했다. 그 결과 상중에 있는 적진은 초목이 시들어버린 들판처럼 정적에 빠져 소리 하나 들리지 않는다는 것이었다. 마릉산에 가매장하는 날을 기해 여포는 복양성을 나와 일거에 적을 매장하려 했다. 하지만 그 계획은 여포를 저승으로 보내기 위한 거짓 장례 앞에서 무너지고 말았다.

기복이 심한 언덕 일대에서 갑자기 북과 나발 소리가 일더니 여포군을 철저하게 짓밟았다. 여포는 그곳에서 간신히 빠져나왔다. 그는 만명에 가까운 희생자와 체면을 마릉산에 버린 채 달아나야만 했다. 이후 여포는 복양성을 굳게 지키며 쉽게 밖으로 나오지 않았다.

22

어리석은 형, 현명한 아우

운명은 돌고 도는 법. 각지를 떠돌던 유비는 서주에 자리를 잡고,
연주에 자리를 잡았던 여포는 다시 조조에게 버몰려 각지를 떠돌게 된다

굴에서 나오지 않는 호랑이는 잡을 수가 없다.

조조는 온갖 계책을 써서 공격했으나, 여포는 '이제 너의 계책에는 넘어가지 않는다'며 좀처럼 복양성에서 나오지 않았다. 물론 전방의 정찰병이나 소부대는 밤낮없이 자주 충돌했으나 싸움다운 싸움은 벌어지지 않았다. 그렇다고 해서 그 지방에 평화가 찾아온 것도 아니었다. 아니, 어지러운 세상의 흉조는 이 땅에서만 찾아볼 수 있는 것이 아니었다. 땅이 있는 곳, 사람이 사는 곳이면 어디에나 피비린내 나는 바람이 불었다. 그러한 대지에 전쟁 이상으로 백성들을 슬프게 하는 일이 또 일어났다.

어느 날 구름 한 점조차 없이 맑은 하늘 저 멀리 서쪽 끝에서 검은 솜뭉치 같은 것들이 떠올랐다. 잠시 뒤 빠르게 지나는 구름처럼 그것이 순식간에 하늘 전체를 덮었다.

"메뚜기다, 메뚜기야!"

농민들이 소란을 떨기 시작했다. 메뚜기의 내습이라는 소리에 농민들은 쟁기와 호미를 내던진 채 오두막으로 숨어들었다.

"아아, 어찌해야 좋단 말이냐?"

농민들은 부들부들 떨며 절망과 포기의 한숨을 지을 뿐이었다.

메뚜기 떼는 몽고에서 불어오는 누런 바람에 섞인 모래보다 더 많이 날아왔다. 하늘 전체를 덮어버린 구름처럼 느껴질 정도였다. 요충妖蟲의 그림자에 한낮의 해도 곧 어두워지고 말았다. 하늘뿐 아니라 땅 위도 메뚜기의 홍수였다. 삽시간에 벼이삭을 전부 먹어치운 뒤, 더는 먹을 것이 남지 않자 요충의 광풍은 다른 지방으로 이동해갔다. 뒤따라오던 메뚜기는 먹을 벼 이삭이 없었다. 결국 굶주린 메뚜기들끼리 서로를 물어뜯어 몇만, 몇억인지도 모를 메뚜기 시체가 푸른빛이라고는 한 점도 찾아볼 수 없는 대지를 참담하게 뒤덮었다. 그 참담한 광경은 벌레들 사회에만 국한된 것이 아니었다. 머지않아 사람들도 서로를 물어뜯게 되었다.

"먹을 것이 없다!"

"살아갈 수가 없어!"

비통한 유민들은 먹을 것을 찾아 동서로 옮겨갔다.

양식과 그것을 생산할 백성이 사라지자 군대는 군대로서의 기능을 잃게 되었다. 병사들도 식량 조달을 위해 뛰어다니지 않으면 안 되었다. 특히 산동 각지가 메뚜기 떼로 극심한 피해를 입었기에 물가가 폭등해서 전錢 백 관을 내도 쌀 열 말을 구하기가 어려웠다.

"이제 어쩔 수가 없구나."

여기에는 조조도 달리 계책이 없었으며 손쓸 방도도 없었다. 전쟁은 커녕 군대조차 유지할 수 없는 상황이었다. 어쩔 수 없이 그는 군대를 물려 한동안은 다른 주에 머물며 의식을 절약하라 명하고, 이 대기근이 지난 뒤 다시 일을 도모하기로 했다.

복양성의 여포도 마찬가지로 이번 재해를 피할 수 없었다.

"조조군이 포위를 풀고 물러갔습니다."

그렇게 보고를 받고도 여포의 미간에는 여전히 근심의 빛이 감돌았다. 그리고 여포 역시 최대한 군량을 아끼라는 명령을 내렸다.

양군의 전쟁은 자연스럽게 그쳤다. 메뚜기 떼가 사람의 전쟁을 그치게 한 것이었다. 그래도 봄은 다시 찾아온다. 여름도 돌아온다. 대지는 푸른 곡식과 벼 이삭을 기를 것이다. 메뚜기 떼는 매해 찾아오지 않지만, 인간들 사이의 전쟁은 대지가 열매를 맺을 힘을 가지고 있는 한 영원히 그치지 않을 것이다.

그 무렵, 서주태수 도겸은 병상에서 누구에게 땅을 물려주고 세상을 떠나야 할지를 고민하고 있었다.

'역시 유비 현덕 외에는 없어.'

도겸의 나이는 벌써 70세에 가까웠다. 거기다 몸의 병도 꽤 무거웠다. 스스로도 천명이 다했음을 느끼고 있었다. 하지만 서주의 장래를 안심할 수 없는 것이 무엇보다도 마음속 큰 고민이었다.

도겸은 머리맡에 서 있는 중신 미축과 진등陳登에게 무거운 눈빛을 던지며 물었다.

"올해는 메뚜기에 의한 재해로 조조도 군사를 거두었으나 봄이 오면 다시 권토중래하여 올 것이다. 그때 여포가 다시 그의 후방을 공격해준다면 그야말로 하늘이 돕는 것으로 우리도 무사하겠지만 그렇게 매번 기적이 일어나지는 않을 것이다. 요즘 같아서는 내 명수命數도 얼마 남지 않은 듯하니 한시라도 빨리 믿을 만한 사람을 후계자로 정해두고 싶다만……."

"지당하신 말씀입니다."

미축은 늙은 태수의 의중을 알고 있었기에 먼저 입을 열었다.

"다시 한번 유현덕 나리를 불러서 정중하게 마음을 밝히시는 것이 어떻겠습니까?"

도겸은 중신의 동의를 얻자 조금 힘이 났다.

"바로 사자를 파견하도록 하게."

사자를 맞은 유비는 서둘러 달려가 태수의 병을 문안했다. 도겸이 마른 나뭇가지 같은 손을 뻗어 유비의 손을 잡았다.

"귀공이 흔쾌히 승낙해주지 않으면 나는 마음 편히 죽지도 못할 것이오. 부디 세상을 위해서, 그리고 한나라 성지城地를 지키기 위해서 이 서주 땅을 받아 태수가 되어주길 바라오."

"죄송합니다만, 그럴 수 없습니다."

유비는 이번에도 역시 거절했다. 그리고 태수에게는 두 아들이 있지 않느냐는 이야기를 하려다 그만두었다. 중한 병에 걸린 환자가 부족한 자신의 아들들을 떠올리다 너무 흥분하게 될까 봐 걱정스러웠기 때문이다. 유비는 그저 완강하게 고개를 흔들며 말했다.

"저는 그럴 만한 그릇이 아닙니다."

그러다 결국 도겸은 숨을 거두고 말았다.

서주성 안에 상을 알렸다. 성안의 백성과 인사들 모두가 상복을 입고 애도했다.

장례가 끝나자 유비는 소패로 돌아갔으나 바로 미축, 진등 등이 대표로 그를 찾아가 거듭 간절하게 청했다.

"태수께서 생전에 바라시던 일이니 싫으셔도 영주가 되어주시기 바랍니다."

그리고 그 이튿날, 마치 폭동이라도 일어난 것처럼 떠들썩하게 소패의 관아 문 앞으로 서주 백성들이 몰려들었다. 무슨 일인가 싶어 유비가 관우와 장비를 데리고 나가 보니 수백 명쯤 되어 보이는 민중들이 일제히 땅에 엎드려 한목소리로 호소했다.

"유비 나리, 저희 백성들은 해마다 전쟁에 시달리고 올해는 또 메뚜기 떼로 재해를 입었기에 이제 남은 소망이라고는 훌륭한 분이 영주가 되셔서 인정仁政을 베풀어주시는 것밖에 없습니다. 만약 나리가 아닌 다른 분이 태수가 되신다면 저희는 암흑에서 암흑으로 방황할 수밖에 없습니다. 목을 매 죽는 자가 여럿 나올지도 모릅니다."

그들 중에는 통곡을 하는 사람도 있었다. 굶주림에 시달리는 그 가

없은 백성들을 보고 유비도 결국은 마음을 정했다. 그는 바로 태수의 패인을 받고 소패에서 서주로 옮겨갔다.

유현덕은 그때 비로소 한 주의 태수가 되었다. 폭압적인 군대나 악랄한 책모를 써서 억지로 하늘에 저항하여 빼앗은 것이 아니라 극히 자연스럽게 자신에게 돌아온 운명에 따라 물려받은 것이었다. 그는 탁현의 일개 한촌寒村에서 몸을 일으켜 오늘에 이르기까지 절의節義를 잘 지켜왔으며, 풍운風雲에 임해서도 공을 서두르지 않고 악명惡名을 짓지 않았다. 관우와 장비로부터도 언제나 '우리 큰형님은 시대에 뒤떨어져 있다'는 말을 들을 정도로 먼 길을 돌아온 것처럼 보였다. 그래도 이제 와서 돌아보니 그것이 오히려 가까운 정도正道였던 것이다.

그는 서주의 목牧에 오르자마자 우선 도겸의 영위靈位를 모시고 황하 강변에서 성대히 장례식을 거행했다. 그리고 도겸의 덕행과 유업을 표表에 적어 조정에 올렸다. 또한 미축, 손건孫乾, 진등과 같은 구신舊臣들을 등용하여 크게 선정을 베풀었다. 그렇게 '메뚜기에 의한 재해'와 전쟁으로 풀 한 포기 남지 않은 영토에서 민력 회복에 힘을 썼다. 그러자 백성들의 눈에서도 서서히 희망의 빛이 감돌기 시작했다.

한편 유비에 대한 백성들의 칭송을 전해 듣고 경멸하는 사람이 있었다. 바로 조조였다.

"뭣이! 유비가 서주를 취했다고? 그 유비가 서주의 태수가 되었단 말이냐?"

소식을 들은 조조는 몹시 화를 냈다.

"죽은 도겸이 망부亡父의 원수라는 사실은 유비도 잘 알고 있을 것이다. 나는 아직도 그 원수를 갚지 못했다. 그런데 화살 반 개의 공도 없는 필부 주제에 감히 서주태수 자리에 앉다니, 있을 수 없는 일이다.”

조조는 곧 자신의 것이 될 거라 생각했던 땅에 생각지도 않은 사람이 선정을 베풀며 들어앉았기에 계획에 차질이 생겼을 뿐만 아니라, 감정적으로도 매우 좋지 않았다.

“나와 서주와의 관계를 알고 있으면서도 서주목에 올랐으니, 이 조조와도 원수가 된다는 사실을 각오한 것이리라. 이렇게 된 이상 우선은 유현덕을 죽이고 도겸의 시체를 파헤쳐 망부의 원수를 갚으리라!”

조조는 바로 출전 준비를 하라고 명령했다. 그러자 순욱이 달려와서 그 일을 말렸다. 그는 조조를 처음 만난 날 조조에게 ‘자네는 나의 장자방일세’라는 이야기를 들었던 인물이다.

순욱이 조조에게 말했다.

“지금 머물고 있는 이 땅은 천하의 요충지로 장군에게는 소중한 근거지입니다. 연주성은 여포에게 빼앗기지 않았습니까? 그 연주를 포위하면 서주로 보낼 병사가 부족하게 됩니다. 서주와 총력전을 펼치면 연주의 적이 지반을 굳히게 될 뿐입니다. 서주도 빼앗지 못하고 연주도 탈환하지 못한다면 장군께서는 어디로 가실 생각입니까?”

“식량도 없는 피폐한 땅에 머물러 있는 것도 좋은 방책은 아니지 않는가?”

“바로 그 점입니다. 지금은 동쪽 지방인 여남부터 영주穎州에 이르는 땅에서 병마를 기르는 것이 상책입니다. 그 지방에는 아직도 황건의 잔당들이 여럿 남아 있으니 그 초적들을 쳐서 빼앗은 식량으로 우리 군을 살찌우면 조정에서의 평도 좋아질 것이고 백성들도 환영할 것입니다. 그야말로 일석이조라 할 수 있습니다.”

“알겠네. 여남으로 가기로 하지.”

조조는 성격이 시원시원한 사람이었다. 다른 사람의 좋은 말을 들으면 바로 받아들이는 것이 그의 장점이었다. 조조의 병마는 벌써 동쪽으로 이동하기 시작했다.

그해 12월, 조조의 원정군은 우선 진陳나라 땅을 공격하여 여남, 영주 지방을 석권해나갔다.

“조조가 온다.”

“조조가 온다.”

그의 이름이 겨울바람처럼 산야에 울려 퍼졌다.

황건의 잔당으로 하의何儀와 황소黃劭는 양산羊山을 중심으로 여러 해 동안 백성들의 고혈膏血을 빨아왔다.

“뭐, 조조가 공격해 들어온다고? 조조에게는 연주라는 지반이 있지 않은가? 가짜일 것이다. 쳐부수도록 해라.”

그들은 양산 기슭으로 나가 적을 기다리고 있었다.

한편 조조는 싸우기 전에 악래에게 명을 내렸다.

“악래, 정찰을 하고 오게.”

“알겠습니다.”

악래 전위가 달려나갔다가 곧 돌아와서 보고했다.

“대충 10만쯤은 되는 듯합니다. 그러나 여우나 개 떼와 같아 기강도 없고 대오조차 갖추고 있지 못합니다. 정면에 강한 활을 쏘는 궁수들

을 배치하여 화살을 퍼부어주십시오. 그 틈에 제가 오른쪽으로 돌아가
그들을 흩어버리겠습니다.”

싸움의 결과는 악래의 말대로 되었다. 적군은 무수한 시체를 남긴
채 팔방으로 흩어져 달아나기도 하고 또 무리를 지어 항복하기도 했
다. 그야말로 지리멸렬 상태였다.

“아무리 새가 없는 마을의 박쥐라 할지라도 10만이나 모여 있으니
그중에는 좀 쓸 만한 박쥐가 한 마리쯤은 있을 법도 한데.”

조조를 호위한 맹장들이 양산 위에 서서 웃었다.

그때 표범처럼 날랜 한 무리의 병사들을 이끌고 조조의 진두로 찾아
온 거한이 있었다. 말도 타지 않은 그는 키가 7척이 훨씬 넘었고 철봉
을 옆구리에 끼고 두 눈을 치켜뜨고 칠흑 같은 수염을 산바람에 거꾸
로 흩날리며 외쳤다.

“이놈들, 내가 누군지 아느냐? 이 지방의 그 유명한 절천야차截天夜
叉 하만何曼 님이시다. 조조는 어디에 있느냐? 진짜 조조라면 이리로
나와 한판 겨루어보자.”

조조가 그를 보며 가소롭다는 듯 웃었다.

“누가 나가보겠느냐?”

“제가 나가보겠습니다.”

부장인 이전이 나가려 하자, 조홍이 자신에게 양보하라며 나섰다. 그
는 일부러 말에서 내려 칼을 끌며 하만에게 다가갔다.

“진짜 조조 장군께서는 너처럼 멧돼지가 인간으로 화한 것 같은 놈
하고는 승부를 가르지 않으신다. 각오해라!”

칼을 휘두르자 하만이 화를 내며 큰 검을 뽑아들고 덮쳐왔다. 하만
도 꽤 용맹한 장수라 처음에는 조홍이 위태로운 듯 보였다. 그러다 얼
마 후 조홍은 일부러 도망치는 척하다 갑자기 무릎을 꿇더니 뒤쪽으로
칼을 휘둘러 하만의 몸을 베었다. 그러는 동안 이전이 말을 타고 달려
나가 적의 대장인 황소를 생포했다.

또 한 명의 적장인 하의는 2, 3백여 명의 부하들을 데리고 갈파葛陂
의 제방으로 달아났다. 그때 갑자기 한쪽 산골짜기에서 깃발도 들지
않은 이상한 군대가 우르르 쏟아져 나왔다. 그러더니 맨 앞에 선 한 장
사壯士가 길을 가로막고는 하의를 발로 차 말에서 떨어뜨렸다.

"이놈, 넌 누구냐?"

공중제비를 돌며 말에서 떨어진 하의가 창을 고쳐 쥐려 했다. 그런
데 장사가 그보다 한발 앞서 덮쳐 하의의 몸을 묶어버렸다. 하의를 따
르던 도적의 병사들은 두려운 생각이 들어 장사 앞에 항복을 맹세했
다. 장사는 자신의 부하와 항복한 병사들을 데리고 의기양양하게 다시
산골짜기로 들어가고 있었다.

그때 이런 사실도 모른 채 하의를 뒤쫓던 악래가 장사에게 말했다.

"기다려라, 적장 하의를 어디로 데려가려는 것이냐? 내게 넘겨라."

장사는 그 말을 받아들이지 않았다. 곧 두 호걸 사이에서 용호상박龍
虎相搏의 일전이 펼쳐졌다.

'이 장사는 누구일까?'

어우러져 싸우는 동안 악래는 생각했다. 적장을 잡아 어딘가로 데려
가는 것을 보면 도적은 아니었다. 하지만 자신을 향해 칼을 휘두르며

덤벼드는 것을 보면 결코 아군도 아니었다.

"잠시 기다리시오, 장사."

악래가 창을 거두며 외쳤다.

"당신은 황건적의 잔당도 아닌 듯하니, 무익한 싸움은 그만두기로 합시다. 적장 하의를 우리의 대장인 조조 장군에게 바치도록 하시오. 그리하면 목숨만은 살려주겠소."

그러자 장사가 크게 웃으며 말했다.

"조조가 대체 누구란 말이냐? 너희에게는 대장일지 모르겠으나 우리에게는 아무런 은혜도 없는 사람 아니냐? 기껏 내 손으로 잡은 하의를 아무 인연도 없는 조조에게 바칠 이유는 어디에도 없다."

"네놈은 대체 어디의 누구냐?"

"나는 초현譙縣의 허저許褚다."

"도적이냐, 낭인浪人이냐?"

"천하의 농민이다."

"이놈, 농민 주제에!"

"내가 사로잡은 하의를 갖고 싶으면 내가 쥐고 있는 이 보검을 빼앗아봐라. 그렇게 하면 하의를 건네주겠다."

허저에게 우롱을 당한 악래 전위는 불같이 화를 냈다. 그는 양손에 창 하나씩을 들고 휙휙 바람을 일으키며 다시 공격해 들어갔다. 하지만 허저의 검은 그것을 전부 막아냈을 뿐만 아니라, 오히려 악래가 당황할 만큼 여유롭고 날카로웠다.

악래는 지금까지 자신에게 두려움을 심어줄 정도로 강한 적은 만난

적이 없었다. 그래서 처음에는 재주 좋은 사람 정도로만 얕잡아보며 맞섰다. 그런데 형세는 점점 악래에게 불리해져 갔다. 악래가 약간 지친 듯한 기색을 보이자 허저는 더욱 기세를 올렸다.

"이놈!"

악래도 다시 진지하게 임하기 시작했고, 태어나서 처음으로 비지땀을 흘리며 싸웠다. 하지만 허저는 터럭만큼도 흐트러지지 않았다. 더욱 용맹하게 고함을 지르며 칼을 휘둘렀고, 그때마다 검광劍光이 몇 번이고 악래의 머리카락과 수염을 스치고 지나갔다.

두 호걸의 싸움은 진시에서 오시까지 계속되었으나 여전히 승부가 나지 않았다. 오히려 말이 지치고 해가 떨어져 승부 없이 무승부로 끝을 맺었다. 뒤따라온 조조가 두 사람의 싸움을 높은 곳에서 지켜보고 있다가 악래에게 말했다.

"내일은 거짓으로 진 척하여 도망치게."

이튿날 악래는 조조의 말대로 30합쯤 싸우다 갑자기 허저에게 등을 보이며 달아나기 시작했다. 조조도 일부러 군대를 5리 정도 뒤로 물렸다. 그렇게 해서 상대방을 승리감에 한껏 젖게 만든 뒤, 또 다음 날 다시 악래를 진두로 내보냈다. 허저가 그의 모습을 보자마자 말을 달려 나오며 외쳤다.

"달아나는 발걸음만 빠른 이 비겁한 놈아! 맛을 더 보고 싶어서 다시 나온 것이냐?"

악래는 당황하여 허둥거리는 듯한 모습을 보였고, 아군에게 공격하라고 명령하면서 자신은 달아나기 바빴다.

"이놈, 오늘은 놓치지 않겠다."

허저는 조조의 술책에 그대로 걸려들고 말았다. 한 1리쯤 따라가다 조조가 미리 파둔 커다란 함정에 말과 함께 굴러떨어지고 만 것이었다. 사방에서 뛰쳐나온 복병들이 구덩이 주위에 빙 둘러섰다. 그리고 허저를 향해 갈퀴와 갈고리가 달린 봉을 마구잡이로 던졌다. 함정에 빠진 허저는 곧 조조 앞으로 끌려갔다.

병사들이 마치 통나무나 멧돼지를 끌고 오듯 허저의 몸을 땅에 질질 끌며 데려오자 조조가 병사들을 야단쳤다.

"이놈들! 줄에 묶인 사람 하나를 데리고 오는데 왜 이리 소란을 떠는 게냐?"

그러더니 조조는 부장과 병사들에게 뜻밖의 말을 했다.

"너희에게는 사람을 보는 눈이 참으로 없구나. 어서 밧줄을 풀어드려라."

어찌 보면 그것은 당연한 일이었다. 조조는 허저와 악래가 저녁이 될 때까지 불꽃을 튀기며 싸웠던 상황을 직접 눈으로 본 것이었다.

'참으로 뛰어난 장사를 발견했구나.'

그래서 일찌감치 마음속으로 허저를 자신의 부하로 삼아야겠다고 생각하고 있었다.

조조는 자신의 적이라 생각하면 조금도 용서하지 않았으나, 반대로 뛰어난 사람이라고 인정하면 그에게는 다른 어느 장수에게도 뒤지지 않을 만큼 정성을 다했다. 그는 인재를 사랑할 줄도 알았으나 일단 미워하기 시작하면 무서울 정도로 증오했다. 그런 조조는 허저를 처음

본 순간 그에게 반했고 죽이기 아깝다고 생각했다.

"그에게 자리를 마련해주어라."

조조는 부하에게 명령한 뒤 다가가 허저의 몸에 묶여 있던 밧줄을 직접 풀어주었다. 허저는 뜻밖의 은정恩情에 놀라며 조조의 얼굴을 바라보았다. 조조가 정중하게 그의 이름을 물어보았다.

"초현 사람으로 허저라고 하며 자는 중강仲康입니다. 지금까지 남에게 내세울 만한 경력이 아무것도 없는 사람입니다. 제가 산채에서 살게 된 것은 이 지방에 도적들이 극성을 부려 마음 편히 농사를 지을 수 없을 뿐만 아니라 먹을 것은 전부 빼앗기고 생명도 언제나 위협받고 있기 때문입니다. 그래서 마침내는 마을의 노인과 어린아이와 일족을 데리고 산에 진채를 지어 도적에게 맞서고 있었습니다."

허저는 그동안에 있었던 고충도 털어놓았다.

"제가 데리고 있는 부하는 선량한 사민이기에 그럴듯한 무기도 없습니다. 그래서 언제나 진채 안에 돌멩이를 쌓아놓고 도적들이 공격해오면 돌멩이를 던져 막았지요. 자랑은 아니지만 제가 던지는 돌멩이는 백발백중이기에 도적들도 두려움을 느꼈는지 요즘에는 그리 자주 쳐들어오지 않습니다. 아, 한번은 진채 안에 쌀이 떨어졌는데 마침 소 두 마리가 있어서 도적에게 교환을 요구했습니다. 도적들이 바로 쌀을 보내왔기에 그 자리에서 소를 내주었지요. 도적의 부하가 소를 끌고 가려는데 이놈의 소가 좀처럼 발걸음을 떼지 않더니 도중에 난동을 부리고는 다시 진채로 돌아온 것입니다. 그래서 제가 커다란 소 두 마리의 꼬리를 양손에 잡고 날뛰는 소를 뒷걸음으로 걷게 하여 도적들이 머무는 곳 근처까지 끌고 가 건네주었지요. 그랬더니 도적들이 깜짝 놀라며 소는 받을 생각도 하지 않고, 다음 날 산기슭의 진영을 거두어 다른 곳으로 가버렸습니다. 아하하하하, 약간은 제 자랑 같습니다만, 어쨌든 그렇게 해서 지금까지 마을 사람들의 목숨을 무사히 지킬 수 있었습니다. 하지만 귀군의 힘으로 도적들을 소탕해주신다면 이제는 저 같은 사람이 없어도 마을 사람들은 밭으로 나가 괭이질을 할 수 있을 것입니다. 그 이상 바랄 게 없습니다. 장군, 저의 목을 치십시오.”

허저는 조금도 주눅 들지 않고 시종 웃는 얼굴로 말했다. 조조는 죽음을 내리는 대신 은혜를 베풀었다. 물론 허저는 그날부터 기꺼이 조조의 부하가 되었다.

*　*　*

식량을 구하기 위해 원정길에 나선 군대는 바람이 부는 대로 움직였다. 메뚜기처럼 이동을 하는 것이었다.

들리는 소문에 의하면, 조조의 옛 근거지였던 연주는 여포의 부하인 설란薛蘭과 이봉李封이 들어앉아 지키고 있는데 군기가 매우 문란해 병사들이 마을로 나가 약탈과 횡포를 일삼는다고 했다. 또한 성안의 장군은 가혹하게 세금을 거두어들여 자신들의 향락에만 빠져 있다는 것이었다.

“지금이라면 함락할 수 있을 것이다.”

조조는 군대의 방향을 돌리고 검을 들어 연주를 가리켰다.

"우리의 고향으로 돌아가자!"

군대는 폭풍처럼 달려 순식간에 목적지인 연주성 밑에 도착했다. 이봉과 설란은 조조군을 직접 보고는 놀라 당황하였으나 곧바로 채비를 갖추고 맞서기 위해 나갔다.

새로 가세한 허저가 조조 앞으로 다가가 말했다.

"제가 처음으로 나서는 싸움이니 저 두 장수를 잡아다 주공 앞에 바치겠습니다."

허저는 이미 설란과 이봉 두 사람에게 싸움을 걸며 나아가고 있었다. 귀찮다고 생각했는지 허저가 이봉을 단칼에 베어버렸다. 이에 겁먹고 설란이 달아나자 조조군 뒤편에서부터 여건呂虔이 화살을 날렸다. 화살이 설란의 목덜미를 꿰뚫었기에 허저의 칼을 쓰지 않아도 설란이 말에서 굴러떨어졌다.

그렇게 해서 연주성은 다시 조조의 손에 들어왔다.

"이 기세를 몰아 복양성까지 빼앗자!"

조조가 다시 여포의 근거지를 향해 나아갔다.

모사 진궁이 여포에게 말했다.

"나가 싸우는 건 불리합니다."

농성籠城을 권했으나 여포는 듣지 않았다.

"쓸데없는 소리 말아라!"

여포는 성격이 급했다. 게다가 조조를 다루는 법도 알고 있었다. 단번에 격멸하여 연주까지 바로 되찾지 못하면 백년지계를 그르치게 된다며 성의 병사들을 모두 이끌고 나가 삼엄하게 대치했다. 여포의 용맹은 여전히 녹슬지 않았다. 나이를 먹으면서 마술馬術과 무예가 오히려 능란해져 그야말로 만 명의 병사로도 당해낼 수가 없었다. 마치 전쟁을 위해서 신이 만들어낸 불사신과도 같은 사람이었다.

"오오, 드디어 내게 어울리는 호적수를 찾았다."

빼어난 적장 여포의 모습을 본 허저는 영웅 정신이 한층 고조되었다.

"제가 저놈과 맞서겠습니다!"

허저가 외치며 달려나갔다. 하지만 여포는 그를 접근조차 하지 못하게 했다. 허저는 이를 갈며 그의 앞으로, 앞으로 끈질기게 돌아 들어갔다. 서로의 무기를 부딪쳤으나 승부가 나지 않았다.

이에 악래 전위가 허저를 돕기 위해 달려들었다. 두 호걸이 협공을 해도 여포의 방천극에는 여전히 여유가 있었다.

결국에는 하후돈을 비롯하여 조조 진영의 용장 여섯 명이 그곳으로 모여들었다. 그들은 이번에야말로 여포를 놓치지 않겠다며 달려들었다. 여포는 위기의식을 느꼈는지 방천극을 크게 휘둘러 한쪽을 무너뜨린 뒤 적토마에 채찍을 가해 달아나고 말았다.

여포는 자신의 성문 아래까지 달려왔다. 그때 '앗' 하는 소리와 함께 여포가 말을 멈추었다. 그는 어찌 된 일인가 싶어 눈을 둥그렇게 떴다. 성문 앞의 다리가 올려져 있었다.

'누가 명령을 내린 것이지?'

그는 화를 내며 큰 소리로 호濠 건너편을 향해 소리쳤다.

"문을 열어라! 다리를 내려라! 뭣들 하는 게냐!"

그러자 성벽 위에서 몸집이 작은 사내가 불쑥 모습을 드러냈다. 예전에 여포를 위해 거짓 서간을 보내어 조조군에게 치명적인 손해를 입힌 이 지방의 부호 전씨였다.

"그렇게는 못하겠소, 여 장군."

전씨가 이를 드러내며 성벽 위에서 커다란 소리로 웃었다.

"어제의 아군도 오늘은 적이 되는 법이니까. 나는 처음부터 득이 되는 쪽에 붙겠다고 분명히 말하지 않았소. 애초부터 무장도 그 무엇도 아니니 오늘부터는 조 장군의 편을 들기로 했소. 아무래도 저쪽 깃발의 색이 더 마음에 드니, 하하하하."

"이놈, 성문을 열지 못하겠느냐? 찢어 죽여도 시원찮을 천민 놈, 내 어쩌는지 두고 보아라!"

여포가 이를 갈며 온갖 욕설을 퍼부었다. 성벽 위의 전씨는 여포를 한층 더 조롱했다.

"이제 이 성은 자네의 것이 아닐세. 조조 장군에게 헌상했다네. 비열한 표정 짓지 말고 목숨이 붙어 있을 때 얼른 달아나는 게 좋을 걸세. 이거 참으로 미안하게 됐구먼."

자신의 이利를 위해 찾아온 사람은 다시 자신의 이를 위해 적이 되는 법이다. 여포는 소인배를 이용하여 얻은 공을 소인배의 배신으로 단번에 잃고 말았다. 그는 욕설과 함께 소리를 질렀으나 그곳에 오래 서 있는 것은 곧 조조군의 포위를 기다리는 것이나 다를 바 없는 일이었다. 그는 어쩔 수 없이 정도定陶(산동성 정도)로 가 몸을 피했다.

진궁은 그 소식을 듣고 크게 자책했다.

'전씨를 쓰고, 그에게 마음을 준 것은 내 잘못이기도 하다.'

하지만 곧 마음을 추스르고 급히 성의 동문으로 달려갔다. 그리고 내부의 전씨와 교섭하여 여포의 가족들을 데리고 나왔다.

성을 잃으면 그 순간 따르는 병사의 숫자도 급격하게 줄어버린다. '이 사람을 따라가봐야 별수 없다'며 포기를 하고 사방으로 흩어지는 것이다. 전씨는 전씨 혼자만 있는 것이 아니었다. 무수한 전씨들이 뭉치기도 하고 흩어지기도 하는 세상이었다.

일단 전쟁에서 패해 천하를 떠도는 무리가 되면 대장이나 막료들은 차라리 병사의 숫자가 줄어드는 게 마음이 편했다. 수십만이나 되는 대군을 유지할 수 없기 때문이다. 아무리 약탈을 하며 돌아다닌다 할지라도 한 마을에 1, 2천쯤 되는 병사가 몰려 들어가면 마을의 창고는 곧 메뚜기 떼가 지나간 들판처럼 변하고 말았다.

여포는 일단 정도로 달아났으나 그곳에서도 오래 머물 수 없었다.

"차라리 원소를 의지하여 기주로 가는 것이 어떻겠는가?"

진궁에게 의견을 물었다. 진궁은 고개만 갸웃거릴 뿐 대답을 망설였다. 각지에서 여포의 인기가 그리 좋지 않다는 사실을 알고 있기 때문이었다. 이에 사람을 먼저 보내 원소의 마음을 슬쩍 떠보기로 했다.

한편 소식을 들은 원소는 모사인 심배에게 의견을 물었다. 심배가 솔직하게 대답했다.

"받아들여서는 안 됩니다. 여포는 천하의 용장이나 그 마음은 승냥이나 이리와 같은 자입니다. 만약 그가 세력을 회복하여 연주를 되찾는다면, 그다음에 우리 기주를 노리지 않을 것이라고는 장담할 수 없습니다. 차라리 조조와 손을 잡고 여포와 같은 난적亂賊을 제거하는 것이 기주를 위해서도 좋을 것입니다."

"참으로 옳은 말이오."

원소는 곧 부하 안량에게 5만여 명의 군사를 주어 조조군을 돕게 하고 조조에게 친선의 뜻을 담은 편지를 보냈다.

여포는 당황했다. 역경에 처한 부대는 정처 없이 떠돌았다.

"그래, 얼마 전에 새로이 서주를 물려받아 도겸의 뒤를 이은 유현덕을 찾아가기로 하세. 어떤가, 진궁?"

"좋은 생각입니다. 서주의 새로운 태수는 세상의 평판도 좋은 듯합니다. 우리를 받아주기만 한다면 서주를 의지하는 것만큼 좋은 일도 없을 듯합니다."

여포는 당장 유비에게 사자를 보냈다.

"아아, 그도 당대의 영웅이거늘."

유비는 인仁을 청한다는 여포의 말을 전해 듣고 스스로 그를 맞으러 나가려 했다.

"안 됩니다."

가신家臣인 미축이 앞길을 가로막으며 강력하게 만류했다.

"여포의 인품은 이미 잘 알고 계실 것입니다. 원소조차 그를 받아들이지 않았습니다. 서주는 지금 태수께서 다스리기 시작한 이후, 상하가 일치단결하여 평온하게 국력을 기르고 있습니다. 굶주린 이리 같은 장수를 받아들일 필요가 어디에 있겠습니까?"

미축의 말에 옆에 있던 관우와 장비도 고개를 끄덕였다.

유현덕도 수긍하기는 했으나 끝내 의견을 받아들이지는 않았다.

"그렇소, 여포의 인품은 결코 좋다고 할 수가 없소. 그러나 지난날 그가 조조의 허를 찔러 연주를 공격해주지 않았다면 서주는 그때 조조군에게 완전히 격멸당하고 말았을 것이오. 그야 물론 여포가 의식적으로 서주에 베푼 덕은 아니나 나는 천우天佑라 여기고 감사하고 있소. 지금 여포가 궁지에 몰린 새가 되어 내게 인애仁愛를 구하는 것도 하늘의 뜻이 아닐까 싶소. 궁지에 몰린 그 새를 내몬다는 것은 나로서는 할 수 없는 일이오."

"그렇게까지 말씀하신다면 더는 드릴 말씀이 없습니다만……."

미축도 입을 다물어버렸다.

장비가 관우를 돌아보며 중얼거렸다.

"거참, 어쩔 수가 없군. 아무래도 우리 큰형님은 사람이 너무 좋아. 교활한 놈들은 그 점을 이용할 거야. 그런데 여포 같은 놈을 맞으러 직접 나가시다니……."

그러고는 마지못해 유비를 따라나섰다.

유비는 수레를 타고 성 밖 30리까지 나가 여포를 맞이했다. 떠돌이 장사를 정중한 예로 맞자 여포도 황송한 듯 유비가 수레에서 내리는 것을 보고는 급히 말에서 내려 인사를 했다.

"저 같은 것을 어찌 이리 환대하시는 것인지, 호의에 몸 둘 바를 모르겠습니다."

그러자 유비가 대답했다.

"저는 장군의 무용을 존경하고 있습니다. 뜻과는 달리 머물 곳이 없다는 소리를 들으니 안타깝기 짝이 없습니다."

여포는 그의 겸손을 보고 곧 기분이 좋아져 가슴을 활짝 폈다.

"잘 헤아려주시기 바랍니다. 천하의 그 누구도 어찌하지 못했던 조묘의 간신 동탁을 제거했으나 다시 이각 일파의 난을 만나 제가 한실에 바친 충성도 수포로 돌아갔습니다. 허무하게도 지방으로 빠져나와 군사를 기르려 했으나, 그릇이 작은 제후들이 받아주지 않아 아직도 이렇게 남아의 뜻을 펼칠 땅을 찾아 돌아다니고 있습니다."

그는 자조하듯 말하고 나서 유비의 손을 잡으며 말을 이었다.

"어떻습니까? 훗날 귀하의 힘이 되기도 할 것이며, 또 제 힘이 되어주시기도 하여 서로 큰일을 이루었으면 합니다만……."

여포가 친밀함을 드러내자 유비는 말없이 소매 안으로 손을 넣었다. 그리고 예전의 태수 도겸에게 물려받은 '서주의 패인'을 꺼내 그에게 내밀었다.

"장군, 이것을 드리겠습니다. 도 태수가 돌아가신 뒤 이 땅을 관령管領할 사람이 없었기에 어쩔 수 없이 제가 대신 맡고 있었으나 각하가 그 뒤를 이어주신다면 이보다 더 좋은 일도 없을 것입니다."

"아니, 제게 그 패인을?"

여포는 뜻밖이라는 표정을 지으면서도 무의식적으로 손을 내밀었다.

"그렇다면 말씀에 따라서……."

그러다 문득 유비 뒤에서 눈을 부릅뜨고 자신을 뚫어져라 쳐다보는 두 사람을 보고 그럴 뜻이 없다는 듯 웃으며 내민 손을 거두었다.

"하하하. 무슨 말씀인가 했는데 서주 땅을 제게 주시겠다니, 너무나 뜻밖이어서 달리 드릴 말씀도 없습니다. 저는 원래 무예밖에 모르기 때문에 주를 다스릴 만한 능력이 없습니다. 거두십시오.”

여포가 그렇게 말하자 그의 옆에 있던 모사 진궁 역시 받을 수 없다는 뜻을 밝혔다.

유현덕은 여포 일행을 국빈으로 성안에 맞아들인 뒤, 성대한 잔치를 열어 정중하게 대접했다.

이튿날 여포가 어제의 답례로 자신의 객사로 유비를 초대하고 싶다며 사람을 보내왔다.

관우와 장비 두 사람이 갈마들며 유비에게 말했다.

“가실 생각입니까?”

“갈 생각이네, 호의를 무시할 수도 없는 일이니.”

“호의는 무슨 호의입니까? 여포는 서주를 빼앗을 속셈을 가지고 있습니다. 거절하는 편이 나을 것입니다.”

“아니다. 나는 언제나 성의를 가지고 사람을 대하고 싶구나.”

“그 성의를 알아줄 만한 사람이라면 상관없을 것입니다.”

“알아주든 안 알아주든 그것은 사람에 따라 다르니 어쩔 수 없는 일이다. 나는 그저 내 진심에 따르고 싶을 뿐이다.”

유비는 수레를 준비하라고 명령했다.

관우와 장비도 어쩔 수 없이 따라나서 여포의 객사로 향했다. 물론 여포는 매우 기뻐했으며 극진하게 대접을 했다.

“워낙 떠도는 몸이라 만족스럽게 준비하지는 못했습니다.”

그는 자리를 마련한 후당으로 유비 일행을 데려갔다. 평소 검소하게 살아온 유비의 눈에는 참으로 호화롭게 보일 뿐이었다.

분위기가 무르익자 여포가 자신의 아내라는 사람을 소개했다.

"인사드리게."

그의 부인은 아리따운 미인이었다. 손님의 예를 갖춰 절을 한 뒤 얌전하게 남편 곁으로 돌아갔다. 분위기에 취한 여포가 말했다.

"불행히도 역경에 처한 몸으로 산동을 떠돌며 세상의 경박함을 뼈저리게 맛보았으나 어제와 오늘은 참으로 유쾌하오. 귀공의 정의情誼를 깊이 느끼게 되었소. 그도 그럴 것이 지난날 이 서주가 조조의 대군에 포위되어 위기에 처했을 때 내가 그의 배후인 연주를 습격하지 않았다면 서주의 오늘도 없었을 테니 말이오. 내 입으로 말하기는 좀 쑥스럽소만 귀공이 그 사실을 잊지 않았다는 점이 참으로 기쁘오. 역시 사람은 좋은 일을 해야 해."

유비는 미소를 머금은 채 그저 고개만 끄덕이고 있을 뿐이었다. 그러자 여포가 유비의 손을 잡으며 말을 이었다.

"뜻밖에도 이 서주에 몸을 맡겨 현제賢弟의 보살핌을 받게 될 줄이야……. 이렇게 된 것도 큰 인연이라 할 수 있을 게요."

취기가 오른 여포는 점점 더 조심성 없이 말했다. 처음부터 마음에 들지 않는다는 듯한 표정으로 말없이 술을 마시던 장비가 갑자기 술잔을 바닥에 내던지더니 검을 쥐고 벌떡 일어섰다.

"뭐, 뭐라고? 다시 한번 말해봐라!"

장비가 무엇 때문에 그처럼 화를 내는 건지 얼핏 짐작이 되지 않았으나 그의 험악한 표정에 놀란 여 부인이 비명을 지르며 남편의 뒤로 숨었다.

"이놈, 여포야! 너는 지금 우리의 주공이시자 큰형님이신 분을 현제라고 함부로 불렀다만, 이분은 한나라 천자의 피를 이어받은 금지옥엽이시다. 너는 일개 필부, 남의 집 종에 불과한 몸이 아니냐? 무례한 놈! 밖으로 나가자, 밖으로!"

취한 장비가 이렇게 말하는 것은 그저 노래를 부르는 것이나 다를 바 없는 일이었으나, 그가 검을 뽑아들고 있었기에 장비를 잘 모르는 사람들은 깜짝 놀라지 않을 수 없었다.

"이놈, 무슨 짓을 하는 게냐?"

유비가 장비를 꾸짖었다.

"그만두지 못하겠느냐? 여기가 어느 자리라고!"

관우도 당황하여 장비를 말리고 벽 쪽으로 밀어붙였다. 하지만 장비는 멈추지 않았다.

"그게 무슨 소리요? 이런 자리이기 때문에 참을 수 없는 거요. 어디서 굴러먹던 놈인지도 모르는 녀석이 우리의 주공이자 의형義兄 되시는 분을 경솔히도 현제라며 동생 취급하는데 어찌 가만히 있을 수 있겠소?"

"그래 알았다, 알았어."

"그뿐만이 아니오. 듣자 하니 저 여포 녀석, 자신의 야망을 이루기 위해 연주를 쳐놓고 무슨 은혜라도 베푼 양 말하고 있지 않소? 큰형님이 겸손하여 자신을 낮추니 버릇없이 기어오르는 거요!"

"그만두라 하지 않았느냐! 이래서 네놈은 진심으로 하는 일도 술에 취해 하는 일이라고 사람들에게 오해를 사는 게 아니냐."

“술에 취해 하는 말이 아니오.”

“그럼 입 다물고 있어라.”

“아아, 분하구나.”

장비는 분을 삭이지 못한 채 자리에 앉기는 했으나, 화가 나서 견딜 수 없다는 듯 커다란 잔에 술을 부어 거푸 들이켰다.

당혹스럽다는 표정으로 유비가 사과했다.

“초대해주셨는데 추태를 부려 죄송합니다. 동생 장비는 곧은 성격을 가졌으나 술을 마시면 너무 기운이 넘쳐서……. 하하하하.”

여포는 유비의 웃음에 조금은 안정을 되찾은 듯 억지로 쾌활한 척 말했다.

“괜찮습니다. 전혀 마음에 두지 않습니다. 모두 술 때문에 벌어진 일이니.”

그 말에 장비가 여포를 노려보다 다시 유비의 얼굴을 보고는 혀를 차며 입을 다물었다.

싸늘하게 식은 분위기는 다시 살아나지 않았다. 겁을 먹은 여포의 부인도 어느 틈엔가 모습을 감추고 말았다.

“밤도 깊었으니 이제 그만 가보겠습니다.”

유비가 적당한 때를 봐서 인사를 하고 자리에서 일어났다.

손님을 배웅하기 위해 여포는 문밖까지 나갔다. 그러자 한발 앞서 문밖으로 나가 있던 장비가 말 위에서 창을 들고 여포 앞에 나타나 외쳤다.

“자, 별빛 아래서 나와 3백 합을 겨뤄보자. 3백 합까지 싸워도 승부가 나지 않는다면 목숨만은 살려주겠다!"

"이제 그만하지 못하겠느냐?"

놀란 유비가 장비의 난폭함을 꾸짖었고, 관우도 날뛰는 말의 재갈을 잡아 필사적으로 말리며 간신히 집으로 끌고 갔다.

다음 날, 여포가 약간 침울한 표정으로 유비의 성을 찾았다.

"귀공의 온정은 참으로 감사히 받을 수 있겠으나 사제舍弟들께서 저를 이상한 눈으로 보시는 듯합니다. 아무래도 인연이 아닌 듯하니 저는 다른 곳으로 가볼 생각입니다. 오늘은 그 인사를 드리러 왔습니다."

"그래서는 제 마음이 편치 않습니다. 이대로 떠나신다는 건 아무래도 좋은 일이 아닌 듯합니다. 아우의 무례함은 제가 사과드리겠습니다. 잠시 더 머무시면서 천천히 병마를 기르십시오. 소패는 좁은 땅이기는 하나 물도 좋고 비축해둔 양식도 있습니다."

유비는 여포를 붙들었다. 그리고 정중한 예의를 갖춰서 자신이 전에 머물던 소패의 집을 제공했다. 여포 역시 갈 곳을 딱히 정해둔 것은 아니었기에 유비의 호의에 의지하여 일족과 병마를 데리고 소패로 향했다.

23
독과 독

돈 한 푼을 훔치면 도둑이 되지만 한 나라를 훔치면 영웅이라는 칭송을 받게 된다.

당시 장안의 중앙정부는 꽤 문란했으나 세상의 훼예포폄毀譽褒貶은 참으로 이상한 것이었다. 조조는 자신의 근거지였던 연주를 잃은 데다가 다시 메뚜기에 의한 기근에 시달렸기에 어쩔 수 없이 여남과 영천 방면까지 원정했다. 지방의 초적을 상대로 일종의 약탈을 감행하여 근근이 역경을 견디고 있었는데, 바로 그러한 사실이 도읍인 장안에 알려졌다. 곧 조정으로부터, '난적亂賊을 진압해 지방의 평온에 진력한

288

공을 인정하여 건덕장군健德將軍 비정후費亭侯에 봉한다’는 상이 내려
왔다.

이에 조조는 다시 지방에서의 세력을 회복하여 그 이름이 중외에 더
욱 알려졌다. 중앙의 정묘에서는 여전히 그와 같은 소극적인 정책밖에
취하지 않았다.

수도 장안은 혁명의 불꽃에 절반 가까이 타버리고 말았다. 난폭했던
동탁이 살해당해 그 면모를 일신하는가 싶었지만 그 후에는 이각과 곽
사가 들어와 여전히 정사를 사사로이 행했다. 또한 그들은 사욕을 채
우느라 악정만을 남발할 뿐 조금도 자숙하지 않았다. 그러자 민중의
원성이 하늘을 찔렀다.

“한 명의 동탁이 죽더니 어느 틈엔가 두 명의 동탁이 조정으로 들어
갔다.”

하지만 큰 소리로 말하는 이는 누구 하나 없었다. 사마司馬 이각, 대
장군 곽사의 권력은 백관을 짓누르고 절대적인 것이 되어버렸다. 그런
데 조정에는 태위 양표라는 신하가 있었다. 하루는 그가 주전朱雋과 함
께 헌제 곁으로 가만히 다가가 이렇게 진상했다.

“이대로 가다가는 국가의 장래가 심히 걱정됩니다. 들리는 소문에
의하면 조조는 지금 지방에서 20여만의 병사를 거느리고 있으며 그 막
하에는 훌륭한 무장과 모사들이 별처럼 모여 있다고 합니다. 그에게
명을 내려 사직에 깃들어 있는 간당奸黨을 소탕하시는 것이 어떻겠습
니까? 근심을 품은 저희 조정의 신하들뿐 아니라 만민 모두 현재의 악
정을 한탄하고 있습니다.”

그가 두 간신의 주륙을 은밀히 권하자 헌제가 눈물을 흘리며 말했다.

"그렇게 말씀하실 필요도 없는 일이오. 그 도적들 때문에 짐이 괴로움을 겪은 지도 이미 오래되었으니. 짐은 하루하루, 인내와 인욕의 날들을 보내고 있소. 만약 그 두 도적을 칠 수만 있다면 천하의 인민과 함께 짐의 가슴도 참으로 후련해질 것이오. 그러나 어찌하겠소, 그럴 방책이 없는 것을."

"아니, 아주 없지만도 않습니다. 폐하께서 마음만 정하신다면 말입니다."

"어떻게 치겠다는 말이오?"

"예전부터 신의 가슴속에 한 가지 계책이 있었습니다. 곽사와 이각은 서로 어깨를 나란히 하고 있으니 계략을 써서 두 도적이 서로를 물어뜯어 반목하게 한 뒤, 조조에게 밀서를 내려 주멸토록 하는 것입니다."

"일이 뜻대로 되겠는가?"

"자신 있습니다. 그 계책이란, 곽사의 부인은 질투심이 많기로 유명하니 우선은 그 마음을 이용하여 그의 가정에 반간계를 쓰는 것입니다. 틀림없이 실패는 없을 것이라 여겨집니다."

황제의 속내를 확인한 양표는 마음속으로 비책을 다시 한번 점검해 보며 집으로 돌아갔다. 집에 도착하자마자 그는 곧 부인의 방으로 갔다.

"그래, 요즘에도 곽사의 영부인께 종종 인사를 드리고 있는가? 부인들끼리 여러 모임이 있다고 들었네만."

그는 부인의 어깨에 두 손을 얹어 평소와는 달리 부드러운 목소리로 물었다.

양표의 부인이 이상히 여기며 비꼬았다.

"영감, 오늘은 대체 어쩐 일이십니까?"

"어쩐 일이냐니?"

"평소 제 일에 대해 물으신 적이 한 번도 없지 않았습니까?"

"아하하하."

"오히려 기분이 좋지 않습니다."

"그런가?"

"틀림없이 제게 부탁할 일이라도 있으신 거겠지요."

"당신에게는 정말 못 당하겠소. 실은 당신의 힘을 좀 빌렸으면 하는 일이 있는데."

"어떤 일인가요?"

"곽사의 부인은 당신에게도 지지 않을 정도로 질투심이 강하다고 들었소."

"어머, 제가 언제 질투한 적이 있었나요?"

"아아, 당신을 말하는 게 아니오. 곽사 부인이 어떤가 하는 게지."

"그처럼 질투심이 강한 부인과 저를 비교하지 마세요."

"당신은 참으로 양처일세. 내 늘 감사하고 있지."

"흥, 입술에 침도 안 바르시고."

"농담은 그만두기로 하고, 가끔 곽사 부인을 찾아가 당신의 입으로 그분의 질투심에 불을 붙여주지 않겠나?"

"다른 집안의 부인을 질투하게 만드는 일이 무슨 도움이 된단 말씀입니까?”

“나라를 위한 일이오.”

“무슨 그런 농담을.”

“농담이 아니오. 나아가서는 한실을 위한 일이기도 하고 작게는 당신의 남편인 나를 위한 일이기도 하오.”

“알겠습니다. 어째서 그런 하찮은 일이 조정과 나리를 위한 일이 된다는 겁니까?”

“귀를 대보시오.”

양표는 목소리를 낮춰 황제와 은밀히 논한 내용과 가슴속 비책을 부인에게 밝혔다. 양표의 부인은 눈을 둥그렇게 뜨고 처음에는 망설이는 듯했으나 남편의 눈을 보니 무서울 정도로 결연한 의지가 나타나 있었기에 결국 뜻에 따르기로 했다.

“네, 해보겠습니다.”

그러자 양표가 더욱 진지한 표정을 지으며 주의를 주었다.

“해보겠다는 정도의 가벼운 마음으로 일에 임해서는 안 되오. 자칫 실패를 했다가는 우리 일족의 파멸을 부를지도 모르는 일이오. 독부毒婦가 되겠다는 심정으로 일을 잘 처리해주시오.”

양표의 부인은 화사하게 차려입고 가마에 올랐다. 대장군 곽사의 부인을 방문하기 위해 집을 나선 것이었다.

“어머나, 매번 진귀한 선물을 받기만 해서 어떡합니까.”

곽사의 부인은 우선 진귀한 선물에 대한 예를 표한 뒤, 손님의 옷과 화장을 칭찬했다.

"정말 고우십니다."

"아닙니다. 저희 바깥양반은 제 옷차림 같은 것에는 조금도 관심이 없습니다. 그보다 영부인의 머릿결이야말로 참으로 아름답습니다. 언제 봬도 영부인처럼 진심으로 아름답다고 생각되는 분은 그리 흔치 않습니다. 그런데도 남자들이란 참……."

"부인께서는 어찌 갑자기 눈물을 흘리십니까?"

"아아, 아무것도 아닙니다."

"아니, 무슨 이유가 있으시겠지요. 숨기지 말고 말씀해주시기 바랍니다. 혹시 제게는 말할 수 없는 일인가요?"

"부인 앞에서 눈물을 흘리다니……. 부인, 용서해주세요."

"대체 어찌 된 일입니까?"

"그럼 말씀드리겠습니다만, 그 누구에게도 말씀하셔서는 안 됩니다."

"네, 누구에게도 말하지 않겠습니다."

"사실은 부인의 얼굴을 보고 있자니 정말 아무것도 모르시는구나 싶어 가엾은 마음이 들었기에……."

"네? 제가 가엾다고요? 대체 무슨 말씀이신지……."

곽 부인은 안달이 나서 양표의 부인에게 다음 말을 재촉했다.

양표의 부인은 짐짓 가엾어서 견딜 수 없다는 표정을 지으며 두려운 일이라도 이야기하듯 목소리를 낮추었다.

"부인께서는 정말 아무것도 모르고 계십니까?"

곽사의 부인은 이미 양표의 부인이 놓은 덫에 걸려들고 말았다.

"아무것도 모릅니다. 혹시 저희 집 바깥양반과 관련된 일입니까?"

"네, 그렇습니다. 부인, 부디 부인의 가슴에만 묻어두시기 바랍니다. 그 아름답기로 유명한 이 사마의 젊은 부인을 알고 계시죠?"

"이각 나리와 남편은 문경지우刎頸之友라 할 수 있으니 저도 그 부인과는 친하게 지내고 있습니다만."

"바로 그래서 부인께서는 사람이 너무 좋다고 세상 사람들도 안타까워하고 있는 것이겠지요. 그 이 부인과 댁의 곽 장군께서는 이미 오래전부터…… 사이가 아주……."

"네? 저희 바깥양반과 이 부인이?"

곽사 부인의 얼굴빛이 갑자기 바뀌더니 몸이 부르르 떨렸다.

"저, 정말입니까?"

"부인, 남자들이란 모두 그런 법이니 결코 장군을 원망하셔서는 안 됩니다. 저는 단지 이 부인이 얄미워 죽겠습니다. 부인과 모르는 사이도 아닌데 어찌 그럴 수 있나 싶어서요."

양표의 부인이 다가가 마치 끌어안기라도 할 것처럼 위로를 하자 곽 부인이 눈물을 흘렸다.

"어쩐지 요즘 남편의 모습이 좀 이상하다 싶었습니다. 밤에 늦게 돌아오는 날이 잦으시고, 저를 보면 늘 언짢은 듯하셔서……."

양표의 부인이 돌아간 뒤, 그녀는 병에 걸린 사람처럼 방 안에 들어앉아버렸다. 마침 그날도 그녀의 남편 곽사는 술에 취해 밤늦게야 돌아왔다.

"어찌 된 게요? 얼굴이 창백하지 않소?"

"저도 모르겠습니다. 그냥 내버려두세요!"

"또 병이 도졌구먼, 하하하."

"……."

부인은 등을 돌린 채 흐느껴 울기만 했다.

4, 5일쯤 지난 후 이각의 집에서 곽사를 초대했다. 곽사의 부인이 집을 나서려는 남편의 앞을 가로막고 상기된 얼굴로 말했다.

"그런 곳에 가실 생각인가요?"

"왜 그러시오? 친한 벗의 술잔치에 가는 게 뭐 나쁘단 말이오?"

"이 사마도 틀림없이 나리를 원망하고 계실 거예요."

"무슨 소리를 하는 게요?"

"곧 아시게 될 거예요. 옛사람도 말하지 않았습니까, 두 영웅은 양립할 수 없다고. 게다가 개인적으로도 좋지 않은 마음을 품고 있는걸요. 나리께서 만약 술자리에서 좋지 않은 일이라도 당하시면 저희는 어떻게 하란 말씀이신가요?"

"하하하. 당신이 뭔가 착각을 하고 있는가 보구려."

"무슨 말씀을 하셔도 상관없으니 오늘 밤만은 가지 마세요. 제 소원입니다."

부인이 가슴에 기대어 눈물을 흘렸기에 곽사도 뿌리치고 갈 수가 없었다. 그래서 그날 밤의 잔치에는 결국 참석하지 못했다.

다음 날 이각의 집에서 갖가지 요리를 하인에게 들려 보내왔다. 그것을 받은 곽사의 부인은 일부러 그 요리 가운데 하나에 독을 넣어 남편 앞으로 가져갔다.

“맛있어 보이는구먼.”

곽사가 별생각 없이 수저를 들자 부인이 그의 손을 잡으며 말렸다.

“다른 집에서 온 음식을 살펴보지 않고 함부로 드시다 소중한 몸이라도 상하면 어쩌려고 그러세요.”

그리고 젓가락으로 요리 중 하나를 집어 정원으로 던졌고, 곧이어 개가 달려와 먹어치웠다.

“앗!”

곽사는 놀랐다. 개가 팽이처럼 빙글빙글 돌다 비명을 지르며 피를 토하고 죽어버린 것이었다.

“아, 끔찍해라!”

곽사의 부인이 남편에게 매달리며 과장스럽게 몸을 떨었다.

“보세요. 제가 말씀드렸잖아요. 저렇게 이 사마께서 보낸 요리 안에 독이 들어 있잖아요. 사람의 마음도 이와 다를 바 없는 거예요.”

“흠…….”

곽사는 크게 한숨만 내쉴 뿐 눈앞의 사실에 할 말을 잃고 말았다.

곽사의 마음에는 이각에 대한 의심이 싹트기 시작했다. 전과는 달리 이각의 모든 행동이 의심스럽게만 보였다.

그로부터 한 달쯤 지난 어느 날, 조정에서 집으로 돌아가려는데 이각이 억지로 잡아끌어 곽사는 어쩔 수 없이 그의 집으로 갔다.

“오늘은 축하할 일이 있으니 마음껏 마시기로 하세.”

이각은 평소와 같이 호화로운 식탁에서 미희들에게 시중을 들게 했다.

마침내 곽사는 허리띠를 풀고 한껏 취해서 집으로 향했다. 그런데 돌아가는 길에 조금 술기운이 가시자, 언젠가 독이 든 음식을 먹어 죽은 개가 떠올랐다.

'설마 오늘 밤 음식에도 독이 들었던 건 아니겠지? 괜찮으려나……'

그렇게 계속 신경이 쓰였고 나중에는 왠지 가슴이 답답한 듯했다. 갑자기 명치 부근이 거북해지기까지 했다.

'아, 이거 안 되겠는데.'

그는 손으로 이마의 땀을 닦았다. 그리고 마부에게 명령했다.

"서둘러라, 서둘러!"

집에 돌아오자마자 그는 황급히 부인을 불러 침대에 누웠다.

"독을 풀어주는 약 좀 없소?"

그 이유를 들은 부인은 이때를 놓칠세라, 약 대신 똥물을 먹게 한 뒤 남편의 등을 쓰다듬었다. 곽사는 신경이 날카로운 상태에서 성급히 이상한 것을 마셨기에 순간 침대 밑으로 배 속에 든 것을 모두 토해내고 말았다.

"아아, 다행스럽게도 약이 바로 들었네요. 속이 좀 시원하시죠?"

"정말 숨이 끊어지는 줄 알았소."

"이제 생명에는 지장이 없을 거예요."

"정말 큰일 날 뻔했소."

"나리도 참 답답하십니다. 제가 그렇게 말씀드렸는데도 이 사마를 너무 믿고 있기에 이런 일이 벌어지는 것 아닙니까?"

"이젠 알았소. 내 생각에도 내가 너무 우직했소. 이각의 속내를 알았으니 나도 내 생각대로 움직일 것이오."

곽사는 창백한 이마를 주먹으로 두어 번 두드리고는 갑자기 방 밖으로 뛰쳐나갔다. 그러고는 그날 밤으로 군대를 소집하여 이각의 집으로 쳐들어갔다.

곽사의 공격에 앞서 그 사실을 이각에게 알린 사람이 있었다.

"그렇다면 나를 없애고 혼자서 권력을 쥐겠다는 말이군. 네놈이 그렇게 나온다면 나도 가만있을 수 없지."

이각도 이미 만반의 준비를 갖추었기에 양군은 이튿날도, 그 이튿날도 시가지를 아수라장으로 만들며 피비린내 나는 전투를 거듭했다.

날이 갈수록 양군의 병사들이 늘어 장안은 다시 대란에 빠지고 말았다. 그 혼란스러운 상황에서 이각의 조카 이섬李暹은 천자를 자기네 쪽으로 데려가기 위해 가장 먼저 용좌로 달려갔다. 그는 천자와 황후를 억지로 수레에 싣고 모사인 가후와 무장 좌령左靈에게 감시하게 한 뒤, 울부짖으며 매달리는 내시와 궁내관은 돌아보지도 않고 후재문後宰門을 빠져나갔다. 그러고는 화살이 소낙비처럼 쏟아지는 어지러운 거리로 덜컹덜컹 수레를 밀고 나갈 뿐이었다.

"이각의 조카가 천자를 수레에 태워 어딘가로 가고 있습니다."

곽사는 부하의 급보를 듣고 매우 당황했다.

"아아, 방심했구나. 무슨 일이 있어도 천자를 빼앗겨서는 안 된다!"

곽사가 서둘러 후재문 쪽으로 병사를 보냈으나 때는 이미 늦었다. 달리는 말과 날뛰는 병사들에게 끌려가는 수레는 누런 먼지를 일으키며 미오성 쪽을 향하고 있었다.

"저기 간다, 저기!"

곽사의 병사들이 요란스럽게 떠들며 화살을 쏘려 했다. 하지만 적의 후미에서 먼저 화살을 쏘았기에 오히려 수많은 부상자만 생겼다.

"놓치고 말았구나. 이렇게 분할 수가!"

곽사는 자신의 실수에 대한 화풀이를 하기 위해 병사들을 이끌고 궁궐 안으로 들어갔다. 그리고 평소 마음에 들지 않았던 조정의 신하들을 베기도 하고 후궁의 미희와 여관들을 포로로 삼아 자기 진지로 끌고 가기도 했다. 뿐만 아니라 궁전에 쓸데없이 불을 지르기까지 했다.

"이렇게 된 이상 끝까지 싸우겠다."

그는 불꽃을 보며 아무 의미 없이 쾌재를 불렀다.

한편 이섬은 황제와 황후를 태운 수레를 이각의 군영으로 끌고 가기는 했으나 아무래도 불안한 마음이 가시지 않았다. 이에 숙부인 이각과 상의하여 옛 동 상국의 별장이자 견고한 성이기도 한 미오성 안으로 그들을 옮기기로 했다.

이후 헌제와 황후는 미오성의 유실幽室에 감금된 채 10일 정도를 지냈다. 황제는 뜻대로 할 수 있는 일이 아무것도 없었으며, 한 걸음도 자유롭게 옮길 수 없었다. 그들에게 제공되는 음식 또한 눈 뜨고 볼 수 없을 만큼 형편없었는데, 상이 들어오면 반드시 썩은 냄새가 같이 따라 들어왔다. 황제는 수저를 들지도 않았다. 시신들은 억지로 음식을 입에 넣었는데 전부 토하며 그저 눈물을 흘릴 뿐이었다.

"시종들이 아귀처럼 야위어가는 모습을 보는 것은 참으로 견디기 어려운 일이오. 청컨대 짐에게 덕을 베푼다는 생각으로 그들을 가엾이 여겨주시기 바라오."

헌제는 사람을 이각에게 보내 쌀 한 주머니와 쇠고기 한 덩어리를
달라고 청했다. 그러자 이각이 찾아와 황제의 신하로서 할 수 없는 말
을 했다.

"지금은 눈앞에서 대란이 일어난 비상 상황이 아니오? 아침저녁으로
병사들의 먹을 것을 거두어주는데 그 무슨 사치스러운 청을 하는 것이
오."

그리고 황제의 곁에 있던 시종에게까지 폭력을 휘두르고 돌아갔다.
그래도 뒷맛이 좋지 않았는지 그날 저녁에는 약간의 쌀과 썩은 쇠고기
몇 조각이 접시 위에 놓여 있었다.

"아, 이것이 그의 양심이로구나."

시종들은 그 썩은 고기의 악취에 고개를 돌렸다. 황제는 곤룡포의
소매로 눈물을 훔치며 한탄했다.

"그 하찮은 놈이 짐을 이다지도 업신여길 수 있단 말이냐?"

신하들 중에는 양표도 함께 있었다. 그는 창자가 끊어지는 듯한 고
통을 느꼈다. 자신의 부인에게 반간계를 쓰게 하여 오늘의 난을 만든
것이 다름 아닌 양표였다. 계략에 빠진 곽사와 이각이 서로 의심하여
피비린내 나는 각축을 벌이게 된 것은 그의 계획대로였으나, 황제와
황후가 이처럼 커다란 고난을 겪게 될 줄은 꿈에도 생각하지 못한 것
이었다.

"폐하, 용서해주십시오. 그리고 이각의 잔인한 처사를 조금만 더 참
아주시기 바랍니다. 조만간 틀림없이……."

그때 유실 밖에서 병사들이 우르르 달려가는 소리가 들렸다. 그리고

갑자기 성안에서 와아 하는 함성이 일제히 일었다.

"무슨 일인가?"

황제가 창백한 얼굴로 좌우를 둘러보았다.

"보고 오겠습니다."

신하 중 하나가 황급히 나갔다 오더니 황제에게 아뢰었다.

"큰일입니다. 곽사의 부대가 성안으로 밀고 들어와서는 황제의 옥체를 넘겨달라며 소란을 피우고 있습니다."

"앞문에는 호랑이, 뒷문에는 이리. 두 도적이 짐의 몸을 걸고 발톱과 이빨을 갈고 있구나. 밖으로 나가자니 아수라장, 이곳에 머물자니 지옥. 짐은 대체 어디로 가야 한단 말이냐?"

황제가 상심하며 통곡했다.

시중랑 양기楊琦가 눈물을 닦으며 황제를 위로했다.

"이각은 원래 변방의 오랑캐 땅에서 자라 조금 전처럼 예의도 모르고 말 또한 거친 사람이기는 합니다만, 후에 뉘우치는 빛이 아주 없지도 않았습니다. 머지않아 불충한 죄를 깨우치고 옥좌의 안태를 꾀할 것입니다. 어쨌든 지금은 조용히 추이를 지켜보시는 것이 좋을 듯합니다."

그러는 동안 성문 밖에서는 한바탕 싸움이 끝나는가 싶었다. 화살 나는 소리와 함성이 그칠 쯤, 곽사의 부대 안에서 한 장수가 말을 탄 채 커다란 목소리로 외치는 것이었다.

"역적 이각은 들어라. 천자는 천하의 천자가 아니냐? 네가 어찌 천자를 협박하여 옥좌를 사사로이 이곳으로 옮겼느냐? 곽사가 만민을 대신하여 네 죄를 묻겠다. 대답해라!"

그러자 성안에서 이각이 말을 타고 나와 마주하며 소리쳤다.

"참으로 우스운 잠꼬대로구나. 너희 난적亂賊을 피해 황제 스스로가 어가를 이쪽으로 향하셨기에 이각이 경호를 한 것이다. 너희는 아직도 어가를 쫓고 천자에게 화살을 쏠 생각이냐?"

"닥쳐라! 경호를 한 것이 아니라 천자를 억지로 모시고 온 대역죄임이 명백하다. 당장 황제를 건네주지 않으면 네놈의 목을 백 척 허공으로 날려버리겠다."

"무슨 소리를 하는 게냐, 이 교활한 놈아."

"황제를 건네주겠느냐, 목숨을 내놓겠느냐?"

"말이 필요 없구나."

이각이 창을 휘두르며 앞으로 나아갔다. 곽사는 대검을 치켜들고 눈썹을 곤추세웠다. 양쪽의 말이 거품을 물며 울부짖었고 위에서 한 번, 밑에서 한 번, 검이 빛나고 창이 번뜩였다. 말의 여덟 개 다리는 흙먼지를 일으켰으며 안장 위의 사람들은 호통을 쳤으나 승부는 쉽게 갈릴 것 같지 않았다.

"기다리시오. 두 장군은 잠시 기다리시오."

성안에서 말을 타고 달려나온 사람이 있었다. 그는 바로 조금 전 황제의 곁에서 모습을 감춘 태위 양표였다.

양표가 앞으로 나아가 말했다.

"우선은 이쯤에서 싸움을 멈추고 양군 모두 진을 물리도록 하시오. 황제의 명령이오. 명령을 거역하는 자야말로 역적이라 불려도 할 말이 없을 게요."

그 한마디에 두 사람은 병사를 거두어 물러났다.

다음 날 양표가 조정의 대신 이하 각 관의 군신 60여 명을 데리고 곽사의 진중으로 갔다. 그리고 하루라도 빨리 이각과 화목하는 것이 어떻겠느냐고 설득했다.

아직 누구도 눈치채지 못했으나 전란의 씨앗은 원래 양표에게서 비롯된 것이었다. 약효가 너무 강했기에 그도 당황한 것인지도 몰랐다. 아니면 스스로 중재에 나서, 가면 위에 다시 가면을 쓴 것인지도 몰랐다. 어쨌든 그 역시도 속이 복잡한 인물 중 하나였다.

| 등장인물 |

원소袁紹(?~202)

여양현汝陽縣 사람. 후한 말의 정치가이자 군벌로 자는 본초本初이다. 명문가 출신으로 십상시를 제거했으나 실권을 잡는 데는 실패했다. 이후 동탁을 타도하기 위한 토벌군을 일으켰으나 실패하고 하북성을 중심으로 지방의 가장 커다란 세력을 형성했다. 조조와 대립하다 관도대전에서 패한 뒤 병을 얻어 사망했다.

초선貂蟬(177~199)

여포가 동탁의 시녀와 정을 통했으며, 동탁이 왕윤의 계략으로 목숨을 잃었다는 정사를 바탕으로 만들어낸 가공의 인물이다. 사도 왕윤의 가기歌妓였으나 왕윤이 동탁을 제거하지 못해 시름하자 동탁과 여포 사이에 자신의 몸을 던져 여포로 하여금 동탁을 제거하게 했다.

진궁陳宮(154~198)

무양현武陽縣 사람. 후한 말기의 정치가로 자는 공대公臺이다. 원래는 조조를 연주자사로 맞아들이게 하고 그 밑에 있었으나 조조의 잔혹성을 보고 여포를 섬기게 되었다. 『삼국지연의』에는 여백사 사건으로 조조와 갈라선 것으로 묘사되었다. 이후 여포가 조조에게 패했을 때 조조는 그를 살려 자신의 부하로 쓰려 했으나 거절하고 스스로가 처형장으로 들어갔다.

손견孫堅(156~192)

부춘현富春縣 사람. 후한 말의 무장으로 자는 문대文臺, 시호는 무열황제武烈皇帝이다. 황건적의 난 때 공을 세우고 동탁 토벌군에도 가담했다. 동탁이 장안으로 천도한 후 낙양으로 들어가 옥새를 손에 넣었다고도 한다. 이후 원술의 술책으로 형주의 유표를 공격했는데 황조를 격파하고 양양을 포위했으나 현산에서 황조의 부하에게 목숨을 잃었다.

공손찬公孫瓚(153~199)

영지현令支縣 사람. 후한 말기의 군웅으로 자는 백규伯珪이다. 어렸을 때 노숙의 문하에 있었으며 유주를 기반으로 커다란 세력을 형성했다. 오환 토벌에서 공을 세웠고 백마를 탄 부하들을 거느려 백마장군이라 불리며 이민족에게도 공포의 대상이 되었다. 그러나 원소와의 싸움에서 대패하자 역경루에 불을 지르고 처자와 함께 자살했다. 『삼국지연의』에는 동탁 토벌에 가담한 것으로 나오나 정사에는 기록되어 있지 않다.

왕윤王允(137~192)

기현祁縣 사람. 후한 말의 정치가로 자는 자사子師이다. 동탁을 따르는 척했으나 사실은 그를 암살할 기회를 엿보다 여포의 손으로 동탁을 죽이게 했다. 『삼국지연의』 속에서는 동탁 암살을 결심한 조조에게 칠성보도를 준 것으로 되어 있으며, 자신의 가기인 초선으로 하여금 동탁과 여포 사이를 이간질하여 동탁을 제거한 것으로 묘사되어 있다. 이각, 곽사에 의해 목숨을 잃었다.

하후돈夏侯惇(155~220)

초현譙縣 사람. 위의 무장으로 자는 원양元讓이다. 하후연의 팔촌 형이자 조조의 이종사촌 동생이다. 조조의 거병에 참가하여 수많은 공을 세웠으며, 『삼국지연의』에서는 전투 중 화살이 눈에 박히자 화살과 함께 눈알을 빼내 그대로 삼켰다는 일화로 유명하다. 박망파에서 제갈량에게 화공을 당해 대패하나 이후에도 조조군의 2인자로 조조로부터 두터운 신임을 얻었다.

이각李傕(?~198)

북지군北地郡 사람. 후한 말기의 정치가로 자는 치연稚然이다. 동탁의 부하로 있다 동탁의 암살 이후 곽사와 함께 장안을 기습하여 실권을 쥐었다. 그러나 통치력이 부족하여 백성들은 커다란 고통을 받았으며 곽사와의 불화로 황제를 조조에게 빼앗기고 자신은 부하의 손에 살해당했다.

곽사郭汜(?~197)

장액군張掖郡 사람. 후한 말기의 군벌이다. 이각과 함께 동탁 암살 이후 정권을 쥐었으며 그 과정에서 여포, 마등을 물리쳤다. 이각과의 불화 이후 헌제를 조조에게 빼앗기자 이각과 다시 손을 잡았으나 부하의 배신으로 목숨을 잃었다.

양표楊彪(142~225)

화음華陰 사람. 후한 말기의 정치가로 자는 문선文先이다. 동탁의 장안 천도를 반대했으며, 아내를 시켜 이각과 곽사를 이간질했고, 방랑하는 헌제에게 조조를 끌어들여 의지하라고 진언했다. 조조가 실권을 장악한 이후 원술의 친척이라는 이유로 조정에서 내몰렸다.

도겸陶謙(132~194)

단양현丹陽縣 사람. 후한 말의 정치가로 자는 공조恭祖이다. 황건적 토벌에 공을 세웠으며 동탁 토벌군에 가담했다. 조조의 아버지가 자신의 영지를 지날 때 호의로 부하 장개를 붙여 호위를 명했으나 장개가 아버지를 살해하면서 조조의 원한을 사게 되었다. 그때 구원군으로 온 유비에게 서주를 넘기고 병사했다.

전위典韋(?~197)

기오현己吾縣 사람. 후한 말의 무장으로 조조 휘하에 있었으며 팔 힘이 매우 세서 악래惡來라고 불렸다. 늘 조조 곁을 호위하며 수많은 공을 세웠으나 항복했던 완성의 장수와 가후가 조조의 방심을 틈타 기습했을 때 맨손으로 적과 맞서다 화살에 맞아 선 채로 목숨을 잃었다.

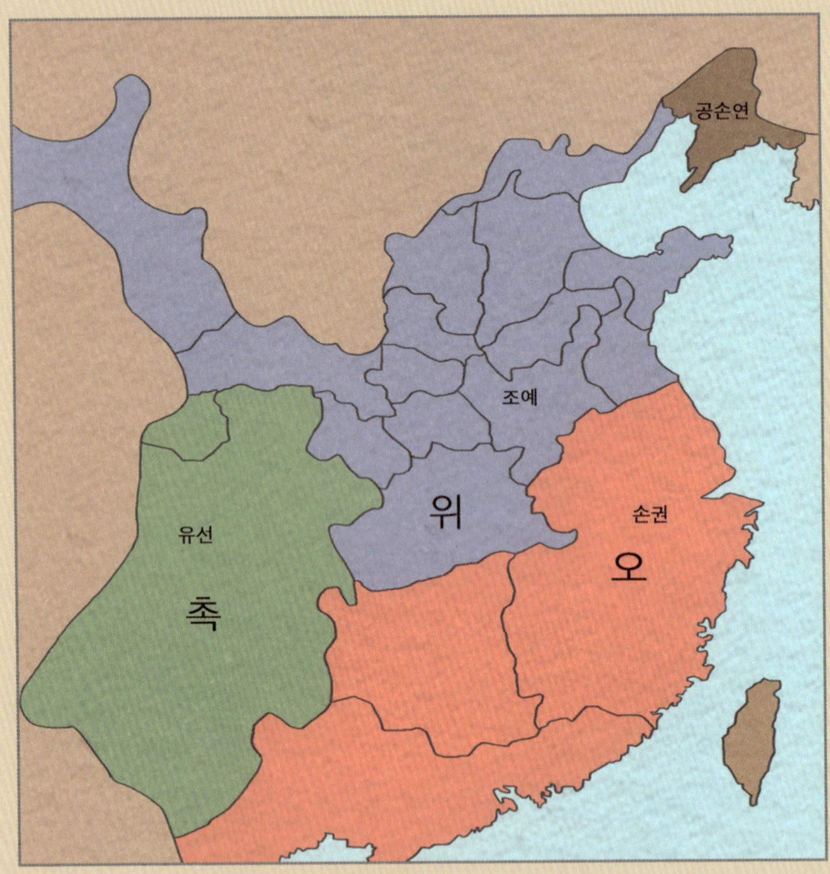

❖ 3세기 초 삼국 정립 시기의 세력도

북벌은 결코 간단한 일이 아니었다. 싸움에서 이겨도 군량이 떨어지기도 하고, 도읍에서 이변이 일어나기도 하고, 일진일퇴의 공방전이 펼쳐져 성과는 거의 없었다. 그 사이에 손권이 제위에 올라 스스로 황제라 칭하여 중국 대륙에 드디어 세 개의 나라가 탄생하게 된다. 제갈량은 북벌을 거듭하나 오히려 부하에게조차 신뢰를 얻지 못하는 상태에 빠지고 일곱 번째 북벌 때 병을 얻어 오장원에서 목숨을 잃게 된다. 이를 기회로 삼아 제갈량 밑에 있던 위연이 모반을 일으키나 제갈량의 밀명을 받은 마대에게 살해당한다. 제갈량이 죽었다는 소식이 위에 전해지자 황제 조예는 크게 기뻐했으며, 모든 재산을 탕진하고 만년에는 폭군이 되어버린다.

❖ 주요사건 지도
부
여
옥저
선
비
대
막
고구려
동부선비
현토
창려
유성
요동
상곡
어양
낙랑
대방
주천
강
호
중산국
기
청
삼한
장액
양
서하
금성
상당
업
평양
북해국
안정
태산
관도대전(200년)
낭야국
공명이 죽은 오장원(234년)
장안
하동
낙양
관도
서
오장원
위수
영천
초
광릉
강
옹
위
허창
동
해
기산
한중
남양
예
양
음평
한
건업
재동
번성
삼고초려 장소
합비
문산
파서
백제성
파동
양양
강하
형
무창
여강
회계
이릉
적벽
신도
임해
성도
유비의 백제성 전사
적벽대전 장소(208년)
한가
동정
장사
임천
월준
수
강
형양
오
건안
촉
강양
영릉
계양
영창
건녕
임하
교
운남
창오
합포
남
해
교지